活佛・藏獒
藏獒3書精華版
楊志軍 著

【目錄】

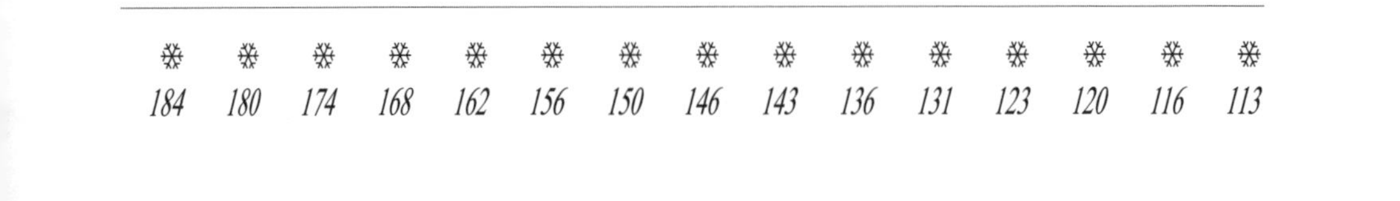

序
父親的藏獒

一切都來源於懷念——對父親，也對藏獒。

一

在我七歲那年，父親從三江源的玉樹草原給我和哥哥帶來一隻小藏獒，父親說，藏獒是藏民的寶，什麼都能幹，你們把牠養大吧。

小藏獒對我們哥倆很冷漠，從來不會衝我們搖頭擺尾。我們也不喜歡牠，半個月以後用牠換了一隻哈巴狗。父親很生氣，卻沒有讓我們換回牠來。過了兩天，小藏獒自己跑回來了。父親咧嘴笑著對我們說：「我早就知道牠會回來。這就叫忠誠，知道嗎？」可惜我們依然不喜歡不會搖頭擺尾的小藏獒，父親嘆嘆氣，把牠帶回草原去了。

一晃就是十四年。十四年中，我當兵，復員，上大學，然後成了《青海日報》的一名記者。第一次下牧區採訪時，走近一處藏民的碉房，遠遠看到一隻碩大的黑色藏獒朝我撲來，四蹄敲打著地面，敲出了一陣殷天動地的鼓聲。黑獒身後嘩啦啦地拖著一根粗重的鐵鏈，鐵鏈的一頭連著一個木橛子，木橛子騰騰地蹦起又落下，眼看就要拔出地面。我嚇得不知所措，死僵僵地立著，連發抖也不會了。

但是，黑獒沒有把我撲倒在地，在離我兩步遠的地方突然停下，屁股一坐，一動不動地望著我。隨後跑來的藏民旦正嘉叔叔告訴我，黑獒是十四年前去過我家的小藏獒，牠認出我來了。我對藏獒的感情從此產生。你僅僅餵了牠一個月，十四年以後，牠還把你當作親人，你做了牠一天的主人，牠都會牢記你一輩子，就算牠是狗，也足以讓我肅然起敬。

黑獅子一樣威武雄壯的黑獒死後不久，我成了三江源的長駐記者，一駐就是六年。六年的草原生活，我遭遇過無數的藏獒，無論牠們多麼兇猛，第一眼見我，都不張牙舞爪，感覺和我已經是多年的故交。牠們的主人起初都奇怪，知道我的父親是誰以後，才恍然大悟：你身上有你父親的味道，牠們天生就認得你！

那六年裏，父親和一隻他從玉樹帶去的藏獒生活在城市裏，而在高原上的我，則生活在父親和藏獒的傳說中。父親在草原上生活了將近二十年，草原上流傳著許多他和藏獒的故事，不完全像我在小說裏描寫的那樣，卻同樣傳奇迷人。

無論他做什麼，他總是在自己的住所餵養著幾隻藏獒，而且都是品貌優良的母獒。母獒們一窩一窩下著崽，他就不斷把小狗崽送給那些需要牠們和喜歡牠們的人。所以他認識和認識他的藏獒、跟他有過餵養關係的藏獒，遍佈三江源的許多草原。

有個藏民幹部對我說，「文革」中，他們這一派想揪鬥父親，研究了四個晚上沒敢動手，就是害怕父親的藏獒報復他們。我替父親慶幸，也替我自己慶幸，因為正是這些靈性威武的藏獒，讓我發現了父親，也發現了我自己——我有父親的遺傳，我其實跟父親是一樣的。

在長駐三江源的六年裏，父親的遺傳一直發揮著作用，使我不由自主地像他那樣把自己完全融入了草原，完全像一個真正的藏民那樣生活著。我很少待在州委所在地的結古鎮，而是一頭扎在了對於城鎮來說更加邊遠的雜多草原、曲麻萊草原和康巴人的囊謙草原。

有一次在曲麻萊喝多了青稞酒，醉得一塌糊塗，半夜起來解手，涼風一吹，吐了。守夜的藏獒跟過來，二話不說，就把我吐出來的東西舔得一乾二淨。結果牠也醉了，渾身癱軟地倒在了我身邊。我和牠互相摟抱著在帳房邊的草地上酣然睡去。第二天早晨迷迷糊糊醒來，摸著藏獒尋思：身邊是誰啊，是這家的主人戴吉東珠嗎？他身上怎麼長出毛來了？

這件事成了我的笑話，在草原上廣為流傳。姑娘們見了我就吃吃地笑，孩子們見了我就衝我喊：「長出毛來了，長出毛來了。」介紹我時，再也不說我是記者，而是說：「這就是與藏獒同醉，說戴吉東珠長出毛來了的那個人。」牧民們請我去他家做客，總是說：「走啊，去和我家的藏獒喝一杯。」

那時候的我是有請必去的。一年夏天，我去結隆鄉的牧民朵讓家做客，住了短短一個星期，他家那隻大黑獒對我的感情就深到一日不見就

滿草原尋找的地步。使我常常猜想，牠是不是父親餵養過的藏獒。

幾年後，我要離開草原，正好從結隆鄉出發。大黑獒看我打起行裝，坐進了汽車，知道這是一次長別離，就對汽車又撲又咬，牙齒都咬出血來了。在牠的意識裏，我是迫不得已才離開牠的，而強迫我離開的，正是這輛裝進了我的該死的汽車。後來聽說，我走了以後，大黑獒一個星期不吃一口食物不喝一口水，趴在地上死了一樣，好像所有的精氣神，包括活下去的意念都被我帶走了。

主人沒了辦法，就把一隻羊殺了，又從狼皮上扯下一些狼毛，沾在死羊身上，扔到牠面前，怒斥道：「你是怎麼看護羊群的？羊被狼咬死了你都不管，那我養你幹什麼？你看看，你看看，看到狼毛了吧？狼呢？還不趕快去找。」大黑獒大受刺激，草原上狼已經很少很少，牠都有一年沒咬過狼了，沒想到就在牠因感情受挫而一蹶不振的時候，狼會乘虛而入。牠立刻搖搖晃晃站起來，吃了一點，喝了一點，按照一隻藏獒天賦的職守，看護羊群牛群去了。

遺憾的是，以後我多次回到結隆鄉，再也沒有見到牧民朵讓和深深眷戀著我的大黑獒。聽說他們遷到別處去了，因為這裏的草原已經退化，牛羊已經吃不飽了。

二

很不幸我結束了三江源的長駐生涯，回到了我不喜歡的城市。在思念草原、思念藏獒的日子裏，我總是一有機會就回去的。雪山、草原、駿馬、牧民、藏獒、奶茶，對我來說，這是藏區六寶，我在精神上一生都會依賴它們。尤其是藏獒，我常常想，我是因為父親才喜歡藏獒的，父親為什麼喜歡藏獒呢？我問父親，父親不假思索說：「藏獒好啊，不像狼。」

父親的思維，是草原人的思維。在草原牧民的眼裏，狼是卑鄙無恥的盜賊，欺軟怕惡，忘恩負義，損人利己。藏獒則完全相反，精忠報主，見義勇為，英勇無畏。狼一生都為自己而戰，藏獒一生都為別人而戰。狼以食為天，牠的搏殺只為苟活；藏獒以道為天，牠們的戰鬥是為忠誠，為道義，為職責。

所幸父親生前，世人還沒提倡狼性，還沒流行狼文化和狼崇拜，不然，父親該多麼的傷心。可惜父親生前，藏獒已經開始衰落，儘管有「藏獒精神」支撐著父親的一生，年邁的他，也只能蝸居在城市的水泥格子裏，懷想遠方的草原和遠方的藏獒。每次注視父親寂寞的身軀我就想，我一定要寫一本關於藏獒的書，主角除了藏獒，就是「父親」。

藏獒是由一千多萬年前的喜馬拉雅巨型古鬣犬演變而來的高原犬種，是犬類世界唯一沒有被時間和環境所改變的古老的活化石。牠曾是青藏高原橫行四方的野獸，直到六千多年前才被馴化，開始了和人類相依為命的生活。

作為人類的朋友，藏獒得到了許多當之無愧的稱號，古人說牠是「龍狗」，乾隆皇帝說牠是「狗狀元」，藏民說牠是「森格」（獅子），藏獒研究者們說牠是「國寶」，是「東方神犬」，是「世界罕見的猛犬」，是「舉世公認的最古老、最稀有、最兇猛的大型犬種」，是「世界猛犬的祖先」。

西元一二七五年，義大利探險家馬可・波羅這樣描寫了他所看到的藏獒：「在西藏發現了一種從未見過的怪犬，牠體形巨大，如同驢子，兇猛聲壯，如同獅子。」

西元一二四〇年，成吉思汗橫掃歐洲，把跟著他南征北戰的猛犬軍團的一部分三萬多隻藏獒留在了歐洲，這些純種的喜馬拉雅藏獒在更加廣闊的地域雜交繁育出了世界著名的大型工作犬馬士提夫犬、羅特威爾犬、德國大丹犬、法國聖伯納犬、加拿大紐芬蘭犬、英國獒犬等等。這就是說，現存於歐亞兩陸的幾乎所有大型兇猛犬種的祖先都是藏獒。

父親把這些零零星星搜集來的藏獒知識抄寫在一個本子上，百看不厭。同時記在本子上的，還有一些他知道的傳說。這些傳說告訴我們，藏獒在青藏高原一直具有神的地位。古代傳說中神勇的猛獸「狻猊」，指的就是藏獒，因此藏獒也叫蒼猊。

在藏族英雄格薩爾的口傳故事裏，那些披堅執銳的戰神很多都是藏獒。藏獒也是金剛具力護法神的第一伴神，是盛大骷髏鬼卒白梵天的變體，是厲神之主大自在天和厲神之後烏瑪女神的虎威神，是世界女王班達拉姆和暴風神金剛去魔的坐騎，是雅拉達澤山和采莫尼俄山的山神，是通天河草原的保護神。而曾經幫助二郎神勇戰齊天大聖孫悟空的哮天犬，也是一隻孔武有力的喜馬拉雅藏獒。

所有這些關於藏獒的知識和傳說，給了父親極大的安慰，他從玉樹草原帶回家的那隻藏獒老死以後，牠們便成了父親對藏獒感情的唯一寄託。我曾經從報紙上剪下一些關於藏獒集散地、藏獒繁殖基地、藏獒評比大會和藏獒展示會的消息，送給父親，希望能帶給他快樂，卻沒想到帶給他的卻是憂慮。父親說，那還是藏獒嗎？那都是寵物。

在父親的心中，藏獒已經不僅是家獸，不僅是動物，而是一種高素質的存在，是游牧民族借以張揚游牧精神的一種形式，藏獒不僅集中了草原的野獸和家獸應該具備的最好品質，而且集中了草原牧民應該具備的優秀品質。藏獒的風骨，不可能在人們無微不至的關懷中延續，只能在青藏高原的凌厲風土中磨礪。

如果不能讓牠們奔馳在缺氧至少百分之五十的高海拔原野，不能讓牠們嘯鳴於零下四十度的冰天雪地，不能讓牠們時刻警惕十里二十里之外的狼情和豹情，不能讓牠們把牧家的全部生活擔子扛壓在自己的肩膀上，牠們的敏捷、速度、力量和品行的退化，都將不可避免。所以，當城市中先富裕且閒暇起來的人們對藏獒的熱情日漸高漲之時，當藏獒的身價日漸昂貴之時，父親的孤獨也在日漸加深。

我不時安慰父親說，至少青藏高原還在，高原上的藏獒也還在。我還說，如果在青藏高原上保護自然環境，建立藏獒基地，藏獒的純粹也可以得到保證。父親卻苦笑著說：「即便那樣，狼已經不多了。」

是的，狼已經少了，虎豹熊羆也都少了，少了敵人的藏獒和藏獒的天性又豈能不少？父親已經料到，他心中的藏獒，已經一去不復返了。幸好父親沒有料到，狼少了，狼性和狼的文化、狼的崇拜卻橫行起來。

三

就在對藏獒的無盡懷想中，父親去世了。

我和哥哥把父親關於藏獒知識的抄寫本和剪貼本一頁一頁撕下來，連同寫著「千金易得，一獒難求」八個字的封面，和著紙錢一起燒在了父親的骨灰盒前。我們希望，假如真有來世，能有藏獒陪伴著他。

第二年春天，我們的老朋友旦正嘉的兒子強巴來到我家，捧著一條哈達，裏裏外外找了一圈，才知道父親已經去世了。他把哈達獻給了父親的遺像，然後從旅行包裏拿出了他給父親的禮物。我們全家都驚呆了，那是四隻小藏獒。這個像藏獒一樣忠誠厚道的藏民，在偌大的三江源地區，千辛萬苦地尋找到了四隻品種純正的藏獒，想讓父親有一個充實愉快的晚年。可惜父親已經走了，再也享受不到藏獒帶給他的快樂和激動了。

四隻小藏獒是兩公兩母，兩隻是全身漆黑的，兩隻是黑背黃腿的。旦正嘉的兒子強巴說：「我已經想好了，牠們是兄妹配姐弟，就好比草原上的換親，妹妹給哥哥換來了媳婦。」說著，扮家家一樣，把小藏獒按照他安排好的夫妻一對一對放在了一起。

母親和我們趕緊把牠們抱在懷裏，喜歡得都忘了招待客人。我問強巴，已經有名字了嗎？他說還沒有。我們立刻就給牠們起名字，最強壯的那隻小公獒叫岡日森格，牠的妹妹叫那日。最小的那隻母獒叫果日，牠的比牠壯實的弟弟叫多吉來吧。這些都曾經是父親的藏獒的名字，我們照搬在了四隻小藏獒身上。而在寫這部小說的時候，我又用它們命名了我的主角，也算是對父親和四隻小藏獒的紀念吧。

送來四隻小藏獒的這天，是父親去世以後我們家的第一個節日，讓我們在忘乎所以的喜悦中埋下了悲劇的種子。兩個星期後，我們家失竊了，什麼也沒丟，就丟了四隻小藏獒。

尋找是不遺餘力的，全家都出動了。我們就像丟失了自己的孩子，瘋了似的在城市的大街小巷一聲聲地呼喚著：「岡日森格，多吉來吧，果日，那日。」我們託人，我們報警，我們登報，我們懸賞，我們用盡了所能想到的一切辦法。整整兩年過去了，我們才願意承認，父親的，也是我們的四隻小藏獒恐怕已經找不到了。

偷狗的人一般是不養狗的，他們很可能是幾個狗販子，用損人利己的辦法把四隻小藏獒變成了錢。能夠掏錢買下小藏獒的，肯定也是喜歡藏獒的，他們不至於虐待牠們吧？他們會盡心盡力地餵養好牠們吧？就是不知道，四隻小藏獒是不是在一個主人家裏，或者牠們已經分開，天各一方，過著各自獨立的生活，完成各自獨立的使命去了？

現在，四隻小藏獒早該長大，該做爸爸媽媽了。我想告訴那些收養著牠們的人，請記住牠們的名字：岡日森格是雪山獅子的意思，多吉來吧是善金剛的意思，果日是草原人對以月亮為表證的勇健神母的稱呼，那日是他們對以烏雲為表證的獅面黑金護法的稱呼；另外，果日還是圓蛋，那日還是黑蛋，都是藏民給最親暱的孩子起乳名時常用的名字。

還請記住，要像高原牧民一樣對待牠們，千萬不要隨便給牠們配對。岡日森格、多吉來吧以及果日和那日，只有跟純正的喜馬拉雅獒種生兒育女，才能在延續血統、保持肉體高大魁偉的同時，也保持精神的偉大和品格的高尚，也才能使牠們一代又一代地威鎮群獸，卓逸不群，鐵鑄石雕，鍾靈毓秀，一代又一代地成為人類生活的一部分。

還請記住，牠們身上凝聚了草原藏民對父親的感情，還凝聚了一個兒子對父親的無盡懷念。

藏獒相搏

穿過狼道峽，就看見青果阿媽西部草原了。護送父親的兩個軍人勒馬停了下來。一個軍人說：「我們只能送你到這裏，記者同志，青果阿媽西部草原的牧民和頭人對我們很友好，你不會有什麼危險。你朝著太陽落山的方向走，不到三個時辰就會看到一座寺院和一些石頭房子，那兒就是西結古，你要去的地方。」

父親目送著兩個軍人走進了狼道峽，疲倦地從馬背上溜下來，牽著棗紅馬走了幾步，就仰躺在了草地上。

昨天晚上在多獼草原跟著牧人學藏話，很晚才睡，今天早晨又是天不亮就出發，父親想睡一會兒再趕路。他閉上了眼睛，突然覺得有點餓，便從纏在身上的乾糧袋裏抓出一把花生，一粒一粒往嘴裏送。

花生是帶殼的，那些黃色的殼就散落在他的身體兩側。他吃了一把，還想吃一把，第二把沒吃完就睡著了。等他醒來的時候，突然意識到自己已經十分危險，眼睛的餘光裏有些黑影包圍著他，不是馬的黑影，而是比馬更矮的黑影。他忽地坐了起來。

不是狼，是獅子，也不是獅子，是狗。一隻鬣毛颯爽的大黃狗虎視眈眈地蹲踞在他身邊。

狗的主人是一群孩子，孩子們好奇的眼睛忽閃忽閃的。父親第一次這麼近地接觸這麼大的一隻藏狗，緊張地往後縮了縮，問道：「你們是哪裏的？想幹什麼？」

孩子們互相看了看，一個大腦門的孩子用生硬的漢話說：「上阿媽的。」

「上阿媽的？你們要是西結古的就好了。」父親看到所有的孩子手裏都拿著花生殼，有兩個正放在嘴邊一點一點咬著。再看看身邊，草地上的花生殼都被他們撿起來了。父親說：「扔掉吧，那東西不能吃。」說著，從乾糧袋裏抓出一把花生遞了過去。

孩子們搶著伸出了手。父親把乾糧袋裏的所有花生均勻地分給所有的孩子，最後剩下了兩顆。他把一顆丟給了大黃狗，討好地說：「千萬別咬我。」然後示範地剝開一個花生殼，吃掉了花生米。孩子們學著他的樣子吃起來。

大黃狗懷疑地聞著花生，一副想吃又不敢吃的樣子。大腦門的孩子飛快地撿起狗嘴前的花生，就要往自己嘴裏塞。另一個臉上有刀疤的孩子一把搶過去說：「這是岡日森格的。」然後剝了殼，把花生米用手掌托到了大黃狗面前。大黃狗感激地望著刀疤，一伸舌頭舔了進去。

父親問道：「知道這是什麼？」

大腦門的孩子說：「天堂果。」又用藏話說了一

遍。幾個孩子都贊同地點了點頭。

父親說：「天堂果？也可以這麼說，它的另一個名字叫花生。」

大腦門的孩子說：「花生？」

父親站起來，看看天色，騎在了馬上。他朝孩子們和那隻令人敬畏的大黃狗擺擺手，策馬往前走去，走出去很遠，突然聽到後面有聲音，回頭一看，所有的孩子和那隻雄獅一樣的大黃狗都跟在身後。

父親停下了，用眼睛問道：「你們跟著我幹什麼？」

孩子們也停下了，用眼睛問道：「你怎麼不走了？」

父親繼續往前走，孩子們繼續往前跟。鷹在頭頂好奇地盤旋，牠看到草原夏天綠油油的地平線上，一個漢人騎在馬上，一群七個衣袍襤褸的藏族孩子和一隻威風凜凜的黃色藏狗跟在後面。孩子們用赤腳踢踏著鬆軟的草地，走得十分來勁。

父親始終認爲，就是那些花生使他跟這七個孩子和那隻大黃狗有了聯繫。花生是離開西寧時，老金給他的。老金是報社記者部的主任，他女兒從河南老家帶來了一大包花生，他就恨不得全部讓父親拿走。

老金說：「這是專門帶給你的，咱們是老鄉，你就不要客氣。」父親當然不會全部拿走，只在乾糧袋裏裝了一些，一路走一路吃，等到青果阿媽草原時，就只剩下最後一點了。草原上的七個孩子和一隻名叫岡日森格的藏狗吃到了父親的最後一點花生，然後就跟在父親後面，一直跟到了西結古。

父親到達西結古的時候已是傍晚，夕陽拉長了地上的陰影，依著山勢錯落高低的西結古寺和一片片碉房看上去是傾斜的。山腳的平地上，在森林和草原手拉手的地方，稀稀疏疏紮著一些黑色的牛毛帳房和白色的布帳房。六字箴言的彩色旗幟花邊一樣裝飾在帳房的四周。炊煙從房頂升上去，風一吹就和雲彩纏繞在了一起。雲很低很低，幾乎蹭著林木森然的山坡。

彷彿是雲彩發出的聲音，狗叫著，越來越多的狗叫著。草浪起伏的山腳下，一片唰唰唰的聲音。衝破雲層的狗影朝著父親狂奔而來。父親哎呀一聲，手忙腳亂地勒馬停下。他從來沒見過這麼多的狗，而且不少是身體壯碩的大狗，那些大狗幾乎不是狗，是虎豹獅熊一類的野獸。

父親後來才知道他見到的是藏獒，一大群幾百隻各式各樣的藏狗中，至少有三分之一是猛赳赳的藏獒。

父親驚恐地掉轉馬頭，打馬就跑。

一個光著脊梁赤著腳的孩子不知從什麼地方冒了出來，一把拽住了父親的棗紅馬。棗紅馬驚得朝後一仰，差點把父親撂下來。孩子懸起身子穩住了馬，長長地吆喝了一聲，便把所有狂奔過來的藏狗堵擋在了五步之外。

狗群騷動著，卻沒有撲向父親。父親從馬背上滾了下來。

光脊梁的孩子牽著父親的馬朝前走去。狗群不遠不近地跟在後面，敵意的眼光始終盯著父親。父親能用脊背感覺到這種眼光的威脅，禁不住一次次地寒顫著。

光脊梁的孩子帶著父親來到一座白牆上糊滿了黑牛糞的碉房前。碉房是兩層的，下面是敞開的馬圈，上面是人居。光脊梁翻著眼皮朝上指了指。

父親感謝地拍拍光脊梁的肩膀。光脊梁噌地跳開了，恐懼地望著父親，恰如父親恐懼地望著狗群。

父親問道：「你怎麼了？」

光脊梁說：「仇神，仇神，我的肩膀上有仇神。」

父親看到光脊梁的臉一下子變形了：夕陽照耀下的輪廓裏，每一道陰影都是仇恨，尤其是眼睛，父親從來沒見過孩子的眼睛會凸瞪出如此猛烈的怒火。

不遠處的草坡上，一溜兒站著跟隨父親來到西結古的七個孩子和那隻雄獅一樣的名叫岡日森格的大黃狗。「岡日森格」就是雪山獅子的意思，牠也是一隻藏獒，是一隻年輕力壯的獅頭公獒。

父親用半通不通的藏話對光脊梁的孩子說：「你怎麼了？他們是上阿媽的孩子。」

光脊梁的孩子瞪了他一眼，用藏話瘋了一樣喊起來：「上阿媽的仇家，上阿媽的仇家，獒多吉，獒多吉。」藏狗們立刻咆哮起來，爭先恐後地飛撲過去。

七個上阿媽的孩子落荒而逃，邊逃邊喊：「瑪哈噶喇奔森保，瑪哈噶喇奔森保。」

岡日森格掩護似的迎頭而上，轉眼就和一群西結古的狗撕咬成了一團。

父親驚呆了。他第一次看到狗類世界裏有如此激烈的衝撞，第一次發現狗類和人類一樣首先要排擠的是自己的同類而不是異類。所有的藏狗都放棄了對七個上阿媽的孩子的追咬，而把攻擊的矛頭對準了攔截牠們的岡日森格。

岡日森格知道局面對自己十分不利，只能採取速戰速決的辦法。牠迅速選準目標，迅速跳起來用整個身子撞過去，來不及狠咬一口就又去撲咬下一個目標。每當岡日森格撲倒一隻，別的藏狗就會乘機在牠的屁股和腰肋上留下自己的牙印，牙印是冒著血的，迅速把岡日森格的屁股和腰肋染紅了。

而對岡日森格來說，讓一群比自己矮小的藏狗和自己打鬥，幾乎就是恥辱。更加恥辱的是牠打敗了對方，而流血的卻是自己。這些藏狗正在使牠一點點地耗盡力氣和流盡鮮血。

岡日森格改變戰法了。湧動在血管裏的恥辱，讓牠做出了一個幾乎喪失理智的決定：牠繞開了所有糾纏不休的藏狗，朝著那些身體壯碩的大狗衝了過去。牠相信自己能夠殺死牠們，也相信自己很有可能被牠們殺死，但不管是殺死牠們還是被牠們殺死，牠所渴望的是一種身分相當、勢力相當、榮辱相當的藏獒之戰。

這種時候，按照獒類世界古老習俗的約定，該是由獒王出面迎戰來犯者的時候了。

現在，西結古草原藏獒群落中的獒王就要出現了，一旦出現，那就是一場重量級角鬥。

所有的藏獒，所有的藏狗，包括那些興奮到不知死活的小狗，一下子都安靜了。等待著，連炊煙和雲彩，連傍晚和夕陽，都靜止不動地等待著。傾斜的西結古寺和一片片碉房更加傾斜了，鳥瞰的陰影拉得更長更遠。

岡日森格揚頭掃視著獒群，幾乎把所有藏獒都看了一遍，然後死死盯住了一隻帶著微笑望著牠的虎頭雪獒。

虎頭雪獒就是西結古草原的獒王，儘管牠現在所處的位置不在獒群的中央，儘管牠依然蹲踞著就好像面前的打鬥跟牠毫無關係，但岡日森格一眼就看出牠是獒王。牠身形偉岸，姿態優雅，一臉的王者之氣，顧盼之間，八面威風冉冉而來。

牠一隻眼睛含著王者必有的自信和豪邁，一隻眼睛含著鬥士必有的威嚴和殺氣，但行動卻是傲慢和遲緩的，充滿了對來犯者發自內心的蔑視。岡日森格不禁暗暗稱讚：好一個獒王，尊嚴的頭顱居然是紋絲不動的，彷彿每一根迎風抖動的雪白的獒毛，都在證明牠存在的偉大意義。

更重要的是，牠雖然閉著嘴，但尖長的虎牙卻不可遏止地伸出了肥厚的嘴唇，虎牙是六刃的，也就是說，牠有六根虎牙，嘴的兩邊各有三根，而一般的藏獒一共只有四根，並且還沒有這般尖長。六刃的尖長虎牙明白地告訴對方牠是不可戰勝的，而大嘴闊鼻所形成的古老的喜馬拉雅獒種的經典相貌，會讓任何人任何動物望一眼而頓生敬畏，那是凜然不可侵犯的生命的神聖威儀。

虎頭雪獒站了起來。西結古草原的獒王終於站了起來。

岡日森格盯著牠的眼睛眨巴了一下，金燦燦的鬣毛奮然一抖。一場猛獒對猛獒的打鬥就要開始了。

但是，有個聲音正在響起來，是那個光著脊梁赤著腳的孩子的聲音。他希望西結古的狗群儘快咬死岡日森格，然後跟著他去追逐七個上阿媽的仇家，所以就喊起來：「那日，那日。」

被稱作那日的藏獒從獒群裏跳出來了，牠是一隻黑色的獅頭母獒。牠很小很小的時候，和同胞姐姐一起被光脊梁的孩子餵養過，只要餵養過的人就都應該是主人，所以聽他一叫，牠就跳出來了。跳出來後，才知道光脊梁的孩子要牠幹什麼。牠遲疑了一下，便按照光脊梁的手勢越過了獒王跟對手的對陣線，無所畏懼地撲向了岡日森格。

年輕的岡日森格沒想到，牠心驚膽戰地渴望著的這場勇者之戰，這場挑戰西結古獒王的狂妄之戰，在沒有實現之前就早早地結束了。牠愣愣地站著，直到被牛犢般大小的大黑獒那日三撞兩撞撞翻在地，也沒有明白為什麼撲向自己的不是牠死死盯住的獒王，而是一隻自己從不招惹的母獒。牠從地上跳起來，像剛剛被牠打敗的那隻灰色老公獒一樣躲閃著對方的撕咬。

光脊梁的孩子又喊起來：「果日，果日。」

果日出現了。牠是大黑獒那日的同胞姐姐，也是一隻牛犢般大小的

黑色獅頭母獒。岡日森格根本就沒看見牠是從哪裏跳出來的，甚至都沒有看清牠的面貌，就被牠撞了個正著。趁著這個機會，大黑獒那日再次呼嘯著撲了過來。

岡日森格被撲翻在地上。這次牠沒有立刻站起來。牠身上壓著兩隻牛犢般大小的母性的大黑獒，使牠很難翻過身來用粗壯的四肢支撐住大地。牠本來可以用利牙迅速切割擺脫兩隻大黑獒的壓迫和撕咬，但是牠沒有這樣。人類社會中「男不跟女鬥」的解嘲，在喜馬拉雅獒種世界裏，變成了一種恆定的規則，公獒是從來不跟母獒叫陣的，況且是如此美麗的兩隻母獒，如果遇到母獒的攻擊，忍讓和退卻是公獒唯一的選擇。

岡日森格堅決信守著祖先遺傳的規則，卻使自己陷入了生命危機的泥淖。

光脊梁的孩子揮著胳膊喊起來：「獒多吉，獒多吉。」他是要所有的狗都朝岡日森格撲去。藏獒們不安地跳動著，擁擠到了一起。只有作爲獒王的虎頭雪獒無動於衷地臥下了，並且衝著兩隻瘋狂撕咬的母性大黑獒不滿地叫喚著。

藏獒們看到牠們的王這樣，便漸漸安定下來。而那些作爲小嘍囉的藏狗卻沒有這麼好的理性，牠們被「獒多吉獒多吉」的喊聲煽動得群情激憤，環繞著倒在地上的岡日森格一圈一圈地跑。

突然牠們衝了過去，當兩隻母性的大黑獒在獒王虎頭雪獒的叫聲中離開岡日森格時，幾乎所有的藏狗都撲向了一個點。藏狗們在這個點上一層一層地摞起來，都想用利牙痛痛快快地咬一口最下面的這隻外來的藏獒岡日森格。

岡日森格已經站不起來了，在兩隻母性大黑獒致命的撕咬之後，藏狗們的撕咬變成了死神來臨的信號。這個信號無休無止地重複著，使牠身上的傷口差不多變成了一張魚網，那是名副其實的千瘡百孔。

漸漸安靜了，連嘈雜不休的藏狗也不再激動地叫喚了。安靜對藏在草岡後面遠遠地窺伺著這邊的七個上阿媽的孩子，無疑是一個不祥的徵兆。他們悄悄摸了回來，探頭探腦地想營救他們的岡日森格。

光脊梁的孩子倏地轉過身去，鷹鷙般的眼光朝前一橫，便大喊起來：「上阿媽的仇家，上阿媽的仇家。」狗群騷動起來，包括藏獒在內的所有西結古的領地狗，都朝著七個上阿媽的孩子奔撲過去。

七個上阿媽的孩子轉身就跑，齊聲喊著：「瑪哈噶喇奔森保，瑪哈噶喇奔森保。」

父親提著行李站在碉房門前觀望著，奇怪地發現，七個孩子的喊聲一響起來，狗群追攆的速度馬上就減慢了，甚至有些大狗乾脆放棄了追攆，搖頭擺尾地在原地打轉。

光脊梁的孩子同樣感到奇怪，朝前跑了幾步，喊道：「獒多吉，獒多吉。」父親已經知道這是攛掇狗群追攆的聲音，生怕七個上阿媽的孩子跑不及被狗群追上，朝光脊梁大喊一聲：「你要幹什麼？他們是跟我來的。」

話音剛落，父親身後的碉房門突然打開了，一隻手伸出來，一把將他拽了進去。

受傷的雪山獅子

碉房裏男男女女坐了十幾個人，都是西結古工作委員會的成員。成員們正在開會。拽他進來的軍人嚴厲地問道：「你是什麼人？胡喊什麼？」父親趕緊掏出介紹信遞了過去。那人看都不看，就交給了一個戴眼鏡的人。眼鏡仔細看了兩遍說：「白主任，他是記者。」

白主任，也就是拽他進來的軍人，說：「記者？記者也得聽我們的。那幾個孩子是你帶來的？」

父親點點頭。

白主任又說：「你不知道我們的紀律嗎？」

父親問道：「什麼紀律？」

白主任說：「坐下，你也參加我們的會。」

父親坐在了自己的行李上。白主任告訴他，青果阿媽草原一共有大小部落三十二個，分佈在西結古草原、東結古草原、上阿媽草原、下阿媽草原和多獼草原五個地方。西結古草原的部落和上阿媽草原的部落世代爲仇，見面就是你死我活。而父親，居然把上阿媽草原的孩子帶到了西結古草原，又居然試圖阻止西結古人對上阿媽人的追打。

父親說：「他們只有七個人，很危險。」

白主任說：「這裏的人也只是攆他們走，真要是打起來，草原上的規矩是一對一，七個人只要個個厲害，也不會吃虧的。」

父親說：「那麼狗呢？狗是不懂一對一的。那麼多狗一擁而上，我怎麼能看著不管？」

白主任不理狗的事兒，教訓父親道：「你要明白，不介入部落之間的恩怨糾紛，這是一條嚴格的紀律。你還要明白，我們在西結古草原之所以受到了頭人和牧民群眾的歡迎，根本的原因就是對上阿媽草原採取了孤立的政策。」

父親沒來得及把自己的疑問說出來，思路就被一股奶茶的香味打斷了。奶茶是燉在房子中間的泥爐上的，一個姑娘倒了一碗遞給父親。姑娘藍衣藍褲，一副學生模樣，長得很好看，說話也好聽：「喝吧，路上辛苦了。」父親一口喝乾了一碗奶茶，站起來不放心地從窗戶裏朝外看去。

前面的草坡上，已經沒有了孩子們的身影，逃走的人和追打的人都已經跑遠了。剛剛結束了撕咬的一大群幾百隻各式各樣的領地狗正在迅速離開那裏。牠們的身後，是一堆隨風抖動的金黃色絨毛，在晚霞照耀的綠色中格外醒目。

父親說：「牠肯定被咬死了，我去看看。」

父親來到草坡上，看到四處都是血跡，尤其是岡日森格的身邊，濃血漫漶著，把一片片青草壓塌了。他回憶著剛才狗打架的場面，獅子一樣雄壯的岡日森格被一大群西結古的藏狗活活咬死的場面，身子禁不住抖了一下。他蹲下來，摸了摸已不再蓬鬆的金黃的獒毛，手上頓時沾滿了血。他挑了一片無血的獒毛擦乾自己的手，正要離開，就見岡日森格的一條前腿痙攣似的動了一下，又動了一下。父親愣了：牠還沒有死？

天麻麻的，就要黑了。散了會的眼鏡來到草坡上對父親說：「白主任認爲你剛來，不懂規矩，應該跟他住在一起。」原來西結古工作委員會的人都散住在牧民的帳房裏，只有白主任和作爲文書的眼鏡住進了那座白牆上糊滿黑牛糞的碉房。碉房是野驢河部落的頭人索朗旺堆獻出來的，除了住人，還能開會，等於是工作委員會的會部。

父親說：「好啊，可是這狗怎麼辦？」

眼鏡說：「你想怎麼辦？」

父親說：「這是一條命，我要救活牠。」

眼鏡說：「恐怕不能吧，這是上阿媽的狗，你要犯錯誤的。」

父親回到了碉房裏。眼鏡從牆角搬過來一個木頭匣子放到地氈中央。匣子裏是青稞炒麵，用奶茶一拌，再加一點酥油，就成糌粑了。這就是晚飯。

吃飯的過程中，白主任抓緊時間給他講了不少草原的規矩，最後說：「你一定要吸取教

訓，不能和上阿媽草原的人有任何牽連。」

父親又是點頭，又是稱是，心裏卻惦記著岡日森格。就要打開行李睡覺的時候，父親藉口找馬，又來到草坡上，再次摸了摸血跡浸染的岡日森格。

岡日森格好像知道有人在摸牠，動了一下，又動了一下，這次是耳朵，耳朵一直在動，像是求生的信號。父親跪在地上想抱起牠，使了半天勁才發現自己根本就抱不動，起身跑回碉房，對眼鏡說：「你幫我把那隻狗抬過來，牠死了，牠有很大很厚的一張狗皮。」

眼鏡嚴肅地望著白主任。

白主任沉吟著說：「牠是上阿媽的狗，扒了牠的狗皮，我看是可以的。」

父親在碉房前的草窪裏找到還在吃草的棗紅馬，套上轡頭，拉牠來到草坡上，和眼鏡一起把岡日森格抱上了馬背。

眼鏡小聲說：「你怎麼敢欺騙白主任？」

父親說：「爲什麼不敢？」

他們來到碉房下面的馬圈裏，把岡日森格從馬背上抱下來。

父親問道：「你們西工委有沒有大夫？」

眼鏡說：「有啊，就住在山下面的帳房裏。」

父親說：「你能不能帶我去？」

眼鏡說：「白主任知道了會說我，再說我怕狗，這會兒天黑了，牧人的狗會咬人的。」

父親猶豫著，又仔細看了看岡日森格，對眼鏡說：「你回去吧，白主任問起來，就說我正在扒狗皮呢。」

父親毅然朝山下走去。他其實也是非常怕狗的，尤其是當他看到雄獅一樣的岡日森格幾乎被咬死之後，就知道西結古草原的狗有多厲害。但他還是去了，他的同情心戰勝了他的怯懦，或者說，他天性中與動物，尤其是藏獒的某種神秘聯繫起了作用，使他變得像個獵人，越害怕就越想往前走。

打老遠帳房前的狗就叫起來，不是一隻，而是四五隻。父親停下了，喊道：「大夫，大夫。」狗叫聲淹沒了父親的叫聲，父親只好閉嘴，等到狗不叫了，突然又大喊：「大夫，大夫。」狗朝這邊跑來，黑影就像鬼蜮，形成一個半圓的包圍圈橫擋在了父親面前。

父親的心打鼓似的跳著，他知道這時候如果往前走，狗就會撲過來，如果往後退，狗也會撲過來，唯一的選擇就是原地不動。可他是來找大夫的，他必須往前走。他戰戰兢兢地說：「你們別咬我，千萬別咬我，我不是賊，我是個好人。」他邊說邊往前挪動，狗們果然沒有撲過來咬他，反而若無其事地朝後退去。

他有點納悶：莫非牠們真的聽懂了我的話？突然聽到身後有動靜，驚得出了一身冷汗，猛回頭，發現一個立起的黑色狗影就要撲過來。他哎喲一聲，正要奪路而逃，就聽有人咕咕地笑了，原來那立起的黑影不是狗。一個孩子出現了，就是那個白天面對七個上阿媽的孩子眼睛凸瞪出猛烈怒火的孩子。夜涼如秋，但他依然光著脊梁赤著腳，似乎堆纏在腰裏的衣袍對他永遠是多餘的。他笑著往前走去，走了幾步又回身望著父親。父親趕緊跟了過去。

鬼蜮一樣的狗影突然消失了。光脊梁的孩子帶著父親來到一頂黑色的牛毛帳房前，停下來讓父親進去。

父親站在那裏不敢動，光脊梁就自己掀開門簾鑽了進去，輕聲叫著：「梅朵拉姆，梅朵拉姆。」不一會兒，大夫梅朵拉姆提著藥箱出來了，原來就是那個白天給父親端過奶茶的姑娘。

父親說：「有碘酒嗎？」

梅朵拉姆問道：「怎麼了？」

父親說：「傷得太重了，渾身都是血。」

梅朵拉姆說：「在哪兒？讓我看看。」

父親說：「不是我，是岡日森格。」

梅朵拉姆說：「岡日森格是誰？」

父親說：「是狗。」

兩個人來到了碉房下面的馬圈裏。梅朵拉姆從藥箱裏拿出手電筒讓父親打著，自己把岡日森格的傷勢仔細察看了一遍說：「晚了，這麼深的傷口，血差不多已經流盡了。」

父親說：「可是牠並沒有死。」

梅朵拉姆拿出酒精在岡日森格身上擦著，又撒了一層消炎粉，然後用紗布把受傷最重的脖子、右肋和後股包了起來。

梅朵拉姆說：「這叫安慰性治療，是在給你抹藥，如果你還不甘心，下次再用碘酒塗一遍，然後……」說著，給了父親一瓶碘酒。

父親問道：「然後怎麼辦？」

梅朵拉姆說：「然後就把牠揹到山上餵老鷹去。」

梅朵拉姆和父親一前一後走出了馬圈，突然看到兩個輪廓熟悉的黑影橫擋在他們面前——白主任和眼鏡出現了。幾乎在同時，父親看到不遠處佇立著另一個熟悉的黑影，那個黑影在月光下是光著脊梁赤著腳的，那個黑影的臉上每一道陰影，都是對岡日森格的仇恨。

這天晚上，父親就在馬圈裏待了一夜。他在站著睡覺的棗紅馬和昏迷不醒的岡日森格之間鋪開了自己的行李。躺下後，怎麼也睡不著，腦子裏亂哄哄的，想得最多的，是那個光脊梁的孩子。

他知道光脊梁的孩子一定不會放過岡日森格，岡日森格是活不成了，除非自己明天離開西結古時把牠帶走。可這麼大一隻半死的狗，自己怎麼帶啊。算了吧，不管牠了，自己走自己的吧。又一想，如果不管岡日森格，他還有必要明天就離開西結古嗎？

天快亮的時候，父親睡著了，一睡就睡得很死。

鐵棒喇嘛與活佛

清晨，一個名叫頓嘎的老喇嘛從碉房山最高處的寺院裏走了出來。他揹著一皮袋牛羊的乾心肺，沿著小路盤行而下，路過工作委員會會部所在地的牛糞碉房時停下了。他立到馬圈前看了看蜷成一團酣睡著的父親和包紮著傷口的岡日森格，又回身望了望山下的野驢河，悄悄地離開了。

在河灣一端鵝卵石和鵝冠草混雜的灘地上，一大群幾百隻各式各樣的領地狗正在翹首等待著老喇嘛的到來。生活如舊，一切跟昨天沒什麼兩樣，除了老喇嘛心裏的不安寧。

老喇嘛頓嘎心裏的不安寧，正是由於領地狗的存在。領地狗也是流浪狗，但牠們只在自己的領地流浪，當這個生生不息的龐大狗群按照人的意志，認爲以西結古爲中心的整個青果阿媽西部草原都是牠們的領地時，任何外來的狗就別想輕易在這片土地上找到生存的機會。也就是說，牧羊狗是守護畜群的，看家狗是守護帳房和碉房的，領地狗是守護整個西結古草原的。領地狗終生不會離開自己的草原，哪怕餓死，哪怕蛻變爲野生動物，哪怕變成人見人嫌的癩皮狗。因爲一旦離開自己守護和生存的草原，別處的領地狗就會把牠咬死吃掉，無論牠有多麼強大。

領地狗不是野狗，野狗是沒人餵的，而領地狗除了自己經常像野獸一樣在草原上捕捉活食外，還會在固定的時間、固定的地方得到人給的食物。人給牠們食物的舉動，在表面上是出於宗教與世俗的善良，實際上是爲了從生存的依賴上加固牠們對人類的依附關係。儘管領地狗不屬於任何個人，但人的意志卻明確無誤地體現在牠們的一舉一動中。給牠們食物的除了牧家還有寺院，老喇嘛頓嘎就是西結古寺專門給領地狗拋散食物的人。

老喇嘛頓嘎來到野驢河的灘地上，拔出腰刀，在石板上割碎了牛羊的心肺，一點一點拋散給牠們。突然看到光脊梁的孩子沿著河邊的淺水劈哩啪啦地跑來，心裏不覺隱隱一沉，叫了一聲：「不好。」

光脊梁的孩子大聲喊著：「那日，那日。」牛犢般的大黑獒那日立刻跑了過來。光脊梁把手中的一隻肥嘟嘟的羊尾巴扔給了牠。

大黑獒那日跳起來一口叼住，一邊狼吞虎咽地吃著，一邊盯著光脊梁。牠預感到牠曾經的主人並不僅僅是來餵牠羊尾巴的，一定還有別的事，就像以往發生過的那樣，讓牠跟他去草原深處打獵，或者替他去尋找一件他找不到的東西。再就是廝殺，就跟昨天似的，讓牠搶在獒王前面向著來犯的同類猛烈衝擊，然後瘋狂撕咬。牠知道主人的事情永遠比自己的吃喝更重要，嚼都沒嚼，連肉帶毛，把羊尾巴吞到了肚子裏。

這時，牠看到光脊梁的孩子奮力朝前跑去，跑了幾步又回身朝牠招手，喊著：「那日，那日。」大黑獒那日用四隻粗壯的腿騰騰地敲打著地面跟了過去。老喇嘛頓嘎望著人和狗消失在碉房與碉房之間的狹道裏，趕緊朝寺院走去。

在雙身佛雅布尤姆殿的大堂裏，老喇嘛頓嘎對西結古寺的住持丹增活佛說，他昨天晚上做了一個夢，一個獅子一樣漂亮雄偉的金色公獒請求他救自己一命。金色公獒說，牠前世是阿尼瑪卿雪山上的獅子，曾經保護過所有在雪山上修行的僧人。老喇嘛又說，他今天早晨在牛糞碉房的馬圈裏看到了一個陌生的漢人和一隻外來的受了重傷的金色獅頭公獒，又在野驢河邊看到光脊梁的孩子招走了大黑獒那日。

丹增活佛問道：「你是不是說，你夢見的雪山獅子就是你看見的獅頭公獒？」

老喇嘛頓嘎說：「是啊是啊，牠現在已經十分危險了，我們怎麼才能救牠一命呢？」

丹增活佛知道這個問題是很嚴重的，趕緊叫來另外幾個活佛商量，商量的結果，是派三個鐵棒喇嘛前去保護前世是阿尼瑪卿雪山獅子的獅頭公獒和那個外來的漢人。

鐵棒喇嘛是西結古寺護法金剛的肉身體現，是草原法律和寺院意志的執行者，在整個青果阿媽西部草原，只有他們才可以代表神的意志，隨意懲罰包括藏獒在內的所有生靈。別人的懲罰雖然也是可以的，但卻不是神聖的。不是神聖的懲罰，自然也就不是替天行道而免遭報應的懲罰。

父親被一陣悶雷般的狗叫驚醒了。他忽地坐起來，就見一隻牛犢般大小的黑獒正朝著他身邊的岡日森格撲過來。他本能地掀起被子，迎著大黑獒蓋了過去。大黑獒那日來不及躲閃，獒頭一下子被蓋住了。牠戛然止步，咬住被子使勁甩著。父親抓住被子的一角，拔河似的把大黑獒那日拉出了馬圈。大黑獒那日突然意識到，牠的敵人並不僅僅是那隻將死而未死的公獒，還有獅頭公獒的主人——一個陌生的漢人。牠鬆開被子大著嗓門吠叫起來，不是衝著父親，而是衝著碉房山前的野驢河。

遠方的領地狗群一聽就明白了，「汪汪汪」地回應著狂奔起來，轉眼之間就從野驢河的灘灣裏來到了這裏。父親在心裏慘叫一聲：「完了。」趕緊用被子蓋住依舊奄奄一息的岡日森格，再從馬圈的牆角拽過和他同樣驚恐無比的棗紅馬，準備跳上去逃跑。

但是已經來不及了，領地狗群密密麻麻地擋在了馬圈前面，大黑獒那日和牠的同胞姐姐大黑獒果日，以及昨天被岡日森格打敗的灰色老公獒已經衝過來了，不是衝著人，而是衝著馬。

棗紅馬忽地一下掉轉了身子，抬起屁股踢了過去，一下就踢在了大黑獒那日的左眼上。大黑獒那日尖叫一聲滾翻在地，立刻又爬起來，以十倍的瘋狂再次撲過去，尖利的虎牙哧地一聲扎在了棗紅馬的屁股上。

棗紅馬叫著，邊叫邊踢。父親清楚地看到，棗紅馬的鐵蹄好幾次踢在了大黑獒那日的肚子上，但大黑獒那日就是不鬆口，牠拚命拉轉棗紅馬的身子，讓牠的前胸和肚腹完全暴露在了前面。大黑獒果日和灰色老公獒同時跳起來，咬住了棗紅馬。棗紅馬轟然一聲栽倒在地。大黑獒那日跳過去，一口咬住了棗紅馬的喉嚨。

父親驚叫一聲，噌地跳向了牆角。本能告訴他，在牆角，他至少可以避免腹背受敵的危險。他渾身顫抖，絕望地瞪著面前的狗群。牠們有的沉默寡言，有的狂叫不止；沉默寡言的朝前撲著，狂叫不止的站在一邊助威。

在他和狗群之間，是用被子掩蓋著的岡日森格。領地狗群還沒有發現岡日森格。咬死了棗紅馬的大黑獒那日似乎忘了岡日森格，牠撲過來的唯一目的，就是像咬死棗紅馬那樣咬死父親。父親冷汗淋漓，做了一件讓他終生都會懺悔的事情，那就是出賣。

他在狗群強大的攻擊面前，卑微地出賣了他一直都想保護的岡日森格——當傷痕累累的大黑獒那日和另外幾隻藏獒朝他血口大開的時候，他忽地一下掀掉了覆蓋著岡日森格的被子。

所有的狗都愣了一下，除了大黑獒那日。左眼和肚子上沾滿了血的大黑獒那日一口咬住了父親手中的被子，被子曾經蓋住過牠，牠仇恨這被子甚至超過了仇恨岡日森格。被子刺啦刺啦地響著，爛了。被子一爛，大黑獒那日就認爲對被子的報復已經結束，自己應該全力對付的還是岡日森格和被子的主人。

大黑獒那日的目標是父親的喉嚨，父親一躲，利牙噗嗤一聲陷進了肩膀。父親慘叫著，一聲聲地慘叫著。慘叫聲裏，大腿被牙刀割爛了，胸脯也被牙刀割爛了，然後就是面對死亡。

父親後來說，如果不是奇蹟出現，他那天肯定會死在大黑獒那日的牙刀下。奇蹟就是大黑獒那日突然不行了，牠的一隻眼睛和肚子正在流血，流到一定程度就有了天旋地轉的感覺，牠從父親的胸脯上滑落下來，身子擺了幾下，就癱軟在了地上。接著是另一個奇蹟的出現，岡日森格甦醒了。

一直昏迷不醒的岡日森格在父親最危險的時刻突然抽搐起來，一下，兩下，三下，然後睜開了眼睛，甚至還強掙著抬了一下頭。圍繞著牠的藏獒頓時悶叫起來，而緊跟在大黑獒那日後面正要撲向父親的大黑獒果日和灰色老公獒，突然改變主意撲向了岡日森格。因爲在牠們的意識裏，仇視同類永遠比仇視人類更爲迫切。

岡日森格危險了，牠的危險給父親贏得了幾秒鐘的保險。這關係人命也關係狗命的幾秒鐘，使父親避免了兩隻猛獒致命的撕咬，卻使岡日森格再一次受到了牙刀的宰割。

這時候，父親看到了白主任、眼鏡和梅朵拉姆。他們被領地狗群阻擋在碉房門口的石階上面。白主任拿了一把手槍威脅著狗群，卻不敢射出子彈來，他知道狗是不能打的，打死了狗，後果不堪設想。狗群咆哮著，牠們根據這三個人走路的姿態，就能判斷出他們是來解救父親的，便躥上石階逼他們朝後退去。

三個人很快退進了碉房。兩隻藏獒站在門口，用大頭碰撞著門板，警告裏面的人不要出來多管閒事。父親再次絕望了。他看到五十步遠的地方有三個裏著紅氆氌的喇嘛正朝著馬圈走來，就衝他們慘兮兮地喊道：「快來救人哪。」

三個身材魁梧的喇嘛在狗群中跑起來，不停地喊叫著，揮舞手中的鐵棒打出一條路，來到了馬圈裏。那些不肯讓開的藏獒，那些還準備撲咬父親的藏獒，以及還在撕咬岡日森格的大黑獒果日和灰色老公獒，被三個喇嘛手中的鐵棒打得有點暈頭轉向，一時不知道如何是好。但牠們決不撤退，因爲牠們是藏獒，牠們的祖先沒有給牠們遺傳在戰鬥中遇到阻止後立刻撤退的意識。

牠們朝著三個鐵棒喇嘛狂吠著，激憤地詢問：你們到底是什麼意思？難道這一狗一人兩個來犯者不應該受到懲罰？我們是領地狗，保衛領地是西結古人賦予我們的神聖職責。難道現在又要收回了嗎？三個鐵棒喇嘛不可能回答牠們的問題，回答問題的只能是那些更有頭腦的藏獒。

一直在一邊默然觀望著的獒王虎頭雪獒突然叫起來，叫聲很沉很穩，很粗很慢，但所有的藏獒，包括小嘍囉藏狗都聽到了，都明白了其中的含義，那就是牠要求牠們必須尊重鐵棒喇嘛的意志。一旦鐵棒喇嘛出面保護，闖入牠們領地的外來狗和外來狗的主人，就已經不是必須咬死的對象了。

先是大黑獒果日和灰色老公獒夾起了尾巴，低下頭默默離開了馬圈。接著，所有進入馬圈的藏獒紛紛離開了那裏。獒王虎頭雪獒高視闊步，朝著野驢河走去。藏獒們幾乎排著隊跟在了牠身後。小嘍囉藏狗們仍然不依不饒地叫囂著，但也只是叫囂而已，叫著叫著，也都慢慢地跟著藏獒們走了。

三個紅氆氌的鐵棒喇嘛站在馬圈前面目送著牠們。馬圈裏只剩下了活著的父親和死去的棗紅馬，還有兩隻藏獒，一隻是再次昏死過去的岡日森格，一隻是因失血過多癱軟在地的大黑獒那日。

父親長出一口氣，一屁股坐在了地上。光脊梁的孩子不知從什麼地方鑽出來躥進了馬圈。他「那日那日」地叫著，撲到大黑獒那日身上，伸出舌頭舔著牠左眼上的血，舔著牠肚子上的血。他以為自己的舌頭跟藏獒的舌頭一樣也有消炎解毒的功能，甚至比藏獒的舌頭還要神奇，只要舔一舔，傷口立刻就會癒合。大黑獒那日吃力地搖搖尾巴，表示了牠對昔日主人的感激。

父親的傷勢很重，肩膀、胸脯和大腿上都被大黑獒那日的牙刀割爛了，裂口很深，血流不止。岡日森格情況更糟，舊傷加上新創，也不知死了還是活著。大黑獒那日還在呼呼喘氣，牠雖然站不起來了，雖然被棗紅馬踢傷的左眼還在流血，卻依然用仇恨的右眼一會兒盯著父親，一會兒盯著岡日森格。

一個身強力壯的鐵棒喇嘛揹起了父親，一個更加身強力壯的鐵棒喇嘛揹起了大黑獒那日，一個尤其身強力壯的鐵棒喇嘛揹起了岡日森格。他們排成一隊沿著小路，朝碉房山最高處的西結古寺走去。光脊梁的孩子跟在了後面。無論是仇恨岡日森格，還是牽掛大黑獒那日，他都有理由跟著三個鐵棒喇嘛到西結古寺去。

快到寺院時，他停下了，瞇起眼睛眺望著野驢河對岸的草原，突然發出了一聲尖叫，驚得三個鐵棒喇嘛回過身來看他。光脊梁的臉上正在誇張地表現著內心的仇恨，眼睛裏放射出的怒火猛烈得就像正在燃燒的牛糞火。

野驢河對岸的草原上，出現了七個小黑點。光脊梁的孩子一眼就認出，那是七個跟著父親來到西結古草原的上阿媽的孩子。他朝山下跑去，邊跑邊喊：「上阿媽的仇家，上阿媽的仇家。」

很快就有了狗叫聲。被鐵棒喇嘛揹著的父親能夠想像到，狗群是如何興奮地跟著光脊梁的孩子追了過去，好像他是將軍，而牠們都是些衝鋒陷陣的戰士。父親無奈地嘆息著，真後悔自己的舉動：爲什麼要把花生散給那些孩子們呢？草原不生長花生，草原上的孩子都是第一次吃到花生，那種香噴噴的味道對他們來說是前所未有的。他們跟著父親，跟著前所未有的香噴噴的天堂果來到了西結古，結果就是災難。

七個孩子怎麼能抵禦那麼多狗的攻擊？父親在揹著他的鐵棒喇嘛耳邊哀求道：「你們是寺院裏的喇嘛，是行善的人，你們應該救救那七個孩子。」

鐵棒喇嘛用漢話說：「你認識上阿媽的仇家？上阿媽的仇家是來找你的？」

父親說：「不，他們肯定是來找岡日森格的，岡日森格是他們的狗。」

鐵棒喇嘛沒再說什麼，揹著他走進了赭牆和白牆高高聳起的寺院巷道。

光脊梁的孩子帶著領地狗群，涉過野驢河，追攆而去。

又是一次落荒而逃，七個上阿媽的孩子似乎都是逃跑的能手，只要撒開兩腿，西結古的人就永遠追不上。他們邊跑邊喊：「瑪哈噶喇奔森保，瑪哈噶喇奔森保。」好像是一種神秘的咒語，狗群一聽就放慢了追撲的速度，吠叫也變得軟弱無力，差不多成了多嘴多舌的催促：「快跑啊，快跑啊。」

西結古寺的奇蹟

西結古寺僧舍的炕上，父親慘烈的叫聲就像骨肉再一次被咬開了口子。咬他的不是利牙，而是猛藥。西結古寺的藏醫喇嘛尕宇陀從一個圓鼓一樣的豹皮藥囊裏拿出一些白色粉末、黑色粉末和藍色粉末分別撒在了父親的肩膀、胸脯和大腿上，又用一種漿糊狀的液體在傷口上塗抹了一遍。

撒入粉末的一剎那，父親幾乎疼暈過去，等到包紮好以後，感覺立刻好多了。血已經止住，疼正在減輕，他這才意識到渾身被汗水濕透了，一陣乾渴突然襲來。他說：「有水嗎？給我一口水喝。」

藏醫尕宇陀聽懂了，對一直守候在身邊的那個會說漢話的鐵棒喇嘛嘰咕了幾句。鐵棒喇嘛出去了，回來時，端著一木盆黑乎乎的草藥湯。藏醫尕宇陀朝著父親做了個喝的樣子，父親接過來就喝，頓時苦得眼淚都出來了。

在僧舍另一邊的地上，臥著昏迷不醒的岡日森格和即將昏迷的大黑獒那日。藏醫尕宇陀先是解開了昨天梅朵拉姆給岡日森格的包紮，給舊傷口和新傷口撒上不同顏色的粉末，又用漿糊狀的液體塗抹全身，把一隻狗耳朵捲起來，使勁捏了幾下，然後再去給大黑獒那日治療。

父親突然想起梅朵拉姆留給自己的那瓶碘酒，趕緊從身上摸出來遞了過去。藏醫尕宇陀接過來看了看，聞了聞，扔到了炕上。

父親拿起來詫異地問道：「這藥很好，你爲什麼不用？」

尕宇陀搖了搖頭，一把從他手裏奪過碘酒瓶，乾脆扔到了牆角落裏，用藏話衝著鐵棒喇嘛說了幾句什麼。鐵棒喇嘛對父親說：「反對，反對，你們的藥和我們的藥反對。」

即將昏迷的大黑獒那日在上藥時突然睜大了眼睛，渾身顫慄，痛苦地掙扎哀叫著。鐵棒喇嘛大力摁住了牠，等上完了藥，牠已經疼昏過去了。

藏醫尕宇陀讓鐵棒喇嘛掰開大黑獒那日的嘴，把父親喝剩下的草藥湯灌了進去，又出去親自端來半盆溫熱的草藥湯，灌給了岡日森格。他靜靜地望著父親和還在喘氣的岡日森格，實在慶幸父親和牠居然還能活下來。

門外一陣腳步聲，白主任、眼鏡和梅朵拉姆來了。一個面容清癯、神情嚴肅的僧人陪伴著他們。藏醫尕宇陀和鐵棒喇嘛一見那僧人就恭敬地彎下了腰。

白主任說：「傷得怎麼樣？你可把我們嚇壞了。」

父親有點冷淡地說：「可能死不了吧，反正傷口這會兒已經不疼了。」

白主任說：「應該感謝西結古寺的佛爺喇嘛，是他們救了你。」又指著面容清癯的僧人說，「你還沒見過這佛爺吧，這就是西結古寺的住持丹增活佛。」

父親趕緊雙手合十，欠起腰來，象徵性地拜了拜。丹增活佛跨前一步，伸出手去，掃塵一樣柔和地摸了摸父親的頭頂。父親知道這就是活佛的摸頂，是草原的祝福，感激地俯下身去，再次拜了拜。

丹增活佛來到岡日森格跟前，蹲了下去，輕輕撫摩著塗了藥液的絨毛。

藏醫尕宇陀不安地說：「牠可能活不了，牠的靈魂正在離去。」

丹增活佛站起來說：「怎麼會呢？牠是托了夢的，夢裏頭沒說牠要死啊。牠請求我們救牠一命，我們就能夠救牠一命。牠是阿尼瑪卿雪山獅子的轉世，牠保護過所有在雪山上修行的僧人，牠還會來保護我們，牠不會死，這麼重的傷，要死的話早就死了。好好服侍吧，救治人世的病痛者，你會有十三級功德，救治神界的病痛者，你會有二十六級功德，而救治一個保護過許多苦修僧人的雪山護法的世間化身，你就會有三十九級功德。還有，這個把雪山獅子的化身帶到西結古草原來的漢人是個吉祥的人，你們一定要好好對待他，他的傷就是你們自己的傷。」

藏醫尕宇陀和鐵棒喇嘛「呀呀呀」地答應著。

來青果阿媽草原之前，眼鏡在西寧參加過一個藏語學習班，他差不多聽懂了丹增活佛的話，趕緊翻譯給白主任和梅朵拉姆聽。

白主任很高興，朝著父親伸出大拇指說：「好啊好啊，這樣就好，你為我們在西結古草原取得當地人的信任做出了貢獻，我一定要給上級反映。」又指著梅朵拉姆和眼鏡說，「記者同志身上有一種捨生忘死的精神，你們要好好向他學習。丹增活佛說他是個吉祥的人，吉祥就是扎西，扎西德勒，扎西德勒。」

鐵棒喇嘛認真地對父親說：「你是漢扎西，我是藏扎西，我們兩個都是扎西。」原來他也叫扎西，而丹增活佛說父親是個吉祥的人，就等於給父親賜了一個稱呼，不管父親願意不願意，草原上的人，從此就會叫他「漢扎西」。

又說了一些話，大家都走了。梅朵拉姆留下來小聲對父親說：「我看看，他們給你上了什麼藥。」

父親說：「我的傷口包紮住了，妳去看狗吧，狗身上抹什麼藥，我身上就抹什麼藥。」

梅朵拉姆驚叫道：「那怎麼行，你又不是狗。」說著，走過去蹲到岡日森格跟前看了看，沒看出什麼名堂，一擺頭瞅見了丟在牆角的那瓶碘酒。她撿起來說：「我帶來的藥不多，你怎麼把它扔了？」

父親用鐵棒喇嘛的口氣說：「反對，反對，妳的藥和喇嘛的藥反對。」

梅朵拉姆把碘酒裝進藥箱說：「但願他們的藥能起作用。我現在最擔心的倒不是傷口感染，而是傳染上狂犬病。」

父親問道：「傳染上狂犬病會怎麼樣？」

梅朵拉姆睜大美麗的眼睛，一臉驚恐地說：「那就會變成神經病，趴著走路，見狗就叫，見人就咬，不敢喝水，最後肌肉萎縮、全身癱瘓而死。」

父親說：「這麼可怕，那我不就變成一隻瘋狗了？」說著瞪起眼睛，衝她齜了齜牙，

「汪」地喊了一聲。梅朵拉姆尖叫一聲，轉身就跑。

僧舍裏安靜下來。父親躺平了身子，想睡一會兒。鐵棒喇嘛藏扎西走進來，把一碗拌好的糌粑和一碗酥油茶放在了矮小的炕桌上。父親搖搖頭，表示不想吃。藏扎西說：「你一定要吃，糌粑是丹增佛爺念過經的，吃了傷口很快就會長出新肉來。」說著把父親扶起來，守著他完了糌粑，喝光了酥油茶。

就這樣，父親住進了西結古寺，而且和兩隻受傷的藏獒住在一起。

大黑獒那日當天下午就甦醒了。牠一甦醒，就用一隻眼睛陰沉地瞪著身邊的岡日森格，威脅地露出了利牙。見岡日森格一動不動，又把黑黝黝的眼光和白花花的利牙朝向了父親。

父親躺在炕上，看牠醒了，就一瘸一拐地走了過去。

大黑獒那日警惕地想站起來，但左眼和肚子上的傷口不允許牠這樣，只好忍著強烈的憤怒，聽任父親一點點地接近牠。牠覺得父親接近牠的速度本身就是陰謀的一部分：他爲什麼不能一下子衝過來，而要慢慢地挪動呢？牠吃力地揚起大頭用一隻眼睛瞪著父親的手，看他到底拿著鞭子還是棍子或者刀子和槍，這些人類用來制服對手的工具，牠都是非常熟悉的。

大黑獒那日發現對方手裏什麼也沒有，便更加疑惑了：他怎麼可以空著手呢？難道他的手不借助任何工具就能產生出乎意料的力量？

父親來到大黑獒那日身邊，蹲下來愣愣地望著牠，突然想到了一個大黑獒那日正在想的問題：他這麼快地來到牠跟前，他想幹什麼？他是不是不希望牠醒過來？可是事實上牠已經醒了，他應該怎麼辦？牠無疑是一隻惡狗，牠咬慘了他，牠是岡日森格的最大威脅，牠最好的去處就是死掉。

父親這麼想著，看了看自己的雙手。這雙手是完好無損的，它雖然沒有牛力馬力狗力，但掐死毫無反抗能力的大黑獒那日還是綽綽有餘的。

大黑獒那日似乎明白父親在想什麼，衝著他的手低低地叫了一聲。

父親搖了搖手，同時咬了咬牙，好像馬上就要動手了，但是突然又沒有了力氣和勇氣。沒有力氣和勇氣的原因，是父親發現自己一點也不恨牠，父親天生是個喜歡動物，尤其是狗的人，他不能像報復人那樣報復一隻狗。父親放鬆了咬緊的牙關，搓著兩隻手，坐在了地上。

大黑獒那日立刻明白了父親心理的變化，揚起的大頭沉重地低下去，噗然一聲耷拉在伸直的前腿上，疲倦地喘著粗氣，軀歪了身子。父親望著牠，內心不期然而然地升起一絲柔情，手不由自主地伸向大黑獒那日蓬蓬鬆鬆的鬣毛。

大黑獒那日再次揚起大頭，費勁地扭動著想咬那隻手，咬不著手，牠就撕扯父親的衣服。父親不理牠。他把全部的注意力集中在了自己的手上，手在鬣毛裏滑動著，開始是在毛浪裏輕柔地撫摩，慢慢地變成了撓。他在牠的脖子上不停地撓著，撓得不癢的地方癢起來，癢的地方舒服起來。脖子的舒服就像湧出的泉水一樣擴散著，擴散到了全身，擴散到了內心，而舒服一進入內心，就變成了另一種東西，那就是好感。

不知不覺的，大黑獒那日的大頭不再費勁扭動了，牙齒也不再撕扯父親的衣服。牠感到一種癢癢的溫暖正在升起，一種忍受傷痛時來自人類的慰問正在升起，突然意識到，面前的這個人也許並不一定是個面目可憎需要提防的陰謀家，至少在此刻，他並不想報復性地加害牠，而是想討好牠。

牠不喜歡他的手接觸牠的皮毛，卻非常喜歡這樣的接觸演變成一種舒適的享受和討好，尤其是陌生人的討好、仇人的討好，這是牠戰勝了他的證明。牠把頭放在了伸展的前肢上，靜靜享受著暖洋洋的撫摩，那隻沒有受傷的眼睛和那隻傷得很重的眼睛漸漸蘊涵了非常複雜的內容：容忍你但並不一定接受你，不咬你但並不一定喜歡你。牠是西結古草原的領地狗，牠唯一忠於的只能是西結古的土地和人。可是你，你是什麼人？

老喇嘛頓嘎進來了。大黑獒那日朝他搖了搖尾巴。老喇嘛頓嘎一看大黑獒那日醒了，而且在父親的愛撫下顯得非常安靜，高興得甚至給父親鞠了一個躬。他轉身出去，拿來了一些切成碎條的乾牛肺交給父親，做了一個吃的動作。父親拿起一條牛肺就往自己嘴裏塞。頓嘎擺擺手，指了指大黑獒那日。父親明白了，這乾牛肺是餵狗的，就一條一條往狗嘴裏塞去。大黑獒那日吃著，顯得有點費勁，但仍然貪饞地吃著。

老喇嘛頓嘎出去了。他是西結古寺專門給領地狗拋散食物的，他愛護領地狗就像愛護自己的孩子一樣。他高興地離開了僧舍裏的大黑獒那日和父親，把自己的想法迅速散佈到寺院的各個角落：那個客居在西結古寺的漢扎西，是個肚量很大的、心地善良的、喜歡藏獒的不加害仇狗的人，這樣的人帶著雪山獅子的化身，來到了青果阿媽西部草原，美好的事情就一定要發生了。

而且漢扎西居然想吃乾牛肺，草原人自己從來不享用牛肺羊肺，牛肺羊肺是專門用來餵養狗的。他想吃牛肺，說明他前世也是一隻狗，一隻大狗好狗，一隻靈性的獅子一樣雄偉的藏獒。藏獒吃了牛肺羊肺，就會長出堅硬的骨頭、龐大的體格和一顆絕對忠誠主人的心，這顆心是真正的藏獒所擁有的金子一樣的心。

此時此刻，漢扎西就坐在大黑獒那日的身邊，正在給牠一點一點餵著乾牛肺，說明漢扎西想和大黑獒那日做朋友，想成爲大黑獒那日的主人。一個喜歡領地狗的人，一個即使咬了自己也不改變愛狗之心的人，必然是一個有功德的人。

這樣的說法一傳十，十傳百，整個西結古寺都變得喜氣洋洋了。

鐵棒喇嘛藏扎西聽了以後說：「藏民喜歡的東西他喜歡，說明他跟藏民是一條心。」說罷就走出寺院，到山下的帳房裏化緣去了。

這天晚上，鐵棒喇嘛藏扎西給父親拿來了他化緣的肉食：「這一塊是犛牛肩胛上的肉，這一塊是綿羊胸脯上的肉，這一塊是山羊後腿上的肉，你吃啊，你爲什麼不吃？你要知道，在草原上是吃什麼補什麼的，你的傷口在肩膀上、胸脯上和大腿上，你就得天天吃這些東西，連續吃上七天，你長出來的筋肉就比原來的筋肉還要結實。」

父親非常感動，他已經意識到，你對狗好，寺院的喇嘛就會對你好。他趕緊說：「既然吃什麼補什麼，大黑獒那日是不是應該吃掉牛的眼睛、羊的肚子呢？至於遍體鱗傷的岡日森格，要是牠甦醒過來，是不是應該吃掉一整頭牛或一整隻羊呢？」

藏扎西說：「對啊對啊，你說得對啊。不過，藏獒的命有七條，人的命只有一條，藏獒比人能活能長，藏獒不吃牛眼睛也能長好眼睛，不吃整個牛也能長好整個身子。」

父親只吃了一半藏扎西拿來的犛牛的肩肉、綿羊的胸肉、山羊的腿肉，剩下的一半拿給了大黑獒那日。大黑獒那日的眼睛裏依然充滿了疑慮：你到底是幹什麼的？我咬了你，你爲什麼還要給我肉吃？你不是西結古草原的人，你爲什麼對我這樣好？牠知道這是人的食物，是喇嘛送給父親的食物，而父親卻把一半留給了牠。一種受人尊重被人重視的榮幸，一種與人共享的自豪，油然而生。

牠有滋有味地吃著很少吃到的熟食，覺得鹹鹹的，軟軟的，爽爽的，感覺就像父親在牠脖子上抓撓一樣舒服酥麻。牠想到了自己的尾巴，並且把一股力氣運在了尾巴的根部，但終於還是沒有搖起來。安靜的尾巴傳遞給父親的還是深深的疑慮：你是誰？你帶著一隻獅頭公獒來我們西結古草原幹什麼？

一連五天，父親和大黑獒那日每天都能吃到丹增活佛念過經的糌粑和鐵棒喇嘛藏扎西化緣的肉食——犛牛的肩肉、綿羊的胸肉、山羊的腿肉。有一次，他們甚至吃到了寺院頭一天專門爲他們繩殺（用繩子纏在嘴鼻上窒息而死）的新鮮牛肩肉、羊胸肉和腿肉，味道的鮮美讓父親終生難忘。

飲食加上每天一次的換藥，他和大黑獒那日的傷迅速好起來，他可以到處走一走，大黑獒那日也能夠站起來往前挪幾步了。

可以走動以後，父親就經常走出僧舍，從右邊繞過照壁似的嘛呢石經牆，好奇地轉悠在寺院的大經堂、密宗殿、護法神殿、雙身佛雅布尤姆殿和別的一些殿堂僧院裏。喇嘛們見了他，都會友好地露出笑臉來，父親就雙手合十，朝他們低低頭彎彎腰。如果是狹道相逢，喇嘛們必然要側身讓開，請父親先過。

一天上午，父親正在護法神殿的臺階上，跟著鐵棒喇嘛藏扎西學說六字箴言，剛把「唵嘛呢叭咪吽」的「吽」（hong）字念對，突然聽到一陣沉悶的狗叫。儘管寺院裏還有不少別的狗，但他一聽就知道那是大黑獒那日的聲音。他心裏一驚，轉身就跑，跑啊跑，實際上不是跑，是一瘸一拐地走，只不過是在心裏使勁跑。

他跌跌撞撞地繞過嘛呢石經牆，跑進了僧舍，面前的情形完全證實了他的猜測：岡日森格醒了，牠在昏死了五天之後突然甦醒了。

大黑獒那日的叫聲就是衝著突然醒過來的岡日森格的：你不是死了嗎，怎麼又活了？牠站在睜開了眼睛的岡日森格身邊憤怒地叫著，但也只是叫著，並沒有把利牙對準毫無反抗能力的岡日森格，畢竟牠們都是同屬於一個祖先的藏獒，牠們在一起身貼身地待了這麼些日子。

更重要的是，大黑獒那日意識到，這個被自己堅決仇恨著並且一再撕咬過的藏獒，這個懵頭懵腦闖入自己領地的來犯者，是一隻年輕英俊的獅頭公獒，而牠大黑獒那日，是一隻母獒，一隻正值青春妙齡，眼看就要發情的獅頭母獒。

這時，藏扎西跟了進來，一看岡日森格的眼睛撲騰撲騰忽閃著，驚喜地叫了一聲，轉身就走。

藏扎西叫來了西結古寺的住持丹增活佛，叫來了藏醫尕宇陀和老喇嘛頓嘎。

藏醫尕宇陀對著丹增活佛彎下腰說：「神聖的佛爺你說對了，牠是阿尼瑪卿雪山獅子的轉世，偉大的山神保佑著牠，牠是死不了的。」

丹增活佛說：「你救治了一個雪山獅子的化身，你的三十九級功德已經記錄在佛菩薩的手印上了，祝福你啊，尕宇陀。」

尕宇陀說：「不，佛爺，不是我的功德，是西結古寺的功德，需要祝福的應該是我們光明的西結古寺。」

藏醫尕宇陀俯下身去，仔細驗看著岡日森格的傷勢和眼睛，突然站起來說：「牠的血已經流盡了，牠現在需要補充最好的血，不然牠還會暈過去的。」

藏扎西問道：「什麼血是最好的血，我這就去找。」

尕宇陀說：「最好的血不是牛血和羊血，是藏獒的血和人血，你不用去找了，你快去拿一個乾淨的木盆來。」

父親沒想到，藏醫尕宇陀會放出自己的血救狗一命。他從圓鼓一樣的豹皮藥囊裏拿出一個拇指大的金色寶瓶，滴了一滴藥在自己的手腕上，消毒以後，又拿出一把六寸長的形狀像麻雀羽毛的解剖刀，割開了自己左手腕的靜脈。血嘩啦啦地流進了乾淨的木盆。差不多流了有半碗，丹增活佛一把將尕宇陀的左手腕攥住了，然後伸出了自己的胳膊。

藏醫尕宇陀說：「佛爺，你的血是聖血，你的血哪怕只有一滴，對雪山獅子也能起到起死回生的作用。」說著，用寶瓶裏的藥水在丹增活佛的手腕上消了毒，用刀輕輕劃了一下。血湧出來了，鮮豔得耀紅了整個僧舍。

接著是藏扎西的血。接著是老喇嘛頓嘎的血。

最後父親走過去，捋起袖子，把胳膊亮在了藏醫尕宇陀面前。尕宇陀搖搖頭說：「不行啊不行，你也是受過傷流過血的，你也需要血。」

藏扎西翻譯道：「藥王喇嘛說，漢扎西，你就算了吧，雪山獅子用牠明亮的眼睛告訴我們，牠不需要你的血。」

父親說：「爲什麼?難道漢人的血和藏民的血是不一樣的?」

藏扎西把父親的話翻譯了出來。丹增活佛說：「人和人只要心一樣，血就是一樣的，不一樣的只有邪惡人和善良人的血。」又對尕宇陀說：「你就成全了他的好心吧，少放一點血，一滴血的恩情和一碗血的恩情是一樣的。」

父親的血流進了木盆。木盆裏是四個藏族僧人和一個漢族俗人的血，它們混合在一起，流進岡日森格饑渴的喉嚨了。

岡日森格知道爲什麼要給牠灌血，也知道血的重要和看到了血的來源，感激地想搖搖尾巴。可是牠渾身乏力，怎麼也搖不起來，只好睜大眼睛，那麼深情地望著他們，淚水便出來了。岡日森格把殘存在體內的液體全部變成了淚水，一股股地流淌著。淚水感動了在場的人，父親的眼睛也禁不住濕潤了。

一直站在一旁觀望著的大黑獒那日看看岡日森格的眼淚，又看看父親的眼淚，安靜地臥了下來。有一種力量正在強烈地感動著牠，使牠的尾巴突然有了一種違背牠的意願的衝動：翹起來了，慢慢地翹起來了，而且搖擺著，一次次地搖擺著，彷彿尾巴要代替牠表達整個獒類世界的感激。

牠回頭用一隻眼睛望著尾巴，似乎連牠自己也奇怪，牠的尾巴怎麼會這樣？領地狗的原則呢？作爲一隻藏獒必須具有的對來犯者神聖的怒吼和威逼呢？怎麼一眨眼就讓自己的尾巴掃蕩乾淨了？大黑獒那日突然變得非常沮喪，因爲牠比誰都清楚，尾巴是表達感情的工具，藏獒的尾巴就是藏獒內心世界的外化。牠的心變了，已經不再是堅硬如鐵的殺手之心，不再是尖銳如錐的仇恨之心了。

灌完了血，又給岡日森格換藥。岡日森格忍受著疼痛，任由藏醫尕宇陀把那些刀子一樣刺激著傷口的各色藥粉撒遍了全身。兩個小時後，牠在父親的幫助下喝下了一盆藏寶湯，那是用晶瑩的雪山聖水加上熱泉裏的邊緣石和深山裏的藏紅花熬製成的牛骨頭湯。而大黑獒那日吃到的除了牛骨頭湯，還有藏扎西拿來的牛的眼睛和羊的肋條。

七個上阿媽的孩子出現了。

光脊梁的孩子停了下來，憤怒地望著前面，使出吃奶的力氣，伸長脖子喊著：「獒多吉，獒多吉。」

然而，這畢竟只是一個人的聲音，抵制不了七個人的聲音，當上阿媽的仇家齊聲喊起來時，領地狗們就只能聽見「瑪哈噶喇奔森保」了。

聽見了就必須服從，誰也說不清兇猛的所向無敵的藏獒，爲什麼會服從這樣一種莫名其妙的聲音。領地狗們此起彼伏地吠叫著，卻沒有一隻跳起來撲過去。獒王虎頭雪獒望著逃跑的藏馬熊，猶豫不決地來回走動著。

光脊梁的孩子稜角分明的臉上，每一條肌肉都是仇恨，他仇恨著七個上阿媽的孩子，也仇恨著一聽到對方古怪的喊叫就放棄追攆的領地

狗。他在仇恨的時候，從來就是奮不顧身的，他迎著仇家跑了過去，全然沒有想到好漢不吃眼前虧。

但是七個上阿媽的孩子並不想讓光脊梁靠近自己，因爲一旦靠近，就必然是一對一的打鬥。他們不想受傷，更不想死掉，也不願意違背青果阿媽草原的規矩群起而上——群起而上是藏狗的風格，不是人的作爲，甚至也不是藏獒對藏獒的戰法。他們一個個從腰裏解下拋石頭的「烏朵」，嗚兒嗚兒地甩起來。

石頭落在了光脊梁面前，咚咚咚地滾進了草地。光脊梁愣了一下，站住了，驀然回頭看了一眼遠處的仙女梅朵拉姆。

梅朵拉姆正在朝他招手，喊著：「你回來，小男孩你快回來。」

光脊梁彷彿天生就能領悟她的意思，雖然聽不懂她的話，但卻照著做了。

他轉身往回走，一直走到了梅朵拉姆跟前。七個上阿媽的孩子甩過來的烏朵石消失了，在零零星星的「瑪哈噶喇奔森保」的喊聲中，一大群領地狗在獒王虎頭雪獒的帶動下，迅速回到了光脊梁身邊。

梅朵拉姆說：「多危險哪，石頭是不長眼睛的。剛才一喊你，我才發現我還不知道你的名字呢，你叫什麼？」

光脊梁眨巴著眼睛不回答。她又說：「就是名字，比如尼瑪、扎西、梅朵拉姆。」

光脊梁明白了，大聲說：「秋珠。」

梅朵拉姆說：「秋珠？秋天的秋？珍珠的珠？多漂亮的名字。」

眼鏡說：「漂亮什麼？秋珠是小狗的意思。」說著，指了指兩個正在扭架的小狗。

光脊梁點了點頭。

眼鏡又說：「肯定是他阿爸阿媽很窮，希望他胡亂吃點什麼就長大，不要讓閻羅殿的厲鬼勾走了魂，就給他起了這麼一個名字。」

梅朵拉姆說：「小狗也不錯，草原上的狗都是英雄好漢，秋珠也是英雄好漢，敢於一個人衝鋒陷陣。」

眼鏡說：「那他就叫巴俄好了，巴俄，你就叫巴俄。」

孩子知道「巴俄」是英雄的意思，但他並不願意叫這個吉祥的名字，固執地說：「秋珠。」

梅朵拉姆摸了摸光脊梁的頭說：「那就把兩個名字合起來，叫巴俄秋珠，英雄的小狗。」

光脊梁的孩子望著她，點點頭，笑了。

梅朵拉姆叫道：「巴俄秋珠。」

光脊梁響亮地答應了一聲：「呀。」

堅持

這天晚上，西結古寺的僧舍裏，父親照例睡得很早，天一黑就躺到了炕上。但是他睡不著，心想：自己是個記者，一來青果阿媽草原就成了傷員，什麼東西也沒採訪，即使報社不著急，自己也不能再這樣晃悠下去了。明天怎麼著也得離開寺院，到草原上去，到頭人的部落裏去，到牧民的帳房裏去。他覺得自己已經得到了寺院僧眾的信任，又跟著鐵棒喇嘛藏扎西學了不少藏話，也懂得了一些草原的宗教，接下來的工作就好做多了。

這麼想著的時候，他聽到地上有了一陣響動，點起酥油燈一看，不禁叫了一聲：「那日。」昨天還只能站起來往前挪幾步的大黑獒那日，這會兒居然可以滿屋子走動了。

大黑獒那日看他坐了起來，就歪起頭用那隻沒有受傷的右眼望著他，走過來用嘴蹭了蹭他的腿，然後來到門口，不停地用頭頂著門扇。

父親溜下炕去，撫弄著牠的鬣毛說：「你要幹什麼？是不是想出去？」

牠啞啞地叫了一聲，算是回答。父親打開了門。大黑獒那日小心翼翼地越過了門檻，站到門口的臺階上，汪汪汪地叫起來。因為肚子不能用勁，牠的叫聲很小，但附近的狗都聽到了，都跟著叫起來。牠們一叫，整個寺院的狗就都叫起來。好像是一種招呼、一種協商、一種暗語。招呼打完了，一切又歸於寧靜。

大黑獒那日回望了一眼父親，往前走了幾步，疲倦地臥在了漆黑的夜色裏照壁似的嘛呢石經牆下。

父親走過去說：「怎麼了，爲什麼要臥在這裏？」他現在還不明白，大黑獒那日作爲一隻領地狗，只要能夠走動，就決不會待在屋子裏。這是本能，是對職守的忠誠。

父親回到僧舍，看到岡日森格的頭揚起著，一副想掙扎著起來又起不來的樣子。他蹲到牠身邊，問牠想幹什麼。牠眨巴著眼睛，像個小狗似的嗚嗚叫著，頭揚得更高了。父親審視著牠，突然意識到，岡日森格是想讓他把牠扶起來。他挪過去，從後面抱住了牠的身子，使勁往上抬著。

起來了，牠起來了，牠的四肢終於支撐到地面上了。父親試探著鬆開了手，岡日森格身子一歪，噗然一聲倒了下去。

父親說：「不行啊，老老實實臥著，你還站不起來，還得將息些日子。」岡日森格不聽他的，頭依然高高揚起，望著父親的眼睛裏充滿了求助的信任以及催促和鼓勵。父親只好再一次把牠抱住，使勁抬著，四肢終於站住了。父親再也不敢鬆手，一直扶著牠。

岡日森格抬起一隻前腿彎了彎，抬起另一隻前腿彎了彎，接著輪番抬起後腿，彎了又彎。好著呢，骨頭沒斷。牠似乎明白了，一點一點地叉開了前腿，又一點一點地叉開了後腿。父親一看就知道，岡日森格是想自己站住。

「你行不行呢？」父親不信任地問著，一隻手慢慢離開了牠，另一隻手也慢慢離開了牠。

岡日森格永遠不會忘記，這第一步是父親幫助牠走出去的。牠望著父親，感激的眼睛裹濕汪汪的。

父親再次抱住了牠，又推動著牠。牠邁開了步子，很小，又一次邁開了步子，還是很小。

接下來的步子一直很小，但卻是牠自己邁出去的，父親悄悄鬆開了手，不再抱牠也不再推動牠。牠走著，偌大的身軀緩緩移動著。父親說：「對，就這樣，一直往前走。」說著，他迅速朝後退去，一屁股坐到了炕上。

失去了心理依託的岡日森格猛地一陣搖晃，眼看就要倒下了。父親喊起來：「堅持住，雪山獅子，你要堅持住。」

岡日森格聽明白了，使勁繃直了四肢，平衡著晃動的身子，沒有倒下，終於沒有倒下，幾秒鐘過去了，幾分鐘過去了，依然沒有倒下，依然威風凜凜地站著。

不再倒下的岡日森格一直站著，偶爾會走一走，但主要是站著，一聲不吭地站著。直到後半夜，父親朦朦朧朧睡著以後，牠突然叫起來，嗚嗚嗚的，像小孩哭泣一樣，哭著哭著就把自己的身子靠在了門邊的牆上。

這時，父親聽到門外的大黑獒那日汪汪汪地叫起來，叫聲依然很小，但還是得到了別的狗的響應。很快，寺院裏所有的狗都叫起來。

父親下了炕，來到門口，伸出頭去看了看漆黑的夜色，輕聲喊道：「那日，那日。」大黑獒那日回頭用叫聲答應著他。他說：「你叫什麼？別吵得喇嘛們睡不成覺，喇嘛們明天還要念經呢。」

住在西結古寺的這些日子裏，他還是第一次半夜三更聽到這麼多狗叫。大黑獒那日不聽他的，固執地叫著，只是越叫越啞，越叫越沒有力氣了。父親回到炕上，再也睡不著，愣愣地坐著。

漸漸的，聽不到了大黑獒那日的叫聲，別的狗也好像累了，叫聲稀落下來。一個壓低了嗓門的聲音如同詭譎的咒語，神秘地出現在輕悠悠的夜風裏：「瑪哈噶喇奔森保，瑪哈噶喇奔森保。」酥油燈欲滅還明的光亮裏，父親看到自己的黑影抖了一下，岡日森格的黑影抖了一下。接著就是嗚嗚嗚的哭泣，依然靠在門邊牆上的岡日森格用嗚嗚嗚的哭泣，讓「瑪哈噶喇奔森保」聲音再次出現了。

父親突然想起來，就在他剛來西結古的那天，七個上阿媽的孩子落荒而逃時，發出的就是這種聲音：「瑪哈噶喇奔森保，瑪哈噶喇奔森保。」父親心裏不知爲什麼激盪了一下，咚地跳到了炕下，從窗戶裏朝外望去，看到一串兒低低的黑影正在繞過照壁似的嘛呢石經牆，朝僧舍走來。

岡日森格與七孤兒

岡日森格一直嗚嗚地哭著，邊哭邊朝門口挪動了幾步。父親來到牠身邊，撫摩著牠，吱扭一下推開了門。就跟他想到的一樣，黑色的背景上出現了七個黑色的輪廓，那是被父親帶到西結古的七個上阿媽的孩子。

他們來了，他們看到岡日森格站在門裏，就不顧一切地撲進來，爭先恐後地抱住了牠。岡日森格嗚嗚地哭著，是悲傷，也是激動。

父親吃驚地問道：「你們居然還沒有離開西結古？你們怎麼知道牠在這裏？」大腦門的孩子嘿嘿地笑著。他一笑，別的孩子也笑了。臉上有刀疤的孩子撫摩著岡日森格的頭比畫了一下。大腦門立刻伸出了手：「天堂果。」

父親說：「我知道你們跟我來西結古，是因為我給了你們幾顆天堂果。那不是什麼天堂果，那就是花生，是長在土裏的東西。在我的老家，遍地都是，想吃多少有多少。但是在這裏，我沒辦法給你們，我帶來的花生已經吃完了。你們還是走吧，這裏不是你們待的地方。」

大腦門把父親的話翻譯給別的孩子聽。刀疤站起來指了指岡日森格。大腦門點點頭，對父親說：「我們要和牠一起走。」

父親說：「岡日森格的傷還沒好，現在走不了。」

刀疤猜到父親說的是什麼，用藏話說：「那我們也不走了。」大腦門點點頭，所有的孩子甚至連岡日森格都點了點頭。

父親說：「你們只有七個人，而且都是孩子，你們不怕這裏的人這裏的狗？快走吧，回到你們上阿媽草原去吧。」

大腦門說：「我們不回上阿媽草原了，永遠不回去了，一輩子兩輩子三輩子不回去了。」

父親吃驚地問道：「爲什麼？難道上阿媽草原不好？」

大腦門和刀疤說了幾句什麼，然後告訴父親：「上阿媽草原骷髏鬼多多的有哩，吃心魔多多的有哩，奪魂女多多的有哩。」

父親說：「不回上阿媽草原，你們想去哪裏？」

刀疤又一次猜到父親說的是什麼，用藏話說：「岡金措吉，岡金措吉。」大腦門對父親說：「額彌陀岡日。」

父親說：「什麼叫額彌陀岡日？」

大腦門又說：「就是海裏長出來的大雪山，就是無量山。」

父親問道：「無量山在哪裏？」

大腦門搖搖頭，望了望夜色籠罩的遠方。所有的孩子都望了望遠方。遠方是山，是無窮無際的大雪山，是四季冰清的莽莽大雪山。

父親說：「你們去那裏幹什麼？」沒有人回答。

大黑獒那日來到了門口，歪著頭，把那隻腫脹未消的眼睛眯起來，望著七個上阿媽的孩子。牠知道他們是岡日森格的主人，看在岡日森格的面子上，牠不能對他們怎麼樣。再說，他們是喊著「瑪哈噶喇奔森保」來到這裏的，瑪哈噶喇奔森保，這來自遠古祖先的玄遠幽秘的聲音，彷彿代表了獒類對人類最早馴服和人類對獒類最早調教的某種信號，是所有靈性的藏獒不期而遇的軟化劑，一聽到它，牠們桀驁不馴的性情就再也狂野不起來了。

大黑獒那日臥在了門口。牠的眼睛和肚子都還有點疼，很想閉著眼睛睡一會兒，但忠於職守的稟性使牠無法安然入睡。牠把下巴支在前肢上，靜靜地望著前面。很快，牠就變得焦躁不安了，扇著耳朵站起來，輕輕叫喚了幾聲。發達的嗅覺和聽覺告訴牠：危險就要來臨了。

讓牠深感憂慮的是，岡日森格還不能自由行動，那個給牠餵食、伴牠療傷的漢扎西也無法保護他自己，七個上阿媽的孩子不合時宜地來到了這裏——儘管他們可以憑著「瑪哈噶喇奔森保」的神秘咒語阻止領地狗的進攻，但對前來復仇的西結古的孩子，那神秘咒語是不起作用的。

如果他們打起來，自己到底應該怎麼辦？偏向岡日森格，按照牠的願望，保護牠的主人七個上阿媽的孩子？這是絕對不可能的，因為保護他們，就意味著撕咬西結古草原的人和狗，這是要了命也不能幹的事情。

或者做出相反的舉動，遵從西結古的孩子的旨意，撕咬七個上阿媽的孩子？那也是不可能的，因爲他們是「瑪哈噶喇奔森保」的佈道者，是岡日森格的主人。而岡日森格是多麼有魅力的一隻雄性藏獒啊，年輕漂亮，器宇軒昂，是所有美麗大方、慾望強烈的母性藏獒熱戀的對象。

大黑獒那日離開門口朝前走去，走過了僧舍前照壁似的嘛呢石經牆，衝著黑夜低低地叫喚著。牠已經看到牠們了，那些和牠朝夕相處的領地狗，那些被領地狗攛掇而來的寺院狗和牧羊狗，正在悄悄地走來。牠們知道目標正在接近，這時候不需要聲音，所有的偷襲都不需要聲音，所以就輕輕地走來。

西結古寺突然寂靜了，整個西結古草原突然寂靜了。只有大黑獒那日的聲音柔柔地迴蕩著，那是一種問候、一種消解：你們怎麼都來了？有什麼事嗎？牠悠悠然搖著尾巴，儘量使自己顯得氣定神閒，逍遙自在。

狗們有些疑惑：這不是大黑獒那日嗎？這裏明明瀰漫著生人生狗的氣息，牠怎麼沒事兒似的。牠們在獒王虎頭雪獒的帶領下停在了離牠二十步遠的地方，一個個回應似的搖著尾巴，等待著大黑獒那日的解釋。

大黑獒那日步履滯重地走了過去。憑著牠和獒王虎頭雪獒之間比較親密的關係，憑著牠在領地狗群中的威望，牠相信牠的解釋不可能一點效果也沒有。牠的解釋就是讓牠們看到牠身上正在癒合的傷口，聞到牠身上瀰散不去的漢扎西的味道和岡日森格的味道，讓牠們知道牠跟漢扎西跟岡日森格已經是親密無間了。至於七個上阿媽的孩子，他們是岡日森格的主人，親近岡日森格就必然要親近牠的主人，這難道不是常識嗎？

許多領地狗明白了大黑獒那日的意思，恍恍惚惚覺得牠的選擇也應該是牠們的選擇，可以不必劍拔弩張了，回吧，回吧，去野驢河邊睡覺去吧。牠的同胞姐姐大黑獒果日走過來憐愛地舔了舔牠的傷口，然後就「回吧回吧」地叫起來。

但是寺院狗和三隻大牧狗並不買牠的賬，牠們既不認同大黑獒那日的威望，也不像大黑獒那日那樣存有「愛江山更愛美男」的私念，靜悄悄的狗群裏突然響起了一陣蒼朗朗的嗚叫，這是噓聲，是對大黑獒那日的責備。

大黑獒那日嗚嗚嗚地回應著，意思是說：看在西結古草原的面子上，你們就聽我一次吧。領地狗和寺院狗以及三隻大牧狗你一聲我一聲地叫著，都把目光投向了獒王虎頭雪獒。牠們知道，到了這種時候，是進是退的決定權應該在獒王手裏，獒王怎麼說，大家就會怎麼做。

獒王虎頭雪獒一直盯著大黑獒那日。大黑獒那日乞求著來到了獒王跟前。獒王聞了聞牠的鼻子，看了看牠身上的傷口，又舔了舔牠受傷的眼睛，然後奮然一抖，把渾身雪白的獒毛抖得嘩啦啦響。這就是說，牠不想走，至少不想馬上就走，因爲還有人類，人類才是這次行動的主宰。在這樣的主宰面前，藏獒能夠選擇的並不是進退，而是聽話。最兇猛的藏獒往往也是最聽話的走狗。

大黑獒那日明白了獒王的意思，沮喪地離開牠，穿行在領地狗的中間，哀哀地訴說著：聞聞我身上的味道吧，那是漢扎西和岡日森格的味道，我跟這一人一狗已是彼此信賴的朋友了，你們就饒了他們吧，七個上阿媽的孩子是岡日森格的主人，你們也饒了他們吧。

不會有狗聽牠的了，連同情牠的那些領地狗也立刻改變了主意，因爲巴俄秋珠和他的夥伴攆了上來。他們一起喊著：「獒多吉，獒多吉。」喊得狗們一個個亢奮起來，然後又喊著：「上阿媽的仇家，上阿媽的仇家。」狗叫突然爆響了，狗群就像決堤的潮水，朝著僧舍洶湧而去。

大黑獒那日望著狗群，渾身抖了一下，突然跟著牠們跑起來。牠吃驚自己居然跑起來了，而且速度也不慢。牠的傷口還沒好，左眼和肚子讓牠難受得又是咬牙又是吸氣，但是牠畢竟可以四肢靈活地跑動了。牠跑到了僧舍門口，堵擋在臺階上，衝著黑暗的天空，憋足力氣叫了一聲。

父親的動作太慢了，他沒有來得及關上門，野心勃勃的、表現欲極強的牧羊狗白獅子嘎保森格首先撲進了僧舍，接著是新獅子薩傑森格和鷹獅子瓊保森格，接著是灰色老公獒和大黑獒果日等幾隻兇猛的領地狗。七個上阿媽的孩子猛乍乍地喊起來：「瑪哈噶喇奔森保，瑪哈噶喇奔森保。」

白獅子嘎保森格首先愣了，牠幾乎撲到了站在前面保護著岡日森格的刀疤身上，但卻沒有下口咬住他。那個聲音太奇怪了，奇怪得讓牠感到彷彿聽到了遙遠的主人隱秘的呼喚。可面前的這個人牠明明不熟悉，

氣味和形貌都不熟悉，怎麼會發出記憶深處那個遠古主人的聲音呢？

牠用幾乎和對面的刀疤一樣高的身體橫擋在孩子們跟前，呼呼地悶叫著，但已經不是撕咬前的恐嚇與威逼，而是詢問了：你們是誰啊？難道是我最早的主人，是我上一輩子的主人，是我父親母親或者祖父祖母的主人？回答牠的依然是「瑪哈噶喇奔森保」。

所有撲過來的藏獒都愣著，都情不自禁地朝後退去。趁著這個機會，父親跳到門口，把大黑獒那日連抱帶拉地弄進了僧舍。大黑獒那日掙扎著，牠似乎並不願意接受父親的呵護，更希望自己在這個非常時刻保持中立的姿態，只對著天空不偏不倚地叫囂。

「那日，那日。」狗不叫了，人開始叫。巴俄秋珠的聲音讓大黑獒那日的耳朵猛然一扇，牠掙脫了父親的拉扯，奮力朝外跑去。黑暗中，巴俄秋珠滿懷抱住了牠，伸出舌頭舔了舔牠的眼睛，又趴在地上舔了舔牠的肚子。就像久別重逢的親人，大黑獒那日的尾巴使勁搖著，差不多就要搖斷了。

父親擔憂地喊起來：「那日，那日，那日快進來。」但是來到父親面前的不是大黑獒那日，而是裹著紅氆氌的鐵棒喇嘛藏扎西。

藏扎西一手舉著火把，一手拿著鐵棒，一進門就把七個上阿媽的孩子撥拉到了門口，然後用自己魁梧的身子擋住父親和岡日森格，口氣平和地說：「你們已經跑不掉了，還是出去吧，一對一是不可避免的，一定要使勁啊，你們的命運就掌握在你們自己手裏。」

七個上阿媽的孩子出去了，藏扎西緊跟著也出去了。僧舍外面，在門口的臺階和嘛呢石經牆之間的空地上，擠滿了狗影和人影。西結古寺的十幾個鐵棒喇嘛和十來個聞訊趕來的牧人舉著火把，鶴立雞群地矗立在一群狗和一群孩子之上。加上諾布一共八個西結古的孩子，憤怒地面對著七個上阿媽的孩子。

狗群又開始狂叫了，但並沒有撲過去，牠們似乎已經意識到，只要撲過去，就又會被密咒似的「瑪哈噶喇奔森保」的聲音擋回來。

彷彿是故意說給父親聽的，鐵棒喇嘛藏扎西大聲用漢話說：「我們按照規矩辦，孩子對孩子，七個對七個，大人不算數，狗也不算數。上阿媽的要是輸了，一人留下一隻手，滾出西結古草原，上阿媽的要是贏了，我們一人送你一隻羊，囫圇身子滾出西結古草原。」

父親來到了門外，看到火把照耀下的西結古草原的孩子一個個像一團燃燒的火，每一張臉都是金剛怒目的樣子；看到火光裏鶴立雞群的並不都是鐵棒喇嘛和牧人，還有梅朵拉姆。

梅朵拉姆想把巴俄秋珠喊到自己身邊來。但巴俄秋珠沒聽見，美麗仙女的聲音他居然沒聽見。

梅朵拉姆又喊諾布、嘎保森格、薩傑森格、瓊保森格。最後過來的是白獅子嘎保森格，牠慢騰騰的，不斷地回頭張望著，顯得極不情願。但牠明白自己必須聽從梅朵拉姆的，因爲牠是跟她出來的，她雖然只是家中的客人，但從尼瑪爺爺一家對她的態度中牠知道，她也應該是牠的主人，更何況還有諾布。作爲一隻家養的藏獒，牠掂得出輕重，守在諾布和梅朵拉姆跟前，保護他們的安全才是最最重要的。

梅朵拉姆拽住諾布說：「咱們走，咱們回家去，再不回去，爺爺和阿爸阿媽會著急的，巴俄秋珠的事兒咱們不管了。」

話雖這麼說，梅朵拉姆並沒有馬上就離開，因爲她看到岡日森格搖搖晃晃地走出了僧舍，站到了牠的主人七個上阿媽的孩子跟前。狗群更加粗野地狂叫著，忽地湧過去，眼看就要撲到岡日森格身上，臉上有刀疤的孩子趕緊跳起來護住了牠，又大喊一聲「瑪哈噶喇奔森保」。狗群朝後退去，岡日森格從刀疤身後鑽出來，無所畏懼地擋在了刀疤和巴俄秋珠之間。

巴俄秋珠朝前推了推自己身邊的大黑獒那日，喊起來：「那日，那日，上。」在他看來，既然岡日森格是負了傷的，讓別的狗去撕咬顯然是勝之不武的，公平合理的辦法就是讓同樣負了傷的大黑獒那日去戰勝牠。但是他沒有想到，大黑獒那日已經不能了，在對待岡日森格的問題上，牠早已成了西結古草原的叛徒。

大黑獒那日望著巴俄秋珠，朝後縮了縮。巴俄秋珠奇怪地掃了牠一眼，突然推開牠，喊了一句什麼，跳起來抱住了面前的刀疤。

西結古的孩子們紛紛跳了過去。就像事先安排好的一場摔跤比賽，七個西結古的孩子和七個上阿媽的孩子按照祖先的規則抱在了一起。

狗群雷鳴般地叫著，但沒有一隻狗撲過去幫忙。岡日森格揚起了頭嗚嗚地叫著，也沒有過去幫忙。好像有一種默契，只要主人們一對一地抱在一起，狗們就只能這樣用叫聲助威，除非主人發出進攻的信號。但是，信守規則的主人，是不會借助狗來戰勝對手的，那樣的勝利只能是恥辱而不是光榮。

巴俄秋珠和刀疤的摔跤最先有了結果，刀疤倒地了。巴俄秋珠舉起了勝利的雙手，喊道：「那日，那日，上。」他希望大黑獒那日在這個時候衝向岡日森格，一爪撲倒牠，然後咬死牠。

大黑獒那日身體後傾著，做出要前撲的樣子。父親趕緊過去，蹲在地上抱住岡日森格的脖子，警惕地望著大黑獒那日說：「你可千萬不能背信棄義。」靈性的大黑獒那日頓時搖了搖尾巴，側過身去，一連後退了幾步。

巴俄秋珠突然明白過來：大黑獒那日已經有貳心了。但他越是明白，就越想讓牠回心轉意，就越要讓牠撲過去撕咬岡日森格。他是大黑獒那日小時候的主人，他自信他的話是最有權威的。「那日，那日，上。」他更加激烈地喊起來。大黑獒那日再一次做出了前撲的樣子。

還在摔跤的孩子陸續倒地了，倒地的六個孩子中三個是上阿媽的孩子，三個是西結古的孩子。這就是說，摔跤以四比三結束，上阿媽的孩子輸了。鐵棒喇嘛藏扎西望了一眼父親，又望了一眼漢姑娘梅朵拉姆，大聲用漢話說：「輸了，輸了，上阿媽的輸了，先關起來，明天一人砍掉一隻手，再趕出西結古草原。」說罷，招呼幾個牧人，拽起七個上阿媽的孩子就走。

父親鬆開岡日森格，追到嘛呢石經牆跟前說：「你們要幹什麼？你們真的要砍掉他們的手？我求求你們放了他們，他們是我帶到西結古來的。」

藏扎西假裝沒聽懂他的話，彎腰扛起一個孩子，又用胳膊夾起一個孩子，大步走去。

岡日森格過來了，嗤嗤地叫著，想跳起來阻止一個牧人對刀疤的拽拉，身子突然一歪，噗通一聲倒在了牆邊。

巴俄秋珠朝著嘛呢石經牆，使勁推搡著大黑獒那日：「那日，那日，上。」大黑獒那日跑過去了，但不是撕咬岡日森格，而是和岡日森格一起趴在了地上。牠心疼地舔著岡日森格的臉，不顧一切地用牠的全部柔情安慰著這隻受了傷的雄壯公獒。

巴俄秋珠生氣地罵了一句，跳過去撕住大黑獒那日的耳朵，把牠拉到一旁，又指著牆邊的岡日森格，衝狗群喊道：「獒多吉，獒多吉，咬死牠，咬死牠。」

狗群頓時分成了兩部分，一部分衝過去了，他們是領地狗中喜歡湊熱鬧的小嘍囉藏狗和一些寺院狗；另一部分原地不動，牠們是領地狗中威嚴傲慢的藏獒。牠們原地不動的原因是獒王虎頭雪獒沒有動。

獒王以極其冷靜和超然的態度觀察著面前的一切，對身邊的灰色老公獒和大黑獒果日說：「牠好像離我們遠去了。我們要等等看，看牠到底會怎麼樣，到底會走多遠。」獒王說的「牠」，就是大黑獒那日。

大黑獒那日衝著和自己朝夕相處的狗群汪地一聲。巴俄秋珠滿臉怒火，用懲罰叛徒的狠惡，猛踢了大黑獒那日一腳。大黑獒那日痛苦地嗚咽了一聲，絕望地趴在了地上。

父親衝巴俄秋珠大吼一聲：「你胡來，你瘋啦？」

突然，大黑獒那日站了起來，嗚嗚地叫著，用牠此刻所能發出的最大聲音乞告狗群：別呀，你們別對岡日森格下手。橫衝過去的狗群驀地停下了，連吠聲也沒有了。

巴俄秋珠不依不饒地喊著：「獒多吉，獒多吉，咬死牠，咬死牠。」

父親後來知道，「獒多吉」是猛犬金剛的意思，是西結古人對藏狗殺性的鼓動，就好比漢人「衝衝衝殺殺殺」的吶喊。不論是領地狗，還是看家狗和牧羊狗以及寺院狗，一聽到這種聲音，就都知道人需要牠們奮力向前，拚死一搏的時刻來到了。

狗群再次動盪起來，吠聲又起。火光中，照壁似的嘛呢石經牆把黑影拉到天上去了。大黑獒那日乞求地望著巴俄秋珠，正要過去保護岡日森格，被巴俄秋珠一腳踢在了鼻子上。這一腳雖然踢得不重，卻代表了不可違拗的主人的意志。大黑獒那日徹底絕望了，悲號了一聲，狂猛地朝前跑去。

大黑獒那日跑向了嘛呢石經牆。嘛呢石經牆堅硬而高大。一聲巨大的碎了的響聲砉然而起，接著就是血肉噴濺。

當大黑獒那日在血色中火光裏轟然倒地的時候，盯著牠的人和狗才恍然明白發生了什麼事情——在服從神聖主人的威逼和服從性與愛的驅使之間，大黑獒那日選擇了第三條道路：撞牆自殺。

獒王虎頭雪獒大叫了一聲。大黑獒那日的姐姐大黑獒果日大叫了一聲。灰色老公獒和所有近旁的藏獒都大叫了好幾聲。但牠們大叫的意思略有不同，在獒王虎頭雪獒是被深深刺痛後的悲憤之嚎：「牠真的已經離我們遠去了，不能啊，大黑獒那日，美麗無比的大黑獒那日，青春激盪的大黑獒那日，你不能就這樣離我們遠去。」在大黑獒果日是悲痛欲絕：「妹妹死了，妹妹死了。」在別的藏獒是吃驚和惋惜：「牠怎麼死了？牠怎麼就這樣自殺了？」轉眼就是沉默。

獒王虎頭雪獒走過去，聞了聞大黑獒那日，又默默地走回來，走到黑暗的獒群裏去了。

就在這走來走去的時候，獒王突然做出了一個牠終其一生都不會改變的決定：一定要趕走或者咬死岡日森格。因爲正是這隻外來的年輕力壯的獅頭公獒勾引了大黑獒那日，又直接導致了牠的死亡。

牠走向岡日森格。雪白的身影移動著，眼看就要靠近岡日森格了。這時，突然從旁邊凌亂的狗影中冒出了另一個雪白的身影，橫擋在了牠面前。獒王虎頭雪獒停下了，牠等待著對方給牠讓路，牠覺得對方這是不小心堵在了牠前面，牠沒有必要發怒，只要對方馬上讓開。但是對方沒有馬上讓開的意思，對方是白獅子嘎保森格。

嘎保森格用無法抑制的大膽舉動，明確無誤地表示了牠對獒王虎頭雪獒的不尊重，那生硬的態度彷彿在說：獒群裏怎麼能出這樣一個叛徒呢？你是獒王，你爲什麼要容忍一個西結古藏獒的敗類生活在你身邊呢？

獒王虎頭雪獒不習慣這樣的態度，衝白獅子嘎保森格吼了一聲。嘎保森格居然也朝獒王吼了一聲。獒王吃了一驚，然後就是憤怒，本來牠就是憤怒的，現在更加憤怒了，憤怒得都有點不分青紅皂白了。牠撲了過去。嘎保森格用肩膀頂了一下，試了試獒王的力量，等獒王再次撲來時，牠迅速閃開了。

畢竟嘎保森格是一隻成熟的公獒，牠深知現在還不到正式挑戰獒王的時候，牠得繼續忍耐，得把更多的力量和智謀蓄積在年輕的身體中和更加年輕的大腦裏，得用很長一段時間來韜光養晦，尋找機會，也等待機會來尋找自己。牠豎起尾巴，假裝認錯地搖了搖。恰好這時梅朵拉姆又開始高一聲低一聲地喊牠了，牠轉身跑了過去。

獒王虎頭雪獒覺得白獅子嘎保森格今天的舉動有點蹊蹺，氣恨而又疑惑地望著牠的背影直到消失，再回過神來尋找岡日森格時，岡日森格已經不見了。牠遺憾地甩甩頭，沿著氣味趕緊尋找，又一陣猛叫。

父親是機敏的，就在狗群和七個西結古的孩子注目大黑獒那日、獒王虎頭雪獒和白獅子嘎保森格發生摩擦的時候，他迅速扶起岡日森格，拽著牠的鬣毛，快步走向了僧舍。等獒王虎頭雪獒反應過來，帶領狗群再次蜂擁而至時，僧舍的門已經被父親從裏面牢牢閂死了。岡日森格知道父親又一次救了牠，嗚嗚地叫著，用下巴蹭著父親的腿，感激地哭了。

父親顧不上和岡日森格交流感情，從窗戶裏望過去，想知道大黑獒那日到底怎麼樣了，就見嘛呢石經牆前，簇擁著幾個孩子和幾個打著火把的牧人。巴俄秋珠趴在地上悲切地叫著：「那日，那日。」

大黑獒的靈魂

照壁似的嘛呢石經牆前，傳來了巴俄秋珠的哭聲。這哭聲告訴別人：大黑獒那日死了。牠躺在地上紋絲不動，頭撞開了一個口子，鼻梁撞斷了，原來就有傷的左眼再次迸裂，血流了一頭一地。

有個牧人朝巴俄秋珠厲聲呵斥道：「哭什麼？你要害了那日嗎？你一哭，那日的靈魂就會留在你的哭聲裏，就不能飛到遠遠的地方去轉世了。」

巴俄秋珠趕緊止住了哭聲，呆愣了一會兒，覺得後面有動靜，回頭一看，發現牧人們已經走了，和自己一起奔波了大半夜的六個孩子也準備帶著所有的領地狗和寺院狗離開。他知道這是對的，自己也必須和他們一起走。這裏現在需要安靜，需要驅散活人和活狗的氣息，讓大黑獒那日的靈魂儘快擺脫塵世的羈絆，在經聲梵語的烘托下，乘著裊裊的桑煙飛升而去。

比夜色還要沉黑的嘛呢石經牆的暗影下，大黑獒那日靜靜地躺著，死了。人們沒有去把藏醫尕宇陀喊來治療，就證明牠已經死了。

然而父親卻認爲牠還活著。他不懂這裏的規矩，覺得人們沒有把牠拋出寺院挖坑埋掉或者餵老鷹，就證明牠還沒有死。

父親打開門，悄悄地走過去，蹲在大黑獒那日身邊仔細看著。

父親什麼也沒有看到，夜色是黑的，獒毛是黑的，血跡也是黑的。他只是在心裏看到了，大黑獒那日傷得很重，需要馬上急救。怎麼急救？他不是大夫，既沒有藥物也不懂技術，只知道嘴對嘴地呼吸就是急救。他展展地趴在了地上，用自己的嘴對準了耷拉在地上的大黑獒那日的嘴，使勁地吸一口，又狠狠地呼出去。

不知道這樣到底有沒有效果，反正他心裏覺得是有效果的，大黑獒那日就要好起來了。嘴對嘴呼吸了差不多二十分鐘，父親站了起來，回到僧舍裏，端來了酥油燈。他想知道大黑獒那日的新傷口在哪裏，是不是還在流血，如果流血不止，就應該先把血口子紮住，再去把藏醫尕宇陀叫來。

酥油燈往地上一放，父親就看到了血。他說：「哎喲媽呀，就像泉眼子一樣往外冒呢。」他趕緊包紮，手頭沒有紗布，就只好撕扯自己的衣服。他撕下了半個前襟和一隻袖子，把大黑獒那日的頭嚴嚴實實包了起來。

包紮完了，父親坐在地上愣愣地想：這大黑獒那日真是了不起，巴俄秋珠讓牠咬岡日森格，牠偏不咬，牠說，你讓我咬，我就死給你看，於是牠就英勇地撞到了嘛呢石經牆上。嘛呢石經牆是什麼牆？是祈福的牆，保平安的牆，再硬也是軟的，大黑獒那日怎麼會撞死呢？

藏扎西說了，藏獒的命有七條，也就是說，牠死七次才能真正死掉，現在才死了幾次？

最多兩次。牠不會死，牠就是撞傷了。傷不怕，人和狗都是吃什麼補什麼的，牠傷在頭上，明天就讓藏扎西找一個羊頭或者牛頭來，牠吃了羊頭牛頭，就什麼都能長好了。再說，寺院裏還有藏醫尕宇陀，醫尕宇陀就是藏族的華佗，「妙手回春」這個詞，說的就是他們兩個。

父親亂七八糟想著的時候，有一雙眼睛在黑暗中看著他。這雙眼睛屬於那個專門給領地狗拋散食物的老喇嘛頓嘎。

老喇嘛頓嘎其實早就來了，躲在嘛呢石經牆後面於心不忍地偷看著就要靈肉分家的大黑獒那日，但他沒有看到那日的靈魂升天，卻看到了父親的一舉一動。他感動得老淚縱橫，又覺得父親這個時候不該出現在這裏，就忍不住從嘛呢石經牆後面走出來，給父親小聲說著什麼，又比畫著什麼。意思是你趕快離開這裏，靈魂升天是需要安靜的，再也不要嘴對嘴地呼吸了，你會把大黑獒那日的靈魂吸走的，你吸走了大黑獒的靈魂，下一輩子你就是一隻大黑獒。

依照父親的性格，他要是完全聽懂了老喇嘛頓嘎的話，就一定會說：「做個大黑獒有什麼不好？勇敢善戰，視死如歸，忠誠可靠，義重如山，是狗中的義士，動物裏的君子。」可惜他沒有完全聽懂，只搞明白了一點，那就是讓他趕快離開這裏。

父親站起來說：「好啊，我馬上就走。你幫幫我，把那日抬到僧舍裏去，臥在這裏露水

會打濕傷口的。」說著，就要抱住大黑嫯那日的頭。老喇嘛頓嘎一聲驚叫，死死地按住了他的手。

父親愣了一下，沒來得及搞明白頓嘎的意思，頓嘎又是一聲驚叫。這一聲驚叫比前一聲驚叫還要驚人，因爲頓嘎突然聽到了大黑嫯那日的聲音。

大黑嫯那日呻吟著，聲氣小小的，就跟空氣的流動一樣小，但老喇嘛頓嘎敏感地捕捉到了。他驚喜地說：「那日活了。」說罷，就噗通一聲跪在了父親面前，咚咚咚地磕起頭來，「覺阿漢扎西，覺阿漢扎西。」意思是稱讚漢扎西是個佛。

在他看來，大黑嫯那日原本是死了的，是父親救活了牠。父親幾天前救活了前世是阿尼瑪卿雪山獅子的岡日森格，現在又救活了大黑嫯那日，如果不是佛爺轉世，怎麼能夠創造讓死掉的生命活過來的奇蹟呢？

可是父親並不清楚老喇嘛頓嘎的想法，他四下裏看了看說：「你給誰磕頭呢？」說著趕緊和老喇嘛並排跪下，也磕起了頭。他以爲面前的黑暗裏一定出現了一個老喇嘛頓嘎看得見他卻看不見的神或者鬼，所以頓嘎才顯得如此緊張如此恭敬。

頓嘎膝蓋一轉，再次對著父親磕了一個頭。父親這才有一點明白，趕緊拉他起來問道：「怎麼了，怎麼了，我怎麼了？」

這天晚上，天快要亮的時候，父親和老喇嘛頓嘎把大黑嫯那日抬進了僧舍。父親蹲在大黑嫯那日身邊對老喇嘛頓嘎說：「快去啊，你把藏醫尕宇陀叫來。」

頓嘎聽到父親的漢話裏有「尕宇陀」這個藏話的詞兒，轉身就走。

這時，一直注視著父親的岡日森格走了過來，用牙齒拽了拽父親的衣服，來到了門口，看父親並沒有跟牠走的意思，就又回來拽了拽父親的頭髮。父親被拽疼了，喊道：「你怎麼咬我？」岡日森格搖著尾巴再次走向了門口。

這次父親明白了，憂鬱地說：「我知道你的心思，你要去找七個上阿媽的孩子，阻止西結古人砍掉他們的手是不是？可是我們去哪裏找他們呢？找到了又能怎麼樣，西結古人會聽我們的？」說完了突然意識到，找到七個上阿媽的孩子也許並不難，因爲有岡日森格，阻止西結古人砍手也不是沒有希望，把自己和岡日森格的命搭上，西結古人難道還會無動於衷？父親想著，倏地站了起來。

父親和岡日森格出發了，把大黑獒那日託付給了匆匆趕來的藏醫尕宇陀和老喇嘛頓嘎。岡日森格的傷還沒有痊癒，只能慢慢走，等父親跟著牠穿過十幾條窄窄的巷道，曲裏拐彎地走到西結古寺最高處的密宗札倉明王殿的時候，天已經亮了。

天是從遠方亮起來的，遠方是雪山。雪山承接著最初的曙色，也用自己的冰白之光播散著大地最初的黎明。父親和岡日森格都停下來，翹首望著越來越明亮的雪山，深深呼吸著草原夏天涼爽的雪山氣息。再次開路的時候，岡日森格領著父親來到了明王殿後面山坡上能看到降閻魔洞的地方。

洞前的懸崖平臺上，站著十幾個人。父親和岡日森格只認識其中的鐵棒喇嘛藏扎西。藏扎西守在洞門口，正在和別人說著什麼。氣氛有點不祥，岡日森格感覺到了，輕聲而費力地叫起來。父親搶到岡日森格前面，快快地走了過去。

藏扎西一見父親，就大聲用漢話問道：「漢扎西，你來這裏幹什麼？」

父親說：「你不用問我，你看看我身後的雪山獅子岡日森格，就知道我們是來幹什麼的。」

岡日森格停下了，這是個岔路口，牠憑著靈敏的嗅覺已經知道自己的主人七個上阿媽的孩子雖然來過這裏，但現在並不在這裏。可是父親不知道。父親走上平臺問道：「你把那七個孩子弄到哪裏去了？」說著就要推開降閻魔洞的門進去。

藏扎西把鐵棒一橫說：「降閻魔洞裏除了降閻魔尊和十八尊護法地獄主，再就是大五色曼荼羅和守洞的喇嘛了，你要找的人不在這裏。」

這時，一個戴著高筒沿帽，裹著獐皮藏袍，穿著牛鼻靴，脖子上掛著一串紅色大瑪瑙的中年人用漢話說：「你就是漢扎西？聽說你救了雪山獅子的命，草原上的人都說你是個遠來的漢菩薩，是來給西結古草原謀幸福的。」

父親審視著中年人說：「請問大叔你是誰？」

中年人說：「我是野驢河部落的頭人索朗旺堆老爺家的管家齊美，我們老爺說了，在上阿媽的仇家殺傷殺死的人中，我們野驢河部落的最多，砍掉仇家手的應該是我們。我剛才已經去護法神殿向吉祥天母請示過啦，吉祥天母把她的批准灑到了天上，灑成了一串清脆悅耳的金剛鈴聲。可是鐵棒喇嘛不相信我的話，他說空中的金剛鈴聲是吉祥天母送給所有人的祝福，硬是不讓我把七個上阿媽的仇家帶走。」

父親說：「你先別爭這個，先應該找到七個上阿媽的孩子，他們現在在哪裏？」

齊美管家說：「他們讓鐵棒喇嘛藏起來了。」

鐵棒喇嘛藏扎西說：「天已經亮了，太陽就要照到寺院裏來了，光明的山上沒有罪惡的陰影，七個孩子又不是七隻螞蟻，我能藏到哪裏去？上阿媽的仇家是讓別人搶走的，這時候說不定已經砍了手，正在返回上阿媽草原的路上。」

齊美管家不客氣地說：「我不相信，誰能從你鐵棒喇嘛手裏搶走人呢，你還是閃開，讓我們進到降閻魔洞裏搜一搜。」

藏扎西嘆了一口氣，身子一側，把手中的鐵棒收進了懷裏。齊美管家忽地一聲趴下，朝著洞門磕了一個等身長頭，跳起來推開門走了進去。父親趕緊照著他的樣子也磕了一個長頭，起身就要跟進去，卻被藏扎西一把拽住了。

藏扎西小聲道：「你們西工委的白主任白瑪烏金怎麼沒有來啊？頭人的耳朵裏現在只有西工委的話才是有分量的。」

父親說：「他沒來我來了，我就是來阻止你們胡亂砍手的。」

藏扎西搖了搖頭，望著降閻魔洞下面通向草原的小路上走走停停的岡日森格，神情黯然地說：「你走吧，跟著雪山獅子一直走，你就能找到七個上阿媽的孩子了。」

父親說：「他們真的走了？」

藏扎西一言不發。

七個上阿媽的仇家開始是被鐵棒喇嘛藏扎西和幾個牧人帶到降閻魔洞裏關起來的。這些牧人來自好幾個部落，好幾個部落的人都想由本部落來執行這次砍手的刑罰，因爲幾乎所有西結古草原的部落都有人死在上阿媽人的手裏。

鐵棒喇嘛藏扎西說：「這七個上阿媽的仇家是在寺院裏抓住的，按照規矩，應該由我來決定把他們交給哪個部落，但明擺著，我的決定會引起大家的爭執，所以，我打算把決定權交給草原威嚴的護法。你們現在趕快回去，請你們的頭人或者管家去護法神殿向吉祥天母上香請求，吉祥天母批准哪個部落成爲復仇的先鋒，哪個部落才能把人帶走。」

牧人們很快離去了。幾分鐘後，鐵棒喇嘛藏扎西打開了降閻魔洞的門，急促而緊張地說：「快跑啊，你們給我快跑，趕緊回到該死的上阿媽草原去，再也不要來西結古草原搗亂了。」七個上阿媽的孩子一擁而出。

但是現在，藏扎西有點後悔了，後悔自己放跑了七個上阿媽的仇家。他知道西結古草原的部落頭人們是不會原諒他這種背叛行爲的，因爲草原的鐵律之一，便是懲戒仇家和叛徒，他作爲一個草原法律的執行者，放跑仇家就意味著執法犯法。如果工作委員會不出面爲他開脫，他就會受到叛徒應該受到的懲罰，輕則被西結古寺逐出寺門，永世取消他做喇嘛的資格，重則砍掉他的手，而且是雙手，讓他一輩子失去生活的能力。

草原像夢裏的波浪，柔柔地漂動著，無極地漂動著。岡日森格帶著父親來到了和雪山一樣清涼的早晨的陽光裏。陽光就像雪粉，結成透明的晶體曼舞在藍綠色的空氣裏，這樣的空氣是令生命歡欣鼓舞的。可父親和岡日森格一點也歡欣不起來，夜晚的折騰已經使他們筋疲力盡。

尤其是岡日森格，牠不得不臥下來休息一會兒再走，牠很累，也很痛苦，未癒的傷口和見不到主人的痛苦，使牠一路走來一路哭，嗚嗚嗚的。父親也止不住潸然淚下了。

但不管岡日森格怎樣苦累不堪，牠追尋主人的意念始終不變。牠堅定地走著，開始是向著東邊的雪山，後來是向著南邊的雪山，最後又改變方向朝著西邊的雪山。父親奇怪了，繞了一大圈，七個上阿媽的孩子怎麼又回去了？是不是岡日森格的嗅覺出了錯，把過去的味道當成了主人今天走過的路線？

就在父親滿腹狐疑的時候，岡日森格突然變得狂躁不安起來，想吠又吠不出足夠大的聲音，只好一再地齜著牙，連牙根都齜出來了。牠伸長脖子往前走，拚命想加快腳步，但實際上，牠是越走越慢，幾乎是原地踏步了。

父親說：「歇會兒吧，你走不動了。」說著一屁股坐在地上，拍著岡日森格要牠臥下。

岡日森格沒有臥下，朝前低低地吼了一聲。與此同時，父親聽到了一陣馬蹄的驟響，抬頭一看，熱陽氾濫的地平線上已是騎影飛馳了。

騎影從右前方的大草窪裏翻上來，正要穿過左前方的一座大草岡。平滑的草岡之上，一溜兒騎影就像天刀剪出來的，剪出來了七個馬影，剪出來了十四個人影。也就是說，每一匹馬上騎著兩個人，一個大人，一個小人。岡日森格鼻子聞著，眼睛望著，比父親先搞懂了剪影的意思：牠的主人七個上阿媽的孩子被騎手們抓起來了。

行刑台上

是牧馬鶴部落的軍事首領強盜嘉瑪措帶著騎手，把七個上阿媽的仇家抓回來的。

牧馬鶴部落的頭人大格列一聽說鐵棒喇嘛藏扎西規定各個部落的頭人或者管家必須去護法神殿向吉祥天母上香請求，吉祥天母批准哪個部落行刑，哪個部落才能把人帶走，就知道藏扎西肯定要給這七個上阿媽的仇家放行了。

道理很簡單：如果藏扎西真心要讓西結古人的復仇得逞，把七個孩子分開，讓各個部落都有行刑的機會不就可以了，何必要去打攪吉祥天母呢？大護法吉祥天母是仁慈和寬愛的，如果不能證明七個上阿媽的孩子是仇家草原派來的魔鬼，她怎麼會允許西結古人去砍掉他們的手呢？儘管它是仇家的手。

當然，即使得不到吉祥天母的明示，部落也可以跟保護部落的山神和戰神商量，儘量使砍手變得名正言順。但現在需要面對的並不是名不正言不順，而是即使得到了神靈的批准，你也會無手可砍，因爲時間正在過去，再不抓緊，七個上阿媽的仇家恐怕就會逃離西結古草原了。

牧馬鶴部落聰明的頭人大格列一邊派人去礱寶雪山祭告部落的黑頸鶴山神，去礱寶澤草原祭告部落的黑頸鶴戰神，一邊派強盜嘉瑪措帶領騎手前去攔截七個上阿媽的仇家。

消息很快傳遍了草原：七個上阿媽的仇家被鐵棒喇嘛藏扎西放跑了。

消息再次傳遍了草原：在礱寶山神和礱寶澤戰神的幫助下，牧馬鶴部落的強盜嘉瑪措一個不落地抓到了七個上阿媽的仇家。

還有一個消息傳得更快：砍手的刑罰將在碉房山下野驢河邊執行。

能來的牧民都來了，尤其是牧馬鶴部落的人。

牧馬鶴部落的駐牧地在礱寶雪山下的礱寶澤草原，他們之所以紛紛攘攘來到碉房山下執行刑罰，是因爲碉房山是所有部落的碉房山。大約在一百多年前，爲了抵禦包括上阿媽草原的騎手在內的入侵者和保衛神聖的西結古寺以及更加神聖的佛法僧三寶，也爲了部落頭人及其家眷的安全，所有部落的頭人都以部落的名義在這裏建起了碉房。從此便有了慣例，只要是與抵抗外敵有關的活動——行賞、懲罰、祭祀、出征等等，無論是哪個部落，就都在碉房山下舉行。

碉房山下的行刑台前突然熱鬧起來。人多狗也多，小狗們追逐嬉鬧，情狗們碰鼻子舔毛，熟狗們彼此問好，生狗們互相致意。

和別處的狗不一樣，這裏的狗不管是生狗還是熟狗，都不會橫眉冷對甚至打起來，因爲氣味會告訴對方：我們都屬於西結古草原。對藏狗，尤其是藏獒來說，西結古草原有一種特殊的氣息，絕對和外面的草原不一樣。

父親和岡日森格艱難趲行到碉房山下，遠遠望見行刑台時，砍手的刑罰快要開始了。

行刑台是用石頭壘起來的，上面立著一溜兒原木的支架，支架上吊著一排鐵環和一些繩索，一看就知道那是綁人吊人的。支架的前後都是厚重的木案，既能躺人，也能坐人和砍人。七個上阿媽的孩子已經被七個彪形大漢拽到了臺上，兩個戴著獒頭面具的操刀手威武地立著，把砍手的骷髏刀緊緊抱在懷裏，讓他們的胸懷在正午的陽光下閃出一片耀眼的銀雪之光。

七個牧馬鶴部落的紅帽咒師，一人拿著一把金燦燦的除逆戟槊，高聲誦讀著什麼；另外七個黑帽神漢一人拿著一面人頭鼓，緩慢而沉重地敲著；還有七個黃帽女巫揮舞斷魔錫杖，環繞著行刑台邊唱邊走。

父親停下了，岡日森格也停下了，遠遠地望著，都意識到他們不能就這樣走上前去。人群可以穿過，狗群呢？西結古草原的藏狗，尤其是藏獒，會把上阿媽草原的獅頭公獒岡日森格撕得粉碎，然後讓老鷹和禿鷲一滴不剩地吃掉。人和狗都愣怔著，不知道怎麼辦好。

岡日森格吃力地翹起了頭，神情哀哀地看著行刑台上的七個上阿媽的孩子，意識到自己已經無能爲力，便四肢一軟，噗通一聲倒在了地上。父親俯身抱住了牠，看著牠淚汪汪的眼睛說：

「你是不是不行了？你別這樣，咱們再想想辦法。」

他求援似的四下裏看了看，看到不遠處有一頂帳房，帳房前的草地上鋪著幾張曬得半乾的牛皮，幾隻百靈鳥在牛皮上啁啁啾啾地啄食。他琢磨了一下，突然就又是高興又是憂慮地說：「現在就看你的了，岡日森格，只要你能走得動，我們說不定就能走過去。」

岡日森格的理解能力讓父親吃驚，他把一張大牛皮拉過來，示範似的剛一披到自己身上，岡日森格立刻就搖晃著身子站了起來。父親把牛皮從自己身上取下來，嚴嚴實實蓋住了岡日森格，只給牠的眼睛留出了一條縫。

父親說：「你行嗎？」岡日森格用行動告訴父親：「行。」他們開始往前走，父親在前，牠在後，牠低頭盯著父親的腳後跟，慢慢地走著。乍一看，尤其是讓狗們乍一看，那黑色的皮毛絕對是一頭牛的移動。

狗們有點奇怪：怎麼這牛身上還混雜著異地狗的味道？是不是被外來的狗咬傷了？不，不是咬傷了，而是咬掉了頭，這個沒有頭的牛怎麼還能走路呢？

謝天謝地，岡日森格一直走著。牠沒有倒下，牠本來是要倒下的，孱弱的身體讓牠覺得連自己那一身濃密的黃毛都成了累贅，怎麼還能披得動一張沉甸甸的牛皮呢？但是牠堅持住了，硬是沒有倒下，前面需要救命的主人七個上阿媽的孩子讓牠奇蹟般地不僅一直立著，而且一直走著。

牠跟著父親安全穿過了包括許多聰明的藏獒在內的狗群，也安全穿過了更加聰明的人群。人當然能看明白那不是一頭牛而是一隻狗，但他們不明白狗爲什麼要披著牛皮走路，還以爲砍掉仇家手的慶典需要這樣一個環節、這樣一種裝扮。

行刑台越來越近了，最危險的時刻也就來臨了。不知爲什麼，幾隻碩大的藏獒從領地狗群中分離了出來，正好橫擋在他們前去的路上，其中就有白晃晃的獒王虎頭雪獒。父親抖了一下，岡日森格也抖了一下，一前一後行走的速度明顯地慢了。好在披著牛皮的岡日森格沒有在顫抖中倒下，牠用出乎自己意料的堅韌依然如故地緩緩移動著，就像所有受到狗保護的牛一樣，朝著攔路的藏獒毫無顧忌地走了過去。

獒王虎頭雪獒認出了父親，他就是昨天晚上把岡日森格救進僧舍的那個外來人。這個人是可惡的，但又是了不起的。從大黑獒那日對他的態度中，獒王已經知道自己不能撕咬這個人，這個人沒有報復曾經咬死過他的馬、咬傷過他本人的大黑獒那日，反而贏得了對方的心，可見這個人天生就是藏獒的理想主人。

牠看到這個藏獒的理想主人，突然衝牠笑了笑，接著就唱起來，跳起來，又是揮手，又是踢腿。獒王虎頭雪獒好奇地看著，牠身邊的大黑獒果日和灰色老公獒以及另外幾隻藏獒，比牠還要好奇地看著。父親越唱越瘋，越跳越狂了。

就這樣，在可怕的攔路藏獒忘乎所以的好奇中，在父親手舞足蹈的表演中，岡日森格靠近了牠們，牠披著牛皮緩慢而緊張地靠近了牠們。獒王虎頭雪獒和所有的藏獒都沒有在乎牠，因爲牛是牠們時時刻刻都能看到的東西，乏味了，多看一眼都不想了。

牠們的眼睛朝上瞅著，上面是父親高高舉起的手，手在舞動，在變著花樣舞動，最後甚至舞起了衣服，忽忽地響，嘩嘩地響，自始至終吸引著牠們的眼球。等那個人、那雙手不再舞動的時候，岡日森格已經從牠們身邊走過去了，距離迅速拉大，威脅正在消除，獒王和牠的夥伴已經不可能看清那是移動的牛皮，而不是真正的牛了。

父親和岡日森格終於走到了行刑台下。這兒沒有狗只有人，這兒的人沉浸在砍手的莊嚴裏，臉上沒有表情，哪怕是一絲驚訝的表情。父親掀掉了岡日森格的牛皮，雙手托著牠的肚子，連推帶抱地讓牠登上了行刑台。

獒王虎頭雪獒遠遠地看著，愣了。所有剛才注意過那頭牛的藏獒以及小嘍囉藏狗都愣了，接著就是一片吠聲。

獒王沒有吠，牠回憶著剛才父親和岡日森格通過的情形，一絲隱憂像饑餓的感覺在身心各處裊裊升起。牠並不認爲這是人的鬼主意，牠覺得岡日森格居然能夠在牠的眼皮底下蒙混過關，完全是靠了一隻優秀藏獒不凡的素質和稟性——超常的機靈和超常的膽略。

牠喜歡這樣的藏獒，同時又警惕著這樣的藏獒。如果這樣的藏獒屬於自己終身廝守的這片草原，那就是一員殺伐野獸、保護人類及其財產的幹將；如果牠來自一片敵對的草原，那就壞了，那肯定就是一種不能讓西結古草原平安寧靜的強大威脅，一定要毫不客氣地趕走牠。

不，不能趕走牠，應該咬死牠，必須咬死牠。獒王虎頭雪獒恨恨地想著，多少有點失態地從嗓子眼裏呼出了幾口粗重的悶氣。

一上行刑台，岡日森格就逕直走向七個上阿媽的孩子，確切地說，是走向那個臉上有刀疤的孩子。

「岡日森格？」孩子們異口同聲地喊起來。

岡日森格朝孩子們搖了搖尾巴，瞪起眼睛望著那些死拽著主人的彪形大漢。但是牠沒有發出叫聲，甚至也沒有齜出虎牙來嚇唬嚇唬他們。牠知道現在不是對抗的時候，一個莊嚴肅穆的儀式就要舉行，一個不是狗（哪怕牠是氣高膽壯的藏獒）所能抗拒的人的整體意志正在出現；更知道牠自己現在的狀況——牠正在傷痛之中，已經沒有對抗任何敵手的能力了。牠唯一能做的，就是找到自己的主人，然後和他們一起接受被人宰割的命運。

牠臥在刀疤身邊，和主人一樣面對著用來砍手的木案和兩個戴著獒頭面具的操刀手。

父親跟在岡日森格後面，走向了七個上阿媽的孩子，笑著問道：「你們叫牠岡日森格，我也叫牠岡日森格，岡日森格是什麼意思？」

大腦門的孩子用下巴蹭著彪形大漢揪住自己肩膀的手，使勁側過頭來，看了看刀疤說：「雪山獅子。」

父親問道：「岡日森格就是雪山獅子？你們怎麼知道？」

大腦門一臉懵懂，不知道父親爲什麼這樣問。

父親大聲說：「我告訴你們吧，西結古寺的丹增活佛說了，岡日森格是阿尼瑪卿雪山獅子的轉世，牠前世保護過所有在雪山上修行的僧人，牠是一隻多情多義的神狗，誰也不能欺負牠。你們現在把我的話重複一遍，用藏話重複，大聲重複，讓這裏的人都聽到。」

刀疤問大腦門：「他在說什麼？」

大腦門把父親的話告訴了他，跟岡日森格一樣機靈的刀疤立刻明白了父親的意思，幾乎是喊著用藏話說起來。

然後，父親若無其事地走向了一個戴著獒頭面具的操刀手，蹺起大拇指笑著說：「你的刀真漂亮，我從來沒見過裝飾得這麼華麗的刀。」

操刀手看父親一身漢裝，知道是西結古工作委員會的人，也從面具後面笑了笑。

父親感覺到他是友好的，也不管他能不能聽懂自己的話，就把手伸了過去：「能看看你的刀嗎？」

操刀手搞不懂父親要幹什麼，不知所措地搖了搖頭。父親乾脆把手伸向他的懷抱，抓住了骷髏刀的刀柄。操刀手猶豫了一下，居然鬆開了手。父親拿過刀來，在正午陽光的照耀下，從刀柄一直欣賞到刀尖。

行刑台下響起了一陣喧嘩。狗們叫起來。父親抬起頭，看到七個紅帽咒師正在把金燦燦的除逆戟槊舉起來，七個黑帽神漢正在把斑斑爛爛的人頭鼓舉起來，七個黃帽女巫正在把環佩叮噹的斷魔錫杖舉起來，三七二十一個部落靈異者在舉起法器的同時，都把頭扭向了一條人群自動讓開的通道。

通道上走來一群衣著華貴的人，兩邊的牧人都靜靜地彎下了腰，個個都是畢恭畢敬的樣子，甚至連狗也知道肅靜，再也不叫了，哪怕是歡快的吠叫。

父親望著他們，發現早晨見過的齊美管家也混雜在裏頭，便知道這是些什麼身分的人了。但是他仍然沒有想到，西結古草原所有部落的頭人和管家都來了，包括前面提到的野驢河部落的頭人索朗旺堆和牧馬鶴部落的頭人大格列。

頭人和管家們迅速走來，停留在行刑台下一片專門爲他們留出來的空地上。這就是說，儀式的主人大格列和被邀請的各個部落的貴客都已經到了，行刑馬上就要開始。

操刀手朝著父親禮貌地彎了彎腰，意思是說：「還我的刀來。」父親冷冷地笑著，突然朝後一跳，衝過去一把揪住了岡日森格綿長的鬣毛。岡日森格嚇了一跳，側頭不安地望著父親。

父親扯開嗓門喊起來：「聽著，聽著，底下的人都聽著。今天你們大家都來了，你們來這裏幹什麼？是來看砍手的，還是來看我和岡日森格的？我今天不活了，岡日森格也不活了，我們今天豁出去了。」

行刑台下一片騷動。吠聲再次響起。大部分人沒有聽懂父親的話，只是覺得父親的形象十分可怕：一手舉著閃閃發光的骷髏刀，一手拽著絲毫不做反抗的岡日森格，面孔猙獰，聲嘶力竭，差不多就是個鎮壓邪祟的大威德布威金剛了。

父親等狗叫停止了又喊道：「岡日森格是什麼狗？我不說你們也知道，牠是雪山獅子，是來自阿尼瑪卿雪山的神，牠前世保護過所有在雪山上修行的僧人，現在又來保護西結古草原了，你們不會不管牠的死活吧？至於我，我是什麼人，你們不知道是不是？西結古寺的丹增活佛說了，我是個吉祥的漢人，所有的喇嘛都要像對待自己一樣對待我，因爲是我把雪山獅子的化身帶到西結古草原來的。我告訴你們，我是狗的朋友，是狗的恩人，我救了岡日森格的命，還救了大黑獒那日的命，草原上的人都說我是遠來的漢菩薩，是來給西結古草原謀幸福的。我現在鄭重宣布，你們誰要是砍了這七個孩子的手，我就砍死岡日森格，然後再去西結古寺砍死大黑獒那日，最後砍死我這個漢菩薩。」

父親喊叫著，拉著岡日森格過去，把碩大的獒頭摁在了木案上。岡日森格聽到父親叫了好幾聲自己的名字，便知道父親的用意了，順從地一動不動，只是用眨巴的眼睛問著父親：你真的想砍了我嗎？

行刑台下，狗群吆喝著朝前湧過來。牠們看著父親舉刀摁頭的樣子，以為父親真要殺了岡日森格，便助威似的吠叫起來。只有獒王虎頭雪獒一聲不吭。牠側耳聽著父親的話，研究著父親的表情，雖然沒有聽懂，也沒有研究明白，但卻準確地得出了一個結論：這個一直都在充當藏獒的保護者的漢人，是不可能殺死岡日森格的，所有的人，包括西結古草原的人，都不可能殺了這隻外來的雪山獅子，要殺了牠的，只能是西結古草原的藏獒，確切地說，是牠——西結古草原的獒王虎頭雪獒。

獒王隨著狗群朝前跑去，快到行刑台時牠停下了。牠用聲音和眼色阻止了領地狗的湧動，然後靜靜地觀察著臺上的一切，也觀察著機會的出現。沒有，沒有，沒有機會。牠不停地遺憾著，知道在這種人聲嘈雜狗影氾濫的地方，自己很難實現殺死岡日森格的計劃，甚至連咬牠一口，吠牠一聲的機會也沒有。

牠有點沮喪地後退了幾步，突然不滿起來：岡日森格是一個來犯者，牠的主人是上阿媽的仇家，怎麼不見西結古草原的人跳到臺上對牠表示一下自己的憤怒呢？難道他們也像大黑獒那日一樣，喜歡上了這隻漂亮英俊的獅頭公獒？不，這是不允許的，老天不允許，祖先不允許，我們藏獒堅決不允許。咬死牠，咬死牠，儘快咬死牠。獒王虎頭雪獒越想越覺得自己必須親自咬死牠。

而在人群裏，懂漢話的齊美管家一遍遍地把父親的話翻譯給一些聽不懂漢話的頭人和管家們聽。野驢河部落的頭人索朗旺堆說：「我也聽說丹增活佛說過這樣的話，丹增活佛沒看錯人吧？」

牧馬鶴部落的頭人大格列說：「我佩服不怕死的漢人，更佩服能夠救活藏獒性命的漢人。但是他不該保護七個上阿媽的仇家，他一保護他們，就不是我們西結古草原的漢菩薩，而是上阿媽草原的漢菩薩了。」

父親揮著骷髏刀繼續喊叫著：「你們誰是管事兒的？快過來呀，把這七個孩子放了，要不然我就要砍了，真的砍了。」

主持這次砍手儀式的牧馬鶴部落的強盜嘉瑪措，拽著野驢河部落的齊美管家，跑上了行刑台。

齊美管家喊道：「漢菩薩，漢菩薩，你不要這樣，你不知道原因，上阿媽草原的人欠了我們的血，欠了我們的命。」

只會說一點點漢話的強盜嘉瑪措一下一下地揚著手說：「遠遠的原因，多多地欠了。」

齊美管家說：「對，他們欠了我們許許多多的人命和藏獒的命，就是砍了這七個仇家的頭，也是還不完的。」

父親說：「誰欠了你們的命你們找誰去，你們的命不是這七個孩子欠的。」

齊美管家把父親的話翻譯給嘉瑪措聽，作為牧馬鶴部落軍事首領的強盜嘉瑪措一臉惱色，紅堂堂的就像染了顏色，嗚哩哇啦地說著什麼。

齊美管家說：「部落欠的命，部落的所有人都有份；上阿媽欠的命，上阿媽的所有人都要還，這是草原的規矩。」

父親說：「不要給我說這些，我不聽。我漢菩薩有漢菩薩的規矩，放人，趕快放人，不放我就砍了。」

強盜嘉瑪措意識到說得再多也沒用，便朝著失去了刀的操刀手一陣訓斥。父親聽不明白，但他覺得應該是這樣的：「廢物，怎麼搞的，連自己的骷髏刀都拿不住，部落養你這樣的操刀手有什麼用？還不趕快搶過來。」

戴著獒頭面具的操刀手撲向了父親手中的骷髏刀。父親把刀高高舉起，大吼一聲：「你別過來，你過來我就砍了，先砍死岡日森格，再砍死我。」

操刀手一愣，還要往前撲。父親說：「哎喲媽呀，他跟我一樣不要命。」說著一刀砍了下去。

一片驚叫。

在別人看來，他砍在了岡日森格的頭上，只有他自己和岡日森格知道，他砍在了自己摁著岡日森格的左手上。

岡日森格不禁顫抖了一下，牠很痛，牠是一隻和人類心心相印的出色藏獒，牠立刻感覺到了周身的疼痛，好像父親的身子就是牠的身子，父親的神經就是牠的神經，當傷口在父親

手上產生疼痛感覺的時候，真正受到折磨的卻是牠。岡日森格嗚嗚嗚地叫著，這是哭聲，是牠從人類那裏學來的發自肺腑的哭聲。

操刀手一看這陣勢，嚇壞了，望著強盜嘉瑪措朝後退去。強盜嘉瑪措操刀手不屑地揮了揮手，擺開架勢準備親自撲上去奪刀。齊美管家一把拽住了他：「你可不要逼這個漢人，逼出了人命或者藏獒的命，誰擔待得起？」

流血了。父親揚起流血的手，揮舞著說：「看啊，看啊，流血了，這是漢菩薩的血，流在西結古草原上了。」

這時候，父親最希望看到的一是西結古工作委員會的白主任，二是西結古寺的住持丹增活佛。他覺得他們兩個人中的任何一個人，都有可能制止這種殘酷的砍手儀式。但是直到現在，他們誰也沒有出現，他們真是太超脫、太逍遙了。

父親很沮喪，覺得今天自己非死在這裏不可了。他並不擔心骷髏刀砍向自己的脖子時會不會怯懦，他擔心的是：即使他死了，也未必能保住七個上阿媽的孩子的手。

父親呆愣著，這一刻的呆愣，讓他變成了一個受刑者。他已經陷入騎虎難下的境地，除了考慮自殺，好像再也想不出別的辦法了。

他們怎麼這麼麻木啊，我就要死在他們的麻木之中了。父親扔掉了骷髏刀，突然流下了眼淚。

父親一流淚，七個上阿媽的孩子便知道自己的手必砍無疑了，哇哇地哭起來，梅朵拉姆也哇哇地哭起來。岡日森格的眼淚無聲地流在了木案上，木案上一片濕潤。

不遠處的狗群裏，獒王虎頭雪獒突然振作起來。機會？也許這就是一個機會：以雷轟電掣之勢跑上行刑台，在岡日森格和牠身邊的人沉浸在悲傷之中來不及反應的時候，一口咬死牠。就一口，不多咬，一口咬不死牠，我就不做獒王了。獒王虎頭雪獒禁不住輕輕吼起來，示威似的來回走了走，讓雪白的獒毛迎風飄舞著，四腿一彈，忽地跑了起來。

岡日森格渾身抖了一下，鼻子一聞，耳朵一扇，抬頭警覺地看了看遠方。牠不哭了，舔了舔木案上自己的眼淚，然後來到行刑台的邊沿，朝著下面沙啞地叫起來。牠是在威脅那些生殺予奪的頭人和管家，還是在威脅那些看熱鬧的藏狗以及那隻飛速跑來的雪白的藏獒？

不，父親擦了一把眼淚就發現，岡日森格不是威脅，是歡迎和期待。牠歡迎著一個熟人的到來，這個熟人便是西結古寺的鐵棒喇嘛藏扎西。

藏扎西帶著十幾個鐵棒喇嘛和一大群寺院狗從碉房山奔跑而來。寺院狗肆無忌憚的叫聲吸引了所有人和所有狗的注意。

獒王虎頭雪獒戛然止步。牠知道鐵棒喇嘛是草原法律和寺院意志的執行者，在整個青果阿媽西部草原，只有他們才可以隨意懲罰包括藏獒，自然也包括牠獒王在內的所有生靈，所以牠知趣地停下了。

牠停下的地方離行刑台只有兩三步，離岡日森格只有七八步，也就是說，僅僅晚了幾秒鐘，岡日森格就依然活著了。岡日森格痛苦地活著，獒王虎頭雪獒卻因爲岡日森格的活著而痛恨地活著。

當鐵棒喇嘛藏扎西離開夭折了的行刑儀式時，他身後緊跟著岡日森格和七個上阿媽的孩子以及父親和漢姑娘梅朵拉姆。十幾個鐵棒喇嘛，一大群寺院狗在兩側和後面保護著他們。寺院狗當然知道岡日森格是個該死的來犯者，但牠們更知道鐵棒喇嘛藏扎西的意圖，牠們只能保護，不能撕咬，萬一周圍的領地狗撲過來撕咬，牠們還必須反撕咬，哪怕傷了自家兄弟姐妹的和氣。

一進入西結古寺，十幾個鐵棒喇嘛和所有的寺院狗就散去了。藏扎西揹著岡日森格來到父親居住的僧舍，把牠和大黑獒那日放在了一起，然後就去丹增活佛跟前覆命。他跪在丹增活佛面前，悲傷地說：「神聖的佛爺，使命已經完成了，我該走了。」

丹增活佛說：「你是說你要離開寺院嗎？不要這麼著急，你先回到你的住處去，等一會兒我叫你。」

藏扎西又去找藏醫尕宇陀，憂急萬分地說：「仁慈的藥王喇嘛，快去救命啊，雪山獅子不行了。」

藏醫尕宇陀說：「你的事情我已經知道了，他們真的會砍了你的手嗎？常常念誦大醫王佛的法號東方藥師琉璃光如來吧，祂會解除你心靈和肉體的所有痛苦。」

藏扎西虔誠地答應著，磕了一個頭，轉身走了。

等藏醫尕宇陀來到父親居住的僧舍時，丹增活佛已經果斷地做出了這樣的決定：派人把七個上阿媽的孩子和昏迷不醒的岡日森格以及奄奄一息的大黑獒那日揹到「日朝巴」（**雪山裏的修行人**）修行的昂拉雪山密靈洞裏藏起來。

雪山中的密靈洞

整整半個月的平安寧靜，經過藏醫尕宇陀的精心治療，加上頓頓都是乾牛肺和碎羊骨的餵養，岡日森格的傷口迅速痊癒著，精神也飽滿起來。

一天中午，牠走出密靈洞，在雪谷裏轉了一圈，回來時居然叼著一隻雪鼬。第二天一大早，牠又出去了，回來時同樣叼著一隻雪鼬。

雪鼬就是雪線上的黃鼠狼，是一種善跑善鑽的傢伙，岡日森格居然把牠捉住了，這說明了什麼？岡日森格自己是知道的，要不然牠不會像出示證據一樣，兩次都把雪鼬放在藏醫尕宇陀和七個上阿媽的孩子面前。

藏醫尕宇陀呵呵呵地笑著，拍打著岡日森格碩大的頭顱說：「今天能活捉雪鼬，明天就能咬死狼了。」

雪鼬還活著，岡日森格用兩隻爪子輪番撥拉著，送到了大黑獒那日的嘴邊。臥在地上的大黑獒那日一口咬住了雪鼬的喉嚨，使勁磨著牙，磨了一會兒才把脖子咬斷。牠咯吱咯吱嚼著脆骨吃起來。

岡日森格一直在旁邊看著，一口牙祭也不打。這就是看家狗和領地狗的區別。岡日森格曾經做過看家狗，草原上最好的看家狗一般不在野外獵食動物，除非遇到不吃就會餓死的情況。

大黑獒那日吃得很慢，藏醫尕宇陀蹲在牠身邊，不停地把一些寶石粉、麝香粉和藏紅花摻和起來的藥粉撒到雪鼬的肉上。大黑獒那日知道這些藥粉是治傷的，貴重得就像金子，一點也不浪費地舔了進去。尕宇陀輕輕摸著牠的頭說：「你傷得太重了，還得養些日子，才能到野外自己找食吃。」

大黑獒那日頭上的傷口正在癒合，斷了的鼻梁又被尕宇陀接好了，兩次受創的左眼已不再腫脹。但是尕宇陀的擔心仍然沒有消除，那就是左眼能不能恢復到從前，如果不能，視力到底會下降到什麼程度？

揹著岡日森格和大黑獒那日來到密靈洞的四個鐵棒喇嘛回去了兩個，留下了兩個。留下的兩個按照丹增活佛的吩咐，照顧和守護著住進洞裏的人和狗，尤其是對七個上阿媽的孩子，絕對不允許他們走出暗藏著密靈洞的密靈谷。丹增活佛說了，密靈谷外就是雕巢崖，雪雕會告訴進山搜尋七個上阿媽的孩子的騎手：這裏有人，這裏有人。

密靈谷是昂拉雪山中的一個暗谷，遠遠地看，絕對看不出它是谷地，走近了才發現那山巔在聳起的時候，又突然從背後跌落了下去，跌落得越來越深，越來越闊。也不知什麼時候，被稱作「日朝巴」的山中修行僧發現了它，起了個名字叫密靈谷，意思是密宗顯靈之谷。

天賜的密靈谷裏更有天賜的密靈洞，在絕對寂寞中苦苦修行的密宗僧人就代替雪豹，成了密靈洞裏的第一任人類。幾百年過去了，數千個密宗僧人在極其機密的狀態中成就了大圓滿法、時輪金剛法、大手印法、閻摩德迦法以及蓮花生弘傳的金剛橛法，修得了預知未來、騎鼓飛行、吞刀吐火、密咒降敵、分身奪舍的功夫，然後就遠遠地去了。

就像一線單傳的傳家寶一樣，密法的修行者離開這裏後，要做的第一件事情，就是招收門徒，傳授密法，幾年後，再把密靈谷以及密靈洞的存在秘傳給自己最得意的門徒，一個，只能是一個。這個得意門徒受傳之後，就會千里迢迢來到昂拉雪山，先尋找密靈谷，再尋找密靈洞。找到了，就算他和密法有緣，按照上師的傳授修煉就是了，找不到就說明沒有緣分，他得回覆上師，由上師另行派人。西結古寺的住持丹增活佛，就是一個由自己的上師另行派來的門徒。

丹增活佛走出密靈洞，就要離開密靈谷時，吃驚地發現滿谷都是藏獒，密密麻麻的，差不多西結古草原上的藏獒都來到了這裏。後來他知道，那一年出現了百年不遇的狗瘟，那一年的藏獒無論是領地狗和寺院狗，還是牧羊狗和看家狗，都成了無情的狗瘟虐殺的對象。

藏獒一旦得了傳染病，就會主動離開主人和草原，走得遠遠的，走到雪山裏來，然後孤獨地死去。但是這一年，牠們並不孤獨，牠們集體得病，集體來到了密靈谷，好像牠們早就知道昂拉雪山裏有這樣一個人鬼不知的地方。

神秘的修行者丹增活佛呆愣著半晌，不敢邁動步子。他在密靈谷只見過無憂無慮、縱橫馳騁的雪狼和雪豹，從來沒見過伴隨人生活的藏獒，藏獒怎麼來了？

來這裏準備悄悄死掉的藏獒和人一樣吃驚：這裏怎麼有人，而且是一個人類中備受尊敬的僧人？看來牠們是不能在這裏死掉的，這裏是個乾淨聖潔的地方。但是藏獒們已經走不動了，命運只能讓牠們在密靈谷裏死掉。

就在牠們紛紛咽氣的時候，丹增活佛走出了密靈谷。他做的第一件事情不是招收門徒，而是追祭藏獒之魂。他告訴別人：爲什麼得了狗瘟的藏獒會到昂拉雪山裏去死呢？一是牠們不想把瘟病傳染給別的狗和人；二是牠們死了以後就會成爲狼食，狼吃了牠們也會得病，也會死掉，這樣，草原上就不會出現狼吃羊的時候沒有藏獒保護的局面了。可以說，病死一隻藏獒，就會同樣病死好幾匹狼。

狼是狡猾的，但在遇到病獒的軀體時，卻完全失去了判斷能力。因爲在牠們的經歷中，總是藏獒咬狼，對藏獒的仇恨差不多就是狼界裏的所有仇恨和唯一仇恨。牠們急切地需要報復，需要發洩仇恨，於是就喪失理智地瘋狂撕咬，大口吞咽帶

有瘟病的獒肉。

丹增活佛說：這就是藏獒的好處，牠們即使得病死了，也要讓狼嚐嚐藏獒的厲害，也要盡到保護人畜的義務。

丹增活佛追祭了獒魂後的第三年，才開始招收門徒，傳授密法。但他沒有把密靈谷以及密靈洞的存在，當作神聖而機密的密宗修煉道場，秘傳給自己最得意的門徒，因爲那麼多藏獒在那裏死掉了，那麼多吃了藏獒的狼在那裏死掉了，一個到處飄逸著獒魂和狼魂的地方，是修煉不出真正的密宗大法的，如果非要修煉，很可能就會進入外道魔障，染上汙風邪氣，變成淨土世界佛法密宗的敵人。

他領會到這是大日如來的旨意：藏獒的蹤跡就是人的蹤跡，密靈谷已經不再密靈了，你是最後一個密靈洞裏的得道者。

密靈洞雖然已不再是機密的修煉道場，但知道的人並不多，藏匿七個上阿媽的孩子和岡日森格還是絕對保險的。半個月的時間裏，牧馬鶴部落的騎手在強盜嘉瑪措的率領下，一直都在昂拉雪山的溝溝窪窪裏尋找，但他們就是發現不了暗藏其中的密靈谷。他們不止一次地遠遠看著東西走向的巨大山巔，卻始終沒有發現在聳起的山勢中突然從背後跌落下去的深谷。

他們的尋找即將失敗，眼看就要回去了。就要回去的這天，是七個上阿媽的孩子和岡日森格躲進密靈洞的第十六天。

小白狗嘎嘎

密靈洞裏，七個上阿媽的孩子正在玩著羊骨節。他們圍成圈，給二十一個「8」字形的羊骨節起了各種動物的名字，由臉上有刀疤的孩子高高地抬起來，讓大家搶。一人只能搶三個，羊骨節的形狀是相同的，誰也不知道自己會搶到什麼動物。搶完了便以搶到藏獒的人作為頭家，用自己的羊骨節彈打對方的羊骨節，打上後接著再打，打不上就要挨別人的打。

一般來說，藏獒、野牛和馬總是要贏的，因為在遊戲的規則裏，藏獒、野牛和馬可以通吃一切，而狼、熊、豹、羊、狐、兔、獺、鼠是受到限制的，比如狼去彈打藏獒，打上了也不算。這樣的遊戲最關鍵的是你能搶到什麼，搶就是鬧，就是打，如同一群小狗玩打架一樣。他們就這樣搶著鬧著玩著，天天都這樣，好像永遠玩不膩。

就在他們玩得忘乎所以的時候，岡日森格悄悄走出了密靈洞。大黑獒那日想跟出去，站起來走了幾步，就被藏醫尕宇陀攔住了：「那日，你不能去，你受創的左眼不能讓大風吹，更不能讓雪光刺，不然就好不了。」

岡日森格來到洞外，走了幾步，就開始奔跑，一跑起來就覺得渾身非常舒服。牠的習性本來就是在雪裏取暖，在風中狂奔，高峻寒冷的昂拉雪山正好般配了牠的習性，牠兜圈子跑著，越來越快，邊跑邊用鼻子在冷風裏呼呼地聞著。突然牠停下了，空氣裏有一股異樣的味道讓牠心裏咯一下，那不是牠一連兩天抓到的雪鼬的味道，是一股格外刺激的狼臊味兒，而且不僅是狼臊味兒，還有狗味兒，狗味兒和狼味兒怎麼能混合在一起呢？

牠回望了一眼密靈洞，覺得情況緊急，沒有必要徵得主人的許可，便跳起來就跑。這一次牠沒有兜圈子，而是選擇最短的路線直直地跑了過去。牠跑出了密靈谷，跑過了一座平緩的雪岡，跑上了一面開闊的冰坡。

牠看到了站在雪岩上的母雪狼，聽到了母雪狼給同伴發出的尖銳的警告。接著，牠看到了母雪狼的同伴——兩匹在食物的誘惑下忘乎所以的公雪狼。而牠們就要吃到嘴的食物，居然是一隻藏獒的孩子小白狗。

岡日森格發瘋了，用一種三級跳似的步態跑著，吠著，威脅著。自從來到西結古草原後，牠還沒有如此瘋狂地奔跑過。威脅的吠聲延宕了兩匹公雪狼下口咬死小白狗的時間，牠們吃驚地抬起了頭，本能地朝後縮了縮。

小白狗嘎嘎趴在地上，已經叫不出聲音了。像許多動物在意識到生命就要結束時所表現的那樣，牠把頭埋進了蜷起的前肢，閉上眼睛，在利牙宰割的疼痛沒有出現之前，提前進入了死亡狀態。

溫暖的血、鮮嫩的肉、油汪汪的膘、脆生生的骨頭，這就是一個幼小的活食所能提供的一切。大概就是對活食魅力的迷戀吧，縱然有母雪狼的警告和呼喚，兩匹公雪狼也沒有立即跑開。牠們猶豫了片刻，就是這片刻的猶豫注定了牠們的命運。牠們死了。一匹公雪狼死在了當時，一匹公雪狼死在了第二天。

死在第二天的那匹公雪狼是搶先逃跑的，但已經來不及了，岡日森格的速度疾如閃電，快如飄風，忽一下就來到了牠的跟前，準確地說，是雪山獅子，同時也叫岡日森格的尖尖的虎牙來到了牠的後頸上。哧的一聲響，隨著虎牙的插進拔出，血噴了出來。公雪狼彎過腰來撕咬岡日森格。岡日森格一頭頂了過去，雖然自己的頭上有了狼牙撕破的裂口，但卻把公雪狼撞出了兩米遠。公雪狼搖晃著身子跑了幾步，哀叫一聲倒在了地上，直到第二天血盡氣絕，再也沒有起來。

死在當時的那匹公雪狼這時已經逃出去二十多米遠。牠一躍而起，打算跳上雪岩，和母雪狼一起共同對付岡日森格，但是沒想到，作爲妻子的母雪狼會一頭把牠頂下來。牠滾翻在雪岩下面，正好把柔軟無毛的肚子暴露了出來。追攆過來的岡日森格立刻和牠糾纏在一起。

岡日森格擺動著頭顱，一牙挑出了腸子，又一牙挑在了狼鞭上，幾乎把那東西挑上了半空。然後在公雪狼的後頸上咬了一口，用狼血封住了狼魂逃離軀殼的通道，轉身奮力跳上雪岩，打算一併把母雪狼也收拾掉。

母雪狼跑了，已是蹤影全無。牠用一頭從雪岩上頂下自己丈夫的舉動，贏得了逃之夭夭的時間。牠是卑鄙的，也是智慧的。無論是卑鄙的還是智慧的，這都是雪狼天性的表現，是牠們生存必備的手段。一匹閱歷深廣、經驗豐富的母性的雪狼，永遠都是一個陰險狡詐的極端利己主義者。草原的狼道就是這樣，狼道對狗道和人道的批判也是這樣。

岡日森格站在雪岩上，揚起頭，喘著粗氣，撮起鼻子四下裏聞了聞，聞出母雪狼朝著西北方的雪溝逃跑了。按照本性，牠是要追的，但按照更大的本性，牠沒有追。牠跳下雪岩，小跑著來到了小白狗嘎嘎身邊，聞了聞那白花花的絨毛，舔了舔那血淋淋的斷腿，看牠仍然閉著眼睛一動不動，就一口叼了起來。岡日森格跑下了開闊的冰坡，跑過了平緩的雪岡，跑進了密靈谷，突然發現這裏已不再寂靜，這裏出事了。

強盜嘉瑪措走到了雕巢崖的下面，朝上看了看。雪雕愉快的叫聲就像一片旱夏裏的雷雨籠罩在他的頭頂。他看到許多雪雕一邊叫一邊拍打著翅膀，羽毛就像雪花一樣紛紛揚揚；看到黑色的羽毛朝著近旁的雪山飄飛而去，雪山上依然是兩個鐵棒喇嘛的腳印。他奇怪了：兩個喇嘛怎麼是從雪巔上走下來的？他拉著馬走向這座東西走向的巨大山巔，走著走著，山巔突然從背後跌落下去了，一條暗谷豁然出現在眼前。

暗谷是南北走向的，深闊的谷地就像一把勺子鑲嵌在萬雪千冰之中。強盜嘉瑪措驚愕之餘，轉身朝著落在後面的騎手大聲喊起來：「快過來。」喊了一聲，突然又把嘴緊緊閉上了。他意識到這裏應該就是藏匿著七個上阿媽的孩子和岡日森格的地方，要悄悄的，悄悄的，不能有任何響動。

強盜嘉瑪措率領著騎手們，沿著還在繼續延伸的兩個鐵棒喇嘛的腳印，悄無聲息地走了過去。

逃亡

是大黑獒那日首先覺察了騎手們的到來。牠聞到了，也聽到了，通報似的朝著密靈洞外啞啞地「汪」了一聲，又朝著藏醫尕宇陀小小地「汪」了一聲。

盤腿打坐的藏醫尕宇陀伸手準確地拽住了大黑獒那日的耳朵，這證明他雖然閉著眼睛，但其實什麼都能看見。大黑獒那日便用自己的耳朵拽著他的手，使勁朝外走去。

尕宇陀站起來說：「那日，你要幹什麼？你不能出去，你受傷的左眼不能讓大風吹，更不能讓雪光刺……」大黑獒那日用叫聲打斷了他的話，丟開他跑向洞外。

藏醫尕宇陀趕緊跟了出去，就見大黑獒那日站在密靈洞的門口，朝著開闊的谷地一直叫著，聲音不大，卻顯得非常著急，是那種既不表達憤怒也不表達歡喜的著急。尕宇陀心說：牠發現了什麼？來了敵人牠會撲過去，來了朋友牠也會撲過去，這種能讓牠光叫喚不撲咬的東西是什麼？

他走過去登上一座雪丘朝遠處望了望，回頭對大黑獒那日說：「什麼也沒有啊。」大黑獒那日的叫聲顯得更加焦急不安了。

藏醫尕宇陀又往前走了走，登上一座更高的雪丘，在一片刺眼的雪光中瞇起眼睛一看，發現密靈谷潔白的谷底上滾動著一溜兒黑色的斑點。他以爲那是野獸，仔細瞅了瞅，才認出那是人，是人騎在馬上的樣子。

他轉身就走，對大黑獒那日說：「回去吧，回去吧，你的左眼見風就流淚，濕汪汪的，傷口怎麼能好？」

大黑獒那日看到藏醫尕宇陀臉上一點緊張的表情都沒有，也就不叫了，重新搖了搖尾巴，跟著他回到了洞裏。

其實藏醫尕宇陀心裏正在翻江倒海。他做出了一個超出藏醫喇嘛本分的決定。他對七個上阿媽的孩子說：「安靜，安靜，不要再玩了，你們都過來，都給我聽著。」七個上阿媽的孩子都過來圍住了他。

他說：「你們快走，快走，趕緊離開這裏，離開西結古草原，回到你們上阿媽草原去，有人來抓你們了。」

藏醫尕宇陀推搡著七個上阿媽的孩子來到了密靈洞外。刀疤四下裏看著喊起來：「岡日森格，岡日森格。」這時，大黑獒那日輕輕叫起來。人和狗幾乎同時看到了谷底黑螞蟻一樣的騎手。騎手們正在靠近，似乎還沒有發現他們。七個上阿媽的孩子緊張起來。

尕宇陀說：「這個岡日森格到哪裏去了，你們先走吧，來不及等牠了，快。」說罷，朝著密靈洞後邊指了指。

密靈洞後邊是一面冰坡，儘管陡了點，但完全可以爬上去。七個上阿媽的孩子爬上去了，堅硬的冰坡上沒有留下他們的腳印。藏醫尕宇陀朝著還在回頭尋找岡日森格的刀疤和大腦門揮揮手：「快走吧，走得遠遠的，越遠越好，再也不要回來了。」

大黑獒那日衝他們搖著尾巴，受傷的和沒有受傷的眼睛都是淚汪汪的，直到七個上阿媽的孩子消失在冰坡那邊，牠依然搖著尾巴。

藏醫尕宇陀彎腰拍拍大黑獒那日說：「快，我們也得藏起來。」

一人一狗朝洞裏走去。這時，一陣叫聲從寂靜的密靈谷底傳來，騎手們看見他們了。騎手們的叫聲就像牧羊狗突然發現了狼。

七個上阿媽的孩子離開密靈洞不久，就碰到了一個人。這個人是從他們後面走來的，好像一直跟蹤著他們。當他們穿雪溝，翻雪嶺，一路疾走，累得滿頭大汗，倒在雪地上喘息不迭的時候，他突然從雪包後面冒了出來。

他帶著誠實的笑容，和顏悅色地問道：「七個苦命的孩子，你們要去哪裏啊？」

孩子們沒有回答，驚奇地望著他。他胸前掛著墓葬主的鏡子，頭上綴著羅剎女神的琥珀球，腰裏吊著一串兒鬼卒骷髏頭，一看就知道不是一個普通的人。

臉上有刀疤的孩子大聲問道：「你是誰？你到這裏來幹什麼？」

這個人說：「我叫達赤，我是雪山的兒子，是指路的明燈。我常

常出現在迷途的人們面前，告訴他們哪裏是他們應該去的地方。」

刀疤打量著他說：「你是指路的明燈？那你能給我們指路嗎？」

達赤從腰裏取下一個骷髏頭說：「你們看我有沒有神力，就知道能不能給你們指路了。」說著，他用雙手把骷髏頭合在中間，念道，「大哭女神來了，伏命魔頭來了，一擊屠夫來了，金眼暴狗來了。來了就變了，骷髏變寶石了。」

他忽地張開雙手，裏面的骷髏頭果然變成了一個綠松石的羊。七個上阿媽的孩子吃驚得面面相覷。

達赤又變了幾次，一會兒變個黑瑪瑙的猴，一會兒變個寒水石的狗，一會兒變個鐵疙瘩的鬼，最後又變回到了骷髏頭。孩子們望著他的眼睛，頓時就亮光閃閃了。他們沒見過這樣的魔術，這樣的魔術是被看作神蹟的。

接下來，就是達赤說什麼他們信什麼了：「什麼，你們是來尋找滿地生長天堂果的海生大雪山岡金措吉的？那我告訴你們，你們真是有福氣，你們見到了我，就算見到了岡金措吉。你們知道黨項大雪山嗎？」

刀疤看了看大腦門。大腦門說：「知道。」

達赤說：「知道就好，黨項大雪山裏有許多冰窖，所有的冰窖都是通往海生大雪山岡金措吉的門戶，這個秘密誰也不知道，就我知道。」達赤說著，隨手又變起了魔術，又讓孩子們萬分驚奇了一番，然後說，「走啊，你們跟我走啊。」

七個上阿媽的孩子跟著達赤，朝著比昂拉雪山大得多的黨項大雪山走去。

牠被送鬼人達赤帶到了他家裏，那是一個沒有窗戶只有門的石頭房子，門一關裏面就漆黑一團了，點亮了酥油燈，牠才看到四壁全是鬼影，所有的鬼影都被一隻柴手捏拿著，那是大哭女神的手，是伏命魔頭的手，是一擊屠夫的手，是金眼暴狗的手。這些抓鬼的手牢牢地捏拿著鬼影，讓鬼影的面孔更加猙獰可怖了。

牠驚怕地叫了一聲，蜷縮到石牆的一角，好長時間沒有睜開眼睛。等牠睜開眼睛的時候，酥油燈滅了，送鬼人達赤已經離去，木門是關死了的，只留下一條縫隙，透露著外面的陽光。

牠想出去，想回到主人的身邊去。但牠不是空氣，不能飄過門的縫隙。牠窮盡了所有牠知道的辦法，最後徒勞地看到外面的陽光正在消失，而自己已是筋疲力盡，饑腸轆轆了。

牠趴在地上休息了一會兒，就開始四處尋找吃的。在爪子和嘴可以搆著的地方，牠什麼也沒有找到，沒有糌粑，沒有牛肺，沒有肉湯，沒有自牠斷奶以後主人餵養牠的一切，有的只是讓牠恐怖的寂靜。

牠在寂靜中發抖，抖著抖著就睡著了。牠到夢裏去尋找吃的，終於找到了，眼睛一睜，又沒有了。牠抽著鼻子聞了聞，覺得滿房子都是肉味，猛地抬起頭來，用穿透黑暗的眼光一看，看到牆上居然是掛著肉的，一溜兒全是一條一條的風乾肉，還有甜絲絲的冰水，一聞就知道裝在那幾隻鼓鼓囊囊的羊肚裏。

牠大叫一聲，激動得又撲又跳，但是牠搆不著，跳了無數次都搆不著。牠開始吠叫，希望阿媽或者主人能聽到自己的叫聲推門而入。但是沒有，牠一直叫到天亮，也沒有一個人和一隻狗前來輕輕叩一下門。牠絕望地用頭撞著門板，撞得腦袋都矇了，禁不住痛苦地趴在地上把沉重的腦袋耷拉在了腿夾裏。

大概饑餓就在這個時候給了牠生存的靈感吧，或者牠作爲一隻黨項藏獒，天性裏就有在死亡線上求生的素質，牠很快又站了起來，開始滿房子繞著圈奔跑，越跑越快，越跑越快，跑著跑著，便一躍而起，四腿蹬著牆壁，撲向了高懸頭頂的風乾肉。

一個月以後，送鬼人達赤回來了。他神情木然地看著牠，發現牠長大了許多，儘管瘦得皮包骨，但架子顯得比一般同齡的藏獒要大得多。他說：「我沒有看錯，你將來一定是一隻大狗。」

牠煩躁地衝他叫了一聲，聞出他身上的味道跟這房子裏的味道是一樣的，便沒有撲過去。但是牠心裏很清楚，牠跟他沒有關係，跟這所房子也沒有關係，牠每天都千方百計地想離開這裏，如今門開了，牠更要離開了。牠撲向了門口，想從他的腿邊擠出去。早有準備的送鬼人達赤突然從背後亮出了一根粗大的木棒，揮起來就打。

這是牠第一次挨打，打得牠連滾了三個滾，一直滾到了牆角。牠看著他，眼睛裏突然噴射出一股藍焰似的光脈，低低地吼叫起來。送鬼人達赤滿意地獰笑著，他知道眼睛裏的藍焰是黨項藏獒最初的仇恨，也代表了牠作爲一隻幼獒對人世狗道最初的理解。

他說：「你就恨吧，好好地恨，歡暢地恨吧，恨所有把送鬼人當鬼的人，所有欠了人命的人，你要是不恨，我就打死你，你要是越來越恨，我就手下留情，因爲你是飲血王黨項羅剎。」

追逐

一進入密靈谷，沒跑幾步，岡日森格就感覺到了異樣，流動的空氣告訴了牠一切。牠幾乎是用舌頭尖挑著小白狗嘎嘎，沿著谷底，用牠三級跳似的步態，風馳電掣般地靠近著密靈洞。

牠看到洞口外面簇擁著許多馬和許多斜揹著叉子槍的人，有人舉槍對準著牠，黑洞洞的槍口就像人的眼睛一樣深不可測。牠全然不顧，牠知道槍的厲害就是人的厲害，從槍口射出來的子彈，差不多就是人的權威的象徵，但是牠不怕，牠從來不怕死，所以也就永遠不怕瞄準自己的槍。

牠從谷底一蹦而起，四肢柔韌地從這塊冰岩彈向那塊冰岩，飛快地來到了密靈洞前。有人喊起來，岡日森格聽清楚了，這是藏醫尕宇陀的聲音。這個聲音一出現，所有舉起的槍就都放下了。

「強盜來了，騎手們來了，你們好啊，難道你們不認識我了？我是藥王尕宇陀。我治好了草原上所有人的膽汁病、氣類病和黏液病，我給貪病、癡病開出了甘露殊勝的妙方，我把鬼宿、魔土、毒水、惡獸、厲蟲降伏在大藥王琉璃光佛的威力之下，啊，我呀，我恨不得把我身上的每一根汗毛都變成解除病痛的藥寶。但是我怎麼就除不掉你們仇恨的鐵銹、怨怒的沉渣和嫉妒的浮垢呢？岡日森格的前世是阿尼瑪卿雪山上的獅子，曾經保護過所有在雪山上修行的僧人，難道你們不知道嗎？知道了爲什麼還要舉槍瞄準啊？你們這些對雪山獅子如此不恭的人，難道你們不怕有一天我會對你們說——你們的病痛我是解除不了的，去找你們的強盜嘉瑪措吧，因爲是他給你們種下了病痛的根。」

大黑獒那日似乎聽明白了藏醫尕宇陀的意思，響亮地吠了一聲。

牧馬鶴部落的軍事首領強盜嘉瑪措大聲說：「部落沒有強盜，就好比羊群沒有藏獒；草原沒有藥王喇嘛，就好比冬天沒有牛糞火。我是仇恨的根，你是煮根喝湯的神，你在山頭上，我們在山底下，我們可不願意聽你給我們說——你們的病痛我是解除不了的。放下槍放下槍，騎手們放下槍。」

岡日森格無畏地穿過騎手們的空隙跑進了密靈洞，知道七個上阿媽的孩子已經不在這裏了。主人呢？我的主人呢？緊急中，牠沒有忘記把小白狗嘎嘎小心翼翼地放在大黑獒那日面前。大黑獒那日吃驚地後退了一步，疑惑地望望岡日森格，又盯住了小白狗嘎嘎。岡日森格來不及表示什麼，眼睛急閃，悶悶地叫著：主人呢？我的主人呢？突然牠不叫了，跑過去聞了聞撒在地上的羊骨節，轉身就走。

強盜嘉瑪措一看地上的羊骨節，就知道七個上阿媽的孩子剛剛還在這裏。再一看岡日森格，又知道七個上阿媽的孩子是可以找到的，跟著岡日森格就行了，牠也在找呢。他立刻向藏醫尕宇陀彎腰告

辭，招呼騎手們趕快跟上岡日森格。藏醫尕宇陀心說：完蛋了，岡日森格就要暴露牠的主人了。他叫了一聲：「岡日森格，你回來，聽我的，你回來。」

岡日森格沒有回來，牠已經聞到了主人離開密靈洞的蹤跡，現在唯一的想法就是追攆而去。牠出了洞口，直奔洞後邊的那一面冰坡，冰坡儘管陡了點，但對牠那種三級跳似的步態來說，差不多是如履平地的。

騎手們拉著馬跟了過去。強盜嘉瑪措催促道：「快啊快啊，只要我們緊緊跟上雪山獅子，就能抓到七個上阿媽的仇家。」說著，兀自爬上去，站在冰坡頂上打出了一聲尖厲的呼哨。強盜嘉瑪措跨上大黑馬，朝著已經跑出兩箭之程的岡日森格追了過去。

岡日森格回頭望了一眼，突然放慢了腳步，慢到大黑馬可以輕鬆追上自己。但是大黑馬沒有追上來，大黑馬總是在一定的距離上跟著牠。於是岡日森格明白騎在馬上的人並不是要抓住牠或者殺死牠，他們另有目的，他們的目的到底是什麼？岡日森格想了想，跑得更慢了，直到所有的騎手都騎馬跟在了身後，才又開始風馳電掣般跑起來。

密靈洞裏只剩下藏醫尕宇陀和大黑獒那日了。大黑獒那日很想跟著岡日森格跑出去，但尕宇陀拽住牠，不讓牠動彈，牠只好臥在他身邊，讓心情沉浸在岡日森格離去後的孤獨裏。朝夕相處的經歷和岡日森格作爲一隻獅頭公獒對牠這隻妙齡母獒的吸引，使牠已經離不開岡日森格了。

牧馬鶴部落的騎手們從來沒遇到過如此能跑善走的藏獒。岡日森格用快慢調節著自己的體力，一直都在跑或者走，似乎永遠不累。牠的傷口已經完全長好，按照藏醫尕宇陀以及所有愛護牠的人的願望，恢復過來的體力顯得比先前更強壯，更富有生命中最爲重要的柔韌耐久。

強盜嘉瑪措連連咋舌：「要是藏獒可以用來當馬騎，岡日森格就是草原上最好的坐騎，豁出我強盜的生命我也要得到牠。」

岡日森格帶著騎手們翻過了一座雪山，又翻過了一座雪山，也不知翻過了多少座雪山，終於在天黑之前，繞來繞去地走出了昂拉雪山。強盜嘉瑪措十分納悶：七個上阿媽的仇家爲什麼不直接走出昂拉雪山，而要繞來繞去呢？難道他們忘了進山來的路？他讓一部分騎手迅速返回牧馬鶴部落，向頭人大格列報告他們爲什麼沒有在天黑之前撤回礱寶澤草原的原因，自己帶著另一部分騎手繼續跟蹤著岡日森格。

岡日森格趟過了野驢河，又一次趟過了野驢河，一條河牠來回趟了七八次，吃了七八條魚，才離開河岸，朝著南方走了一程，突然揚起頭，在空氣中聞著什麼，轉身向東，朝著昂拉雪山小跑而去。

強盜嘉瑪措指揮騎手們緊緊跟上，毫不懷疑岡日森格走過的路線就是七個上阿媽的仇家走過的路線。現在岡日森格又走回去了，也就是說，七個上阿媽的仇家又走回昂拉雪山去了。

有一個問題，聰明的強盜嘉瑪措始終想不通：七個上阿媽的仇家爲什麼不回他們的家鄉上阿媽草原，而要在危險重重的西結古草原東奔西走？

風中的氣息

藏醫尕宇陀一屁股坐在了昂拉雪山山口的黃昏裏。他走累了，想歇一會兒。他知道大黑獒那日也需要歇歇了，就說：「你抓緊時間，趕緊臥下。再次上路的時候，我們要一口氣走到西結古寺。」

大黑獒那日沒有臥下，牠看到尕宇陀把小白狗嘎嘎放在了地上，就過去舔了舔，輕輕叼了起來。牠要走了。牠的鼻子指向空中，使勁聞著，丟下藏醫尕宇陀牠的恩人兀自走了。尕宇陀奇怪地看著牠，想叫牠回來，話到嘴邊又咽了下去。

大黑獒那日彷彿知道藏醫尕宇陀嘴裏有話，回頭看了看他，突然又走回來，聽話地臥在了他身邊。但是牠始終望著遠方，始終把小白狗嘎嘎叼在嘴上。小白狗嘎嘎在尕宇陀懷裏時就已經睜開了眼睛。牠看到了一個喇嘛模樣的人和一隻黑色的可以做阿姨的母獒，聞到了一種熟悉的氣息，知道自己是安全的，就乖乖的一聲不吭。

藏醫尕宇陀望著大黑獒那日，有一點明白了：牠雖然服從他的意志臥在了這裏，但心裏想的卻是走，而且要叼著小白狗嘎嘎走。牠要去幹什麼？去找岡日森格？岡日森格這會兒在哪裏？是不是已經找到了自己的主人七個上阿媽的孩子？如果找到了，那就是說，人和狗都已經落入牧馬鶴部落的強盜嘉瑪措手裏了。

尕宇陀摸著大黑獒那日的頭，憂心忡忡地說：「去吧，去吧，你實在想去你就去吧，你去了或許好一些，或許強盜嘉瑪措會顧及你對岡日森格的感情，而放了岡日森格一馬呢。不過，這小狗，誰知道牠是哪兒的，你還是放下吧，牠是你的累贅。」說著，朝前推了推大黑獒那日。

大黑獒那日走了，這次是真的走了。但牠沒有放下小白狗嘎嘎，這是母親的意志，孩子只有在自己身邊才是放心的，怎麼可能是累贅呢？儘管事實上嘎嘎並不是牠的孩子，牠自己迄今還沒有生過孩子。牠對小白狗嘎嘎的感情很大程度上來自於對岡日森格的感情。小白狗是岡日森格叼來的，而在牠既牢固又朦朧的意識裏，岡日森格是唯一一隻能給牠帶來孩子，能讓牠變成一個妻子和一個母親的雄性的藏獒。

大黑獒那日在黃昏的涼風裏，走向了岡日森格。岡日森格在哪裏？風中的氣息正在告訴牠。

風中的氣息有時也會是過時了的氣息。大黑獒那日走去的地方，往往又是岡日森格已經走過的地方。所以牠們很久沒有碰面。直到午夜，當岡日森格返回昂拉山群，在雪岡上撒了一泡熱尿之後，大黑獒那日才準確地知道對方現在去了哪裏。也就在這時，岡日森格也敏銳地從空氣中捕捉到了大黑獒那日的方位。

大黑獒那日沿著岡日森格的足跡往南走，岡日森格跟著風的引導往北走。走著走著，一公一母兩隻藏獒幾乎在同時激動地一陣顫慄。岡日森格叫起來，大黑獒那日叼著小白狗嘎嘎跑了過去。見面的那一刻，母獒一頭撞在了公獒身上。公獒聞著牠，舔著牠。母獒把小白狗嘎嘎放到雪地上，用更加溫情的聞舔回報著對方。兩隻藏獒纏綿著，好一會兒才平靜下來。

已經是凌晨了，東方突然有了天亮的跡象。一直跟蹤著岡日森格的牧馬鶴部落的強盜嘉瑪措和他的騎手們這才明白過來：跟了半天，岡日森格苦苦尋找的，原來是大黑獒那日。牠的主人七個上阿媽的仇家牠怎麼不找了？是現在不找了，還是一開始就沒打算找？

不不。強盜嘉瑪措尋思，不是爲了尋找主人，岡日森格爲什麼要離開那個洞？牠就是在尋找牠的主人，牠和大黑獒那日的相遇不過是個插曲，牠一定還會繼續找下去。瞧，牠們正在商量呢，已經開步了，一前一後朝著昂拉雪山外面開步了。

牠們走得很快，似乎想趁著夜色還沒有消失的時候甩脫強盜嘉瑪措和騎手們的跟蹤。嘉瑪措鞭策著大黑馬跟得很緊，心說：你休想甩脫，牧馬鶴部落的強盜怎麼可能連一隻藏獒都跟不住呢。勇敢的強盜甚至都可以抓住你，再用鎖鏈拴著你，讓你拽著他去尋找你的主人——七個上阿媽的仇家。

他這麼想著，突然又不走了，前面被跟蹤的兩隻藏獒也不走了。怎麼回事？在前面的前面，在最後的夜色淡淡的黑暗裏，居然又出現了幾隻碩大的藏獒。

獒王的王者之風

岡日森格和大黑獒那日顯得非常平靜，牠們知道這樣的遭遇是躲不掉的，因爲雙方都有靈敏的嗅覺和天生準確的判斷，當你聞到對方的氣息時，對方也聞到了你的氣息，你東他東，你西他西，還不如直接走過去，是談判還是廝打，該出現的就讓它早早出現，沒有必要延緩時間。

相比之下，堵截牠們的獒王虎頭雪獒和牠的幾個夥伴，反而顯得不那麼平靜了。牠們雖然預見到會在這裏擋住岡日森格，但沒有想到在看到岡日森格的同時，也會看到大黑獒那日，而且大黑獒那日嘴裏居然還叼著那隻跟白獅子嘎保森格散發著同樣氣息的小白狗。牠們用吃驚的眼光互相詢問著：大黑獒那日不是已經撞死了嗎？小白狗不是已經讓雪狼叼走了嗎？難道三匹雪狼沒有來得及吃掉牠，就已經命喪黃泉了？

更讓牠們吃驚的是，牠們居然沒有聞到大黑獒那日的氣息，牠們心裏只想著岡日森格，而沒有想到大黑獒那日，所以就連牠的氣息也沒有聞到。爲什麼？難道器官的功能也是可以隨著心事的變化或有或無、時強時弱的？你聞到的永遠都是你想到的，你想不到的，也是你永遠聞不到的？

藏獒與藏獒，人與藏獒，在積雪的山垣上，靜靜地對峙著。在人的這一面，自然是智慧的強盜嘉瑪措首先明白過來，他壓低嗓門驚喜地告訴身邊的騎手：「看清楚了吧，那是誰？是我們西結古草原的獒王。獒王來了。」

騎手們說：「獒王來了？好啊，有獒王在，岡日森格今天算完了，命大概是保不住了。」

強盜嘉瑪措說：「可是我們還要依靠岡日森格尋找七個上阿媽的仇家呢，你們說怎麼辦？」

騎手們說：「強盜說怎麼辦就怎麼辦。」

大黑獒那日放下小白狗嘎嘎，走了過去。畢竟牠是西結古草原的領地狗，牠鍾情岡日森格，也喜歡獒王虎頭雪獒和同胞姐姐大黑獒果日。牠現在只能這樣，在憂慮和歉疚中，去和昔日的夥伴主動套近乎。大黑獒果日迎了過來。姐妹倆碰了碰鼻子，互相聞了聞，然後一起走向了獒王虎頭雪獒。

雖然吃驚，但頭腦卻很清醒的獒王虎頭雪獒立刻瞪起了眼睛，衝著大黑獒果日發出了一陣低沉的吠聲，警告牠不要和一隻西結古獒群的叛徒過於密切，儘管這個不要臉的叛徒是你的親妹妹。

「不要這樣，不要這樣，獒王，你千萬不要這樣。」大黑獒那日向獒王翹起了大尾巴，緩緩地搖著，討好地搖著。獒王停止了吠聲，晃晃頭允許牠討好自己。

大黑獒那日朝獒王走去。獒王斜覷著牠，一副輕蔑嫌棄的樣子。突然，就像是哪根神經被觸動了，獒王暴躁地吼了一聲，撲過去一口咬在了大黑獒那日的肩膀上。牠這是詛咒，並沒有使勁，只用牙齒挑爛了對方的皮。牠詛咒這隻美麗母獒的輕薄：你身上全是岡日森格的味道，而且是情到深處的那種臊味，你這個不要臉的。

大黑獒那日趕緊退了回去。在惆悵、孤獨和失望中，和岡日森格站在一起。

岡日森格知道一場殘酷的撕咬就要開始了。牠叼起在雪地上發抖的小白狗嘎嘎，放到了大黑獒那日面前，叮囑牠看好，又安慰地舔了舔牠的眉心，好像是說：「你放心吧。」然後，岡日森格扭轉了身子，嘩嘩地帶著聲響，豎起了渾身金黃的獒毛。牠走了過去。

牠知道面前的灰色老公獒已是自己的手下敗將，不必再和牠戰鬥，也知道自己不能把牙刀的切割揮灑在作爲母獒的大黑獒果日身上，還知道按照獒群的規矩，獒王虎頭雪獒不能首先迎戰自己，就用眼光撥開稀薄的夜色，走向了獒王身邊的另一隻黑色公獒。

黑色公獒也意識到今天首先出戰的應該是自己，便在心裏冷哼了一聲，連聲招呼都不打，在朦朦亮的晨色裏，對方還看不清怎麼回事的時候，直接撲了過來。

岡日森格不是用眼睛，而是用感覺知道對方已經行動了。牠戛然止步，四肢牢牢地釘在地上一動不動。黑色公獒一頭撞過來，就像撞在了一塊冰岩上，來不及撕咬，就被一種前所未有的堅硬推搡了出去。

岡日森格還是一動不動，等著牠再撞再咬。黑色公獒沒有再撞，牠知道自己根本撞不倒對方，就撲過去，一口咬向岡日森格的脖子。岡日森格閃開牠的虎牙，假裝回了一口，自然沒有咬住什麼。接下來，岡日森格頻頻咬牠，但沒有一次是咬上的。

這使得黑色公獒突然驕傲起來，牠想不到這是岡日森格對牠的麻痹，更想不到牠一有輕敵思想，失敗就已經成爲定局。

就在麻痹剛剛生效的時候，岡日森格突然用一種對方根本想不到的姿勢跳了起來，速度之快，黑色公獒的眼光都來不及跟上。這才是一次真正的撲咬，是岡日森格的第一次撲咬。躲閃是沒有用的，因爲正是黑色公獒的躲閃，才讓牠的脖子準確地嵌進了岡日森格的大嘴。

岡日森格一口咬了下去，心說：是死是活，就看你的命大命小了。黑色公獒倒在了血泊中。紅雪閃耀著，清晨來臨了。岡日森格跳出了搏殺的圈子，面對著另一隻走到前面來的鐵包金公獒。

鐵包金深沉地望著岡日森格，並不急著進攻，好像牠是一隻謀深計遠、老成持重的藏獒。的確如此，牠一直在琢磨岡日森格的特點：出其不意，攻其不備，速度快得驚人；而且撲殺蠻野，力重千鈞，牙刀飛快，割皮割肉、斷筋斷骨，就像酥油裏抽毛一樣容易。

岡日森格一看就知道，鐵包金是一隻用機靈的腦袋，而不是用發達的四肢馳騁草原的藏獒，用人類不好聽的語言來形容，那就是狡黠陰險的詭詐之徒。面對這樣的敵手，這樣一雙一直在窺伺你的破綻的眼睛，你該怎麼辦？岡日森格想都沒想就撲了過去，牠要做的就是不讓鐵包金機靈的腦袋發揮作用。

鐵包金吃了一驚，發現自己根本就沒有時間去琢磨對方的長短並想好對付的計策，牠只有時間去琢磨如何死裏逃生的問題。

真是一隻幸運而機智的藏獒，當牠意識到牠根本無法躲避岡日森格的閃電攻擊時，乾脆就順勢倒在了地上，在忍受對方撕咬自己的同時，兩隻後爪使勁蹬起來抓傷了岡日森格的肚腹。岡日森格稍感意外，原來藏獒也是可以主動倒地的。心說：我又學會了一招：先示弱後逞強，關鍵的時刻倒在地上，說不定也能出奇制勝。

牠在鐵包金的後頸上咬了一口，知道不是致命的，也知道自己可以咬第二口、第三口，直到把對方咬死。但牠沒有這樣，牠覺得自己已經贏了，只要對方服氣，就沒有必要再下狠手了。牠跳到一邊，喘著粗氣，衝動而渴望地看著獒王。

獒王虎頭雪獒早已是躍躍欲試了。牠聲音低低地吼著，一方面是讚嘆岡日森格：你真不錯，你要是我的屬下，我就讓你去咬死那個屢屢挑釁我的白獅子嘎保森格，你是一定能咬死牠的，可惜

現在不行，現在要死的應該是你，而不是任何別的藏獒；一方面是告訴岡日森格：準備好了吧，我要撞擊你了，別以爲你是撞不倒的。

岡日森格昂然而立，粗壯的腿叉開著，就像四根堅實的柱子牢牢地支撐著身體。天亮了，地白了，昂拉雪山變成了一大片銀色的巍峨。岡日森格望著雪山的巍峨，豪邁地覺得自己也是一個巍峨，牠崛起在昂拉山群裏，迎接著獒王虎頭雪獒的撼動。

風起山搖，獒王虎頭雪獒猛赳赳地撞過來了。

真是遺憾，太遺憾了，岡日森格的巍峨和堅硬並沒有達到牠自己期望的程度，牠被獒王撞得離開了原地，雖然沒有摔倒，但已經不是穩如雪山冰岩的感覺了。岡日森格想：到底是獒王，厲害著呢。看我也撞牠一次，試試牠的定力比我怎麼樣。牠用吠叫打了一聲招呼，就虎彪彪地飛撞而去，用自己的肩膀撞在了獒王的肩膀上。

獒王動了，獒王也和岡日森格一樣離開原地了，雖然沒有摔倒，但已經不是睥睨一切的感覺了。獒王吃了一驚，牠覺得自己是不應該動的，既然動了，就說明岡日森格的衝力和定力跟自己是一樣偉大的。牠心說：怎麼可能呢？這個世界上居然有一隻藏獒是獒王虎頭雪獒撞不倒的。牠悶悶地吼著，牠說：獒王撞不倒的岡日森格，你敢和獒王比拚撕咬嗎？

撕咬是你死我活的打鬥，獒王有著無比的自信和自豪：牠的虎牙是六刃的，而岡日森格跟一般的藏獒一樣是四刃的。六刃的虎牙比四刃的虎牙多了三分之一的戰鬥力，岡日森格的下場恐怕跟牠打敗的所有藏獒的下場是一樣的了——悲慘地負傷，或者悲慘地死亡。

然而，岡日森格根本就沒有把獒王的六刃虎牙放在眼裏。打鬥是千變萬化的，走著瞧啊，只要你想咬死我，就會有自己反而被咬死的可能，活著的機會是大家的，不是你一個的。岡日森格等待著，顯得異常得沉著冷靜，反正結果是不必多慮的：不是勝利就是失敗。

但是岡日森格沒想到，緊接著出現在牠面前的，偏偏是第三種結果：強盜嘉瑪措策馬來到了牠們中間，指著獒王虎頭雪獒說：「仁慈的昂拉山神正在看著你呢，你就不要打了吧，打死了岡日森格，誰領我們去抓捕七個上阿媽的仇家呢？」

在強盜嘉瑪措看來，岡日森格是必敗無疑的，但是命運並沒有讓岡日森格的悲慘下場就在這個時候到來，西結古草原還需要牠活著。獒王虎頭雪獒沒有聽懂強盜嘉瑪措的話，或者說，牠假裝把嘉瑪措的阻攔當成了進攻的鞭策，悶雷一樣吼叫著撲了過去。

岡日森格倒地了，獒王還沒有碰到牠，牠就已經倒地了。牠是一隻善於向一切敵手學習打鬥技術的藏獒，立刻用上了剛剛從鐵包金那裏學來的順勢倒地、蹬腿抓腹的戰法。但是岡日森格只成功了一半，牠用比閃電還要快捷的示弱法，成功地避開了獒王閃電般的攻擊，卻沒有像鐵包金抓牠那樣抓破獒王的肚腹。

獒王畢竟是獒王，牠並沒有上當，而且還明智地意識到，並不是自己撲倒了對方，對方不僅是勇武的，更是狡猾的。獒王虎頭雪獒謹慎地後退了一步，響雷一樣吼叫著，又一次跳了起來。

這時，強盜嘉瑪措生氣地大喊一聲，毫不留情地舉起馬鞭抽了過去。獒王在空中愣了一下，趕緊低頭躲閃，馬鞭從牠的頭頂呼嘯而過。牠噗然落地，看到岡日森格並沒有借機撲過來，就愣愣地盯著強盜嘉瑪措。

嘉瑪措說：「你怎麼不聽我的話呢？難道牧馬鶴部落的強盜沒有權力讓你服從他的命令？你是我們西結古草原的獒王，是最最強悍的藏獒，你當然可以咬死牠，也必須咬死牠，但並不是現在。現在牠還要帶我們去尋找七個上阿媽的孩子呢。和岡日森格相比，七個上阿媽的孩子才是我們真正該死的仇家。」

獒王虎頭雪獒看著聽著，知道面前這個人不是一般的騎手或者牧人，一般的騎手或者牧人是不可能朝著獒王舉起鞭子的。尤其是當牠聽到「強盜」這個詞後，立刻明白自己必須聽他的。牠知道人類的強盜是帶領騎手打仗衝鋒的，是和頭人、管家同樣重要的眾人之首。既然連眾人都得聽他的，作爲領地狗的藏獒就更應該聽他的了。牠遺憾地回到了自己夥伴的陣營裏，用血紅的吊眼兇惡地盯著岡日森格和大黑獒那日，嗡嗡嗡地叫著，從胸腔裏發出了一聲「遲早我要收拾你」的警告。

強盜嘉瑪措驅趕著獒王：「走吧走吧，這裏不需要你，你還是回到草原上去吧。」獒王虎頭雪獒帶著牠的夥伴，怏怏不快地離開了岡日森格和大黑獒那日。

岡日森格朝著空氣聞了聞，知道獒王一夥真的走了，這才臥下來，蜷起身子，舔了舔被鐵包金抓傷的肚腹。大黑獒那日走了過去，看岡日森格舔著有些費勁，便心疼地伸出了嘴，把肚腹上有傷沒傷的地方都舔了一遍。

舔傷是爲了消炎止痛，一般的咬傷和抓傷都可以舔癒。岡日森格覺得沒事了，站起來感激地回舔了一下大黑獒那日的鼻子，呼呼地說：「我們走吧。」

重逢

太陽出來的時候，岡日森格和大黑獒那日走出了昂拉雪山。牠們在野驢河邊停下來，放下小白狗嘎嘎，饗有興致地抓起鼢鼠來。牠們分別都咬死了一隻，然後叼給了小白狗嘎嘎。小白狗嘎嘎不客氣地吃起來。肥胖的鼢鼠，脆骨的鼢鼠，連皮都很嫩的鼢鼠，讓小白狗嘎嘎覺得今天的早餐格外香。

然後，牠們臥下了。

讓牧馬鶴部落的強盜嘉瑪措和他的騎手們吃驚的是，岡日森格和大黑獒那日臥在河邊曬起了太陽，好像已經沒什麼牽掛，用不著再去尋找七個上阿媽的孩子了。強盜嘉瑪措沮喪地說：「那我們不是白跟著牠走了這麼久嗎？」

騎手們比自己的強盜更沮喪，都溜下馬背，仰躺到河邊的草地上唉聲嘆氣，有的甚至打起了鼾聲，滾雷似的把瞌睡傳染給了不遠處的藏獒。岡日森格和大黑獒那日打著哈欠，低伏著頭顱昏昏欲睡。而小白狗嘎嘎已經睡著，牠失血過多，再也打不起精神了。

強盜嘉瑪措跳下馬背，吩咐騎手們點火燒茶，湊合著填填肚子，然後返回牧馬鶴部落的駐地嚳寶澤草原。

喝了茶，胡亂吃了些糌粑，騎手們在強盜嘉瑪措的帶領下吆吆喝喝地走了，很快消失在岡日森格和大黑獒那日看不見的地方。

走著走著，強盜嘉瑪措突然勒馬停下，用馬鞭點了三名騎手，招呼他們跟自己一起下馬。他說：「這兩隻藏獒賊奸賊奸的，狡猾得跟人一樣，只要我們跟著，牠們就不會去尋找七個上阿媽的仇家了。我們現在只能悄悄地過去盯著牠們。」三名騎手跳到地上，跟著強盜嘉瑪措躡手躡腳地摸了過去。

果然不出所料，岡日森格已經把小白狗嘎嘎叼在了嘴上。大黑獒那日緊挨牠站著。牠們四下裏張望著，也悄悄地邁動了步子。

牠們沿著野驢河往前走，前面是草原和山脈互相擁有的地方。走了大約一個時辰，岡日森格和大黑獒那日好像聞到了什麼，有些激動地猛搖了一陣尾巴，突然跑起來。

步行跟在後面的強盜嘉瑪措和三名騎手追了幾步，知道自己是追不上的，便顧不得隱蔽，趕緊回頭，打響了呼哨。他們身後三四個箭程之外跟隨著他們的坐騎和別的騎手，強盜嘉瑪措的坐騎大黑馬首先循聲跑來。嘉瑪措飛身而上，打馬便追。騎手們紛紛跟了過去。草原上揚起了煙塵，揚起了牧馬鶴強盜和牧馬鶴騎手的威風。

岡日森格聽見了人聲，也看見了人影，彷彿早就想到強盜和騎手們會有這一招，牠跑得更加雄健穩當了。大黑獒那日緊傍著牠，奔跑的速度跟牠相差無幾——雖然牠的左眼一直在流淚，視力越來越差了，但體力一點也不差，發達的肌肉和從傷痛中恢復過來的能量昭示出：岡日森格能跑多遠，牠就能跑多遠。

草原和山脈飛馳而去，天際線上緩緩出現了狼道峽。

和狼道峽一起出現在岡日森格和大黑獒那日面前的，還有幾個外來的人。那幾個外來的人中除了一個人，其他都是陌生人。岡日森格和大黑獒那日就是爲了這一個人才瘋跑到這裏的。

牠們早就知道這個人要來，就在牠們於野驢河邊昏昏欲睡的時候，就在騎手們點火燒茶、胡亂吃著糌粑的時候，就在牠們猜測到強盜嘉瑪措假裝撤走又悄悄跟在後面的時候，牠們就得到了這個人要來的消息。

告訴牠們這個消息的，除了風，除了風中的氣息，除了牠們比一般藏獒還要敏銳的嗅覺，還有牠們對這個人深摯而透明的感情以及由此而生的第六感。牠們長途奔走，暫時放棄了對七個上阿媽的孩子的追尋，來到狼道峽口迎接這個人。

這個人就是父親。

父親沒想到，一穿過狼道峽，就見到了他日思夜想的岡日森格和大黑獒那日。見到牠們的這個地方，就是他第一次見到岡日森格和七個上阿媽的孩子的地方，就

是他請他們吃「天堂果」的地方。彷彿這是個靈性的所在、緣分的所在，它一再地啓示著他：你是一個爲狗而生的人，你永遠都要生活在藏獒的生活裏。

父親喜出望外地瞪著岡日森格和大黑獒那日以及小白狗嘎嘎，禁不住喊了一聲。那聲音在別人聽來，差不多就是一聲狗叫。他忘了自己是在馬背上，想一蹦子跳過去，結果身子一歪，摔了下來。

岡日森格放下小白狗嘎嘎，一個箭步撲過去，用自己的身體接住了父親。父親和牠滾在了一起，滾到了大黑獒那日身邊。大黑獒那日掩飾著激動，含蓄地舔了舔父親的衣服。

父親一把摟住了牠的頭，問牠傷口好了沒有。大黑獒那日不知道怎樣表示自己的感情，突然立起來，用前爪摁住父親的頭，撒出一泡熱尿來，澆濕了父親的腿。

這時，前面傳來一陣馬嘶聲。他們這才發現跟著兩隻藏獒來到這裏的還有一隊人馬。

父親問岡日森格和大黑獒那日：「他們是幹什麼的？」岡日森格轉身狂吠起來，但並不撲過去撕咬。父親有點明白了：至少這隊人馬跟岡日森格和大黑獒那日不是一夥的。他走了過去，大聲問他們：「你們是哪個部落的？來這裏幹什麼？」

強盜嘉瑪措猜到父親問的是什麼，覺得就是自己回答了，對方也聽不懂，就掉轉馬頭，對身邊的騎手們說：「走嘍走嘍，七個上阿媽的仇家回老家了，我們也該回去了。」

岡日森格揚頭看著強盜嘉瑪措帶著他的騎手絕塵而去，確信這次他們是真的走了，再也不跟蹤牠了，便轉過身來撕扯父親的坐騎大灰馬背上的褡褳。

父親對麥政委說：「牠這是餓了，牠知道那裏面有吃的。」

父親把小白狗嘎嘎放到地上，從褡褳裏取出一個羊皮口袋，正要拿風乾肉餵牠，卻見牠一口叼住了整個口袋，生怕父親不願意似的，趕快離開了那裏。牠在十多步遠的地方等著大黑獒那日。大黑獒那日明白了，叼起正拖著斷腿往前爬的小白狗嘎嘎，跑向了岡日森格。

兩隻藏獒朝著西結古的方向走去，走幾步又回過頭來望著父親。父親牽著馬跟了過去。牠們又開始往前走。父親試探似的停了下來，牠們便停下來等著父親。父親對麥政委說：「不是牠要吃東西，是有人要吃東西。」

麥政委問道：「誰？」

父親說：「還能是誰，牠的主人唄。我們得趕快跟著牠們走，七個上阿媽的孩子還不知道怎麼樣了呢。看來牠們到這個地方來接我是有目的的，因爲牠們知道，只有我這個好心腸的外來人才能解救牠們的主人。」

父親這麼一說，岡日森格就把羊皮口袋放到地上了。父親過去撿起來，塞進了馬背上的褡褳。

麥政委說：「我看你把狗想像成你自己了，牠們怎麼會知道這些。不過我欣賞你這樣想，這樣想是對的，有利於工作。」

一行人跟著岡日森格和大黑獒那日朝前走去。

獒魔的決鬥

天慢慢亮起來。當第一隻禿鷲嘎嘎叫著降落到山麓原野上時，父親警覺地掀掉大衣坐了起來。岡日森格依然趴臥在地上，一動不動。父親疑慮地摸了摸牠的鼻子，好像沒摸到呼吸，吃驚地叫了一聲。趕緊再摸，又發現呼吸是有的，而且是順暢的，才放心地站了起來。

他走向了那隻落在地上掀動翅膀的禿鷲，禿鷲的四周，是叫囂撕咬了半夜累得打不起精神的領地狗。父親在狗群裏穿行著，看到草地被奔騰的狗爪抓出了無數個坑窩，一片片纖細的牛毛草翻了起來，草根裸露在地面上，亂草中灑滿了血色的斑點，就像剛剛經歷了一場雷陣雨。

父親在驚訝中繼續尋找，想找到闖入者的生命代價——屍體或者被領地狗吃掉血肉的骨架。但是沒有，走遍了領地狗群，走遍了留下爪窩、翻出草根的地方，連一根闖入者的毫毛也沒有找到。

父親呆愣著，他無法用聲音表達自己的吃驚，就只好呆愣著：這是什麼樣的闖入者啊，在闖入戰無不勝的領地狗群後，左衝右突，居然咬死咬傷了這麼多領地狗，而牠自己卻帶著依然鮮活的生命杳然逸去，奇怪得就像一個鬼魅。

父親想著，突然聽到一陣哭聲，扭頭一看，是光脊梁的巴俄秋珠。他穿著靴子，行走在領地狗群裏，每看到一隻死去的領地狗，就會趴在牠身上痛哭幾聲。

父親一陣哆嗦，趕緊朝岡日森格走去。別讓岡日森格撞上他，千萬千萬別讓岡日森格撞上他。父親想著，拿起大衣蓋在了岡日森格身上。

過了一會兒，來這裏的人都看到了領地狗群死傷慘重的情形，驚訝莫名地議論著。麥政委問道：「到底是什麼野獸，這麼厲害？」

藏醫尕宇陀一邊和梅朵拉姆一起給傷狗塗著藥，一邊說：「達赤，達赤。」

白主任問道：「你說是送鬼人達赤幹的？」尕宇陀無言地望了一眼丹增活佛。

丹增活佛長嘆一聲說：「黑風魔已經找到了危害人間的替身，在祂不做厲神做厲鬼的時候，送鬼人達赤是不會聽我的話的。昨天晚上來到這裏的，一定是飲血王黨項羅剎，牠是達赤製造出來的西結古願望的化身，牠把一切仇恨聚攢在自己身上，所以牠是見誰咬誰的，但牠最根本的目的，是要讓上阿媽草原的人付出奪取別人生命的代價。」

父親說：「飲血王黨項羅刹，這麼恐怖的名字，不會是一個鬼吧？」

丹增活佛說：「肯定是一隻藏獒，因爲瑪哈噶喇奔森保的咒語對別的野獸是不起作用的。」

「岡日森格，岡日森格。」麥政委禁不住同情地喊起來。岡日森格無動於衷。

太陽出來了。梅朵拉姆在石頭房子裏送鬼人達赤的泥爐上燒開了奶茶。

父親吹涼了一碗，要端給眼巴巴地望著他的大黑獒那日，被丹增活佛喝止住了，然後說了句什麼。眼鏡翻譯了出來：「萬萬不可，沾了鬼氣的藏獒會得狂犬病，會變成狗裏的瘋子，六親不認。」

父親只好自己喝下去，走過去對大黑獒那日說：「你自己去找水吧，或者你去喝獵物的血，我在這兒看著岡日森格，沒關係的。」

大黑獒那日去了，走出去不到一百米，突然又跑了回來，然後就一隻眼睛盯著遠方，開始悶雷似的狂叫，叫著叫著，用鼻子拱了一下岡日森格。岡日森格動了動，但沒有睜開眼睛。

父親告訴麥政委：「自從我認識牠以來，還從來沒見過牠叫得這麼瘋狂，牠肯定發現了什麼。」

大黑獒那日的狂叫持續著，把不遠處的所有領地狗都叫了起來。領地狗們也開始狂叫，震得半個天空都有些四分五裂了。丹增活佛似乎已經知道是怎麼回事，盤腿坐下來，念起了《不動金剛憤怒王猛厲火莊嚴大咒力經》。藏醫尕宇陀一聽這聲音，趕緊坐在了丹增活佛的身邊。幾個鐵棒喇嘛侍列身後，頓時就威怒異常了。

就在這時，岡日森格站了起來，一站起來，就抖了一下渾身金燦燦的獒毛，像是抖落了所有的疲倦和傷痛，頓時顯得精神倍增，氣象森然，彷彿牠就是不動金剛，現在要憤怒了，要噴射猛厲之火了。牠朝著大黑獒那日狂叫的方向望了望，一聲不吭地朝前走去。

彷彿是岩石變出來的，一隻全身漆黑明亮，四腿和前胸火紅如燃的藏獒突然出現了，就像一塊正在燃燒的巨大黑鐵，在人們的視野裏滾地而來。領地狗們嘩的一下從牠的右側圍了過去。牠好像都懶得看牠們一眼，頭不歪，目不斜，路線端直地逕奔岡日森格。

人們驚呼起來：「飲血王黨項羅剎？」

岡日森格停下了。牠看到這隻早就在期待中的黑鐵火獒——飲血王黨項羅剎直奔自己而來，就站斜了身子，聳起鬣毛，揚起大頭，兩隻大吊眼格外誇張地吊起著，亮相似的擺出了一副昂然挺立的姿勢，迎接著對方：就是這個東西，牠終於來了。

然而岡日森格沒有想到，飲血王黨項羅剎不是一般的藏獒，牠的成長離開了藏獒這一物種成長壯大的規律，牠是人類用非人的手段訓練出來的獒之魔、獸之鬼。

飲血王黨項羅剎朝著岡日森格飛奔而來，牠既沒有停下，也沒有直取岡日森格，而是突然轉身，朝著一隻從右側包抄而來的領地狗群裏最勇猛的、黑色的金剛公獒撲了過去。這是兩倍於閃電的速度，是等同於雷霆的力量，是任何大腦都無法想像的攻擊。金剛黑獒只覺得眼前突然有了變化，還沒看清楚變化究竟是什麼，對方巨大的身軀就已經鋪天而來，大嘴一伸便咬住了牠的喉嚨，只聽喀嚓一聲響，利劍似的虎牙頓然豁開了一道半尺長的血口。

岡日森格依然斜立著身子，聳起鬣毛，揚起大頭，用一種昂然挺立的姿勢等待著對方也擺出一個姿勢來。飲血王黨項羅剎大吼一聲：「你怎麼這麼莫名其妙？」牙齒比吼聲更快地來到了岡日森格面前。岡日森格哎呀一聲，知道跳開已是不可能了，順勢倒地也是不可能了，只

好身子一縮，凝然不動。

這一招果然是奏效的，飲血王黨項羅剎並沒有一口咬住牠的喉嚨，猛掏一下就能掏出一個岩窩的兩隻前爪，一爪撲在了空氣裏，一爪撲在了岡日森格的腦袋上，岡日森格的腦袋頓時嗡了一聲。好在狗頭是最硬的，岡日森格的頭比岩石還要硬，當頭上的金黃毛髮紛紛散落的時候，牠硬是抵抗住了如此猛烈的擊打而沒有倒下。牠的反撲接踵而至。

飲血王黨項羅剎四肢剛剛著地，身側就跟過來了岡日森格的利牙。飲血王黨項羅剎立刻感覺到了對方這次反撲的厲害，而對牠來說，行動就是感覺，甚至行動比感覺還要快。牠並沒有躲閃，而是原地跳起，回頭便咬。

岡日森格又一次領略了對方力量的巨大。牠趕緊跳起來躲開，但已經晚了，飲血王黨項羅剎的利牙哧啦一聲戳穿了牠厚實的嘴唇，而牠卻未能戳穿對方的嘴唇。飛濺而起的鮮血隨著躲閃的身影，淋漓在空中地上。

岡日森格再一次帶著滿嘴的創傷跳到了一邊。牠除了閃避，再也沒有別的能耐了。

岡日森格全力以赴地閃避著，雖然被動得讓牠毫無光彩，甚至有些狼狽，但也讓圍觀的人們和狗們大開眼界：被動而不挨打，退卻而不改神速，誰說弱者的機智不是一種值得讚美的舉動呢——牠在閃電之下躲開了閃電的擊打，牠在狂風之中避開了狂風的掃蕩，牠沒有令人嘆服的英雄氣概，卻同樣令人嘆服地讓如此英雄的飲血王黨項羅剎無可奈何。

偉大的岡日森格十幾次幾十次地跳起來落下去，一次比一次更加驚險地閃開了對方的進攻。

飲血王黨項羅刹突然停了下來，停下來是爲了發動一次更加有效的進攻。

牠貼著地面趴在了地上，好像累了，眼瞪著岡日森格的胸脯長長地吐氣，長長地吸氣。然後，牠把後腿藏在了肚腹下面，兩隻爪子牢牢地蹬住了地面。接著：牠伸展了前腿，用爪子摳住了地皮，並把肩胛緊緊縮了起來。

岡日森格感覺地面突然搖了一下，正要跳起來閃開，飲血王黨項羅刹削鐵如泥的利牙已經來到了牠的胸脯上。胸脯是深闊的，利牙在心臟的位置上插了進去。岡日森格立刻翻倒在了地上。

人們驚呼著。父親就要撲過來爲岡日森格幫忙。麥政委一把拉住了他：「你要冷靜，冷靜。」說著看了看丹增活佛。

岡日森格被壓倒在地，無奈而悲慘地掙扎著，胸脯上的血泉湧而出，迅速漫漶成了一片。飲血王開始飲血了，汩汩有聲，如同溪流掉進了深谷。大黑獒那日來回奔跑著，差一點跳起來撲過去，但是牠忍住了，藏獒的規矩讓牠只能旁觀而不能參與。牠叫著，聲音不高也不悶，柔柔的，柔柔的。

大概就是這柔柔的愛語給了岡日森格勇氣和靈感吧，令人不可思議的事情就在這個時候發生了：岡日森格突然忽高忽低地發出了一陣叫聲，這是母獒的叫聲，是母獒發情時的叫聲，是母獒發情的高峰極其痛苦、極其渴望、極其溫柔的叫聲。

飲血王黨項羅刹雖然遺失了許多祖先的遺產，但牠畢竟無法丟失娘肚子裏就已經形成的生理特性。牠是公獒，公獒的性別神經按照造物主的安排，和所有自然發生的事情那樣，正常地存在著，使牠在仇恨和憤怒的背後，深深潛藏著對母獒的另一種感情和衝動。飲血王黨項羅剎愣了一下，好像是說：你不是一隻雄性的狗雜種嗎，怎麼發出了母獒的聲音？

就是這一愣，使牠的嘴有了鬆動，深陷於對方胸脯的虎牙被一種強烈的排斥心力擠了出來。而這一擠對岡日森格來說，牠擠出了脫離死亡的時間，也擠出了鬆動自己的身體，從而把對手的生命含在嘴裏的空間。

岡日森格用零點零零一秒的速度抬起了頭，又用零點零零二秒的速度齜出了牙刀，然後用零點零零三秒的速度一口咬住了對方的喉嚨。這是非常深刻的一咬，咬住的位置精確到無與倫比。飲血王黨項羅剎太出乎意料了：這個用母獒發情時痛苦而溫柔的叫聲呼喚著自己的傢伙，居然這麼刻毒地咬住了牠？牠暴怒得騰挪跌宕，試圖一甩就把對方甩掉。

但更讓牠出乎意料的是，牠不僅一甩沒有甩掉，而且好幾甩都沒有甩掉。牠只好一直甩下去，把岡日森格沉重的身體一次次地甩到這邊又甩到那邊。

飲血王黨項羅剎瘋狂的甩蹬延續了很久。岡日森格死死咬住不放，就像是對方身體的一部分。終於，飲血王黨項羅剎的甩蹬消失了，呼呼地喘息著，若斷似連地喘息著。終於，岡日森格的力氣用盡了，牙齒禁不住離開對方，渾身癱軟地趴臥在了地上。

這時候，飲血王黨項羅剎依然挺立著，依然是威武雄壯。牠已經不流血了，似乎所有的血都流盡了，但是牠沒有倒下，牠過了一會兒才倒下。轟然倒地的一剎那，所有的領地狗都放聲大叫，山麓原野上驚雷滾地，驅趕著低伏的雲翳疾走天涯。

新獒王

領地狗們圍了過去，突然又停下了，尤其是那些智慧而勇武的藏獒，都在離岡日森格不遠的地方停了下來。牠們坐在地上，昂起頭，一聲比一聲動情地叫著。這是肅然起敬的意思，是只有拜見獒王時才會有的心悅誠服、歡呼雀躍的舉動。趴臥在地的岡日森格有禮貌地輕輕搖了搖尾巴。領地狗們喊叫的聲音更加情深意長了。

這時，梅朵拉姆端來了一碗流淌在原野上的雪山清水，藏醫尕宇陀在裏面散了一層麝香粉、寶石粉和藏紅花的藥粉。父親接過碗，一點一點灌進了岡日森格的嘴裏。

大黑獒那日依然急切地到處舔著岡日森格的傷口，恨不得那些傷口被自己一舔就好。領地狗們在大黑獒果日的帶領下，簇擁而來，也像大黑獒那日那樣舔起來，爭著搶著擁著擠著舔起來。

在昂拉山神、礱寶山神和黨項山神的保佑下，一隻來自仇家草原上阿媽的獅頭公獒，經過了九九八十一難的考驗，做了西結古草原的新獒王。美好的故事傳遍了西結古草原，也傳遍了比西結古草原大十倍的整個青果阿媽草原。

領地狗們舔了足足有一個時辰，藏醫尕宇陀才說：「夠了夠了，今天足夠了，我該上藥了，你們的舌頭加上我的藥，傷口明天就能長出新肉來，岡日森格明天就能站起來。」

父親來到了飲血王黨項羅刹身邊，蹲下身子摸摸牠偉岸的身軀，又摸摸牠的鼻息，大喊一聲：「牠怎麼辦？牠還活著。」

丹增活佛饒有深意地點了點頭，卻不表示任何態度。

父親用藏話喊起來：「藥王啊，你是尊敬的藥王喇嘛，你爲什麼不過來一下？」

給岡日森格上完了藥的藏醫尕宇陀走過去看了看說：「牠是魔鬼的化身，別管牠，就讓牠死掉吧。」

父親說：「治好魔鬼的藥王才是真正的藥王，你就不要吝嗇你那點藥粉了。」

尕宇陀四下裏看了看說：「牠把仇恨的利箭射進了大家的心，這裏的所有人、所有狗都想讓牠死掉。我能給牠上藥，但我不能守護牠。」

父親說：「我來守護牠。」

尕宇陀說：「你爲什麼要這樣？你是外來的漢人，你不應該這樣。」

父親說：「你不要管我是漢人還是藏人，我只能這樣。」其實父親也不知道他爲什麼這樣固執地希望救活飲血王黨項羅刹，一切都來源於天性。在他的天性裏，他希望所有的狗都是好狗，都是自己的朋友。他是狗的聖母，面對任何一隻將死而未死的狗，他都不會見死不救。況且牠不是一般的狗，牠是一隻雄野到無以復加的藏獒。

在父親的企求下，藏醫尕宇陀給飲血王黨項羅刹上了藥。

藏醫尕宇陀錯了，岡日森格不是明天站起來，而是很快站了起來。當牠又喝了一碗梅朵拉姆端來的加了酥油的雪山清水之後，牠不僅站了起來，而且還朝前走去，雖然走得很慢，卻顯得異常堅定。

大黑獒那日跟上了牠。領地狗們跟上了牠。在場的所有人都驚呼著跟上了牠。父親跑過去問道：「你行不行啊？」

岡日森格用穩穩行走的舉動告訴父親：「你看我不是挺好的嗎？」

狗們和人們都知道，岡日森格是走向牠的主人七個上阿媽的孩子的。他們被送鬼人達赤囚禁在了一個秘密的地方，這個地方人是不知道的，只有岡日森格和牠身邊的大黑獒那日知道，只有這些追隨而去的領地狗們知道。牠們憑著靈敏的嗅覺，已經發現七個上阿媽的孩子就在不遠處的前方，黨項大雪山的一個地下冰窖裏。

復仇

越來越近的黨項大雪山氣勢逼人，山裙的闊界裏，已是寸草不生的冰天雪地。一片冰丘連接著一片冰塔林。冰塔林中間隱藏著許多個天然生成的地下冰窖，其中的一個冰窖裏，囚禁著七個上阿媽的孩子。

送鬼人達赤來到這裏，滾倒在冰窖的窖口喘息不迭。突然，他哭了，開始是無聲地流淚，接著就號啕大哭。他用生命的全部激情培育而成的復仇魔王——飲血王黨項羅剎，就這樣死掉了（**他覺得牠已經死掉，復仇失敗了就是死掉了**），他給女人的盟誓——岩石一樣堅硬、雪山一樣剔透的復仇心願，就這樣毀於一旦。

送鬼人達赤哭著，恨著，岡日森格已然成了他仇恨的焦點。殺了牠，殺了牠，爲什麼不殺了牠？他站了起來，決定要去殺了岡日森格，又意識到自己根本殺不了岡日森格，岡日森格殺了飲血王黨項羅剎，他哪裡是牠的對手？但是，他可以殺了牠的主人——七個上阿媽的孩子，這也是復仇，是更加方便快捷、堅決徹底的復仇。

對，不砍手了，直接要命就是了，絕不能讓岡日森格救了去，絕不能。他的心激動地跳了一下，他的身子也激動地跳了一下，然後走過去，滿懷抱起了一塊沉重的冰岩。他知道，只要他不斷地把冰岩從冰窖的窖口扔下去，就能砸死裏面所有的人。

他雙腿挪動著，來到了窖口。窖口正視著他，有一個人也在正視著他。那個正視他的人不知道他要幹什麼，爽朗地吆喝了一聲。送鬼人達赤身子不禁一抖，冰岩掉在了地上。他抬頭一看，只見牧馬鶴部落的強盜嘉瑪措帶著幾個人，牽著幾匹馬，從冰塔林中走了出來。

送鬼人達赤定了定神問道：「勇敢的強盜，你來這裏幹什麼？難道你不怕我給你沾上一身鬼氣？」

強盜嘉瑪措停下來說：「我當然害怕，怕得要死。但我知道你的鬼氣是有限的，你沾染給了別人，就不會沾染給我了。我聽說你把七個上阿媽的仇家藏了起來，誰也找不著，我今天來找你，就是想讓你再藏一個人。」

送鬼人達赤這才看到他們中間有個人是綁起來的，再一看，認出是已經被丹增活佛逐出西結古寺的藏扎西，便道：「我聽說他已經成了神聖的復仇草原的叛徒，你把他藏起來幹什麼？砍斷他的雙手不就行了？」

強盜嘉瑪措說：「這不符合草原的規矩，草原的規矩裏，懲罰叛徒總是要起到殺一儆百的作用。等外來的漢人一離開西結古草原，我就會把他送上西結古的行刑台，讓草原上所有的人、所有的狗、所有的活物都知道，叛徒的下場是什麼樣子的。我還要讓大家明白，西結古草原復仇的烈火只能越燒越旺，不能燒著燒著就滅了。」

送鬼人達赤說：「英明的強盜，你說得真好，可是啊，可是我這裏已經藏不住人了，那個來自上阿媽草原的叫做岡日森格的獅頭公獒來到了黨項大雪山，牠打敗了我的神聖而正義的復仇魔主飲血王黨項羅刹，正帶著人和一大群領地狗朝這裏走來。」

強盜嘉瑪措吃驚地說：「你說什麼？你說牠帶著一大群領地狗朝這裏走來？」

送鬼人達赤說：「是啊是啊，領地狗們都跟著岡日森格，牠已經是西結古草原的獒王了。」

強盜嘉瑪措說：「這怎麼可以呢？我們西結古草原怎麼能讓一個上阿媽草原的仇狗做我們的獒王呢？」

送鬼人達赤說：「這不是你我說了算的，我親眼看到，領地狗們都無一例外地擁戴牠了。」

強盜嘉瑪措沉重地搖著頭說：「我知道岡日森格是一隻勇敢無私的藏獒，是阿尼瑪卿雪山獅子光榮的轉世。但是牠正在和我們至高無上的復仇作對，我們就無法接納牠了。我不能容忍我們西結古草原的領地狗群裏有這樣一隻獒王。送鬼人你說，我要是打死了岡日森格，人們就找不到七個上阿媽的仇家和叛徒藏扎西了是嗎？」

送鬼人達赤說：「是啊是啊，可是你能打死牠嗎？牠是神奇無限、戰無不勝的。」

強盜嘉瑪措說：「我知道牠是厲害的，但我知道草原上的強盜嘉瑪措也是厲害的。我現在就去打死牠，我一定要打死牠。如果西結古草原自己產生不了獒王，我就做獒王，天天吃生肉，頓頓喝冷水，身上長毛，野地裏睡覺。」說著，取下身上的叉子槍，把自己的大黑馬交給身邊的騎手，朝著冰塔林外大步走去，又回頭大聲說，「送鬼人達赤，拜託你了，你把叛徒藏扎西給我藏起來。」

送鬼人達赤走向了被綁起來的藏扎西。押解他的幾個騎手一臉懼怕地朝後退去。藏扎西恐怖地瞪大了眼睛，喊起來：「走開，走開，別動我，別動我。」

送鬼人達赤哼哼一笑，晃著頭，炫耀著粗大辮子上的紅色毒絲帶和那顆雕刻著羅剎女神蛙頭血眼的巨大琥珀球，兩手摸了摸熊皮閻羅腰帶上一串兒被煙熏黑的牛骨鬼卒骷髏頭，又摸了摸胸前映現三世所有事件鏡上墓葬主手捧飲血頭蓋骨碗的凹凸像，然後張開雙臂，忽的一下抱住了藏扎西。藏扎西一陣慘叫，就像尖刀戳進了心臟。

岡日森格以新獒王的身分，帶領著領地狗群來到了冰清玉潔的山裙之上，黨項大雪山發育著河流和湖泊的連綿冰丘和冰塔林頓時撲眼而來。岡日森格停了下來，一直跟在牠身邊的麥政委和大黑獒那日也停了下來。岡日森格和大黑獒那日都用鼻子使勁嗅著，都覺得眼前的空氣裏充滿了一種異樣而危險的味道。但是危險的味道越濃，牠們就越要往前走，因爲七個上阿媽的孩子的味道以及隱隱傳來的哭聲，比任何味道都更加強烈地牽引著牠們。

再次開步的時候，岡日森格和大黑獒那日一點也沒繞，逕直走向了冰塔林中囚禁著七個上阿媽的孩子的地下冰窖。牠們因爲聽到了哭聲而心急意切，沒看到旁邊的巨大冰稜後面藏匿著強盜嘉瑪措的身影和一杆裝飾華麗的叉子槍。

悲劇

發現異樣和危險的是麥政委。他看到在這個冰光四射的地方沒有任何陰影，看到在這個不該有陰影的地方突然出現了一個陰影，就在身旁不遠處的巨大冰稜後面，長短跟人的影子差不多。他馬上斷定這個人是危險的，因爲不是危險的人，不會藏在一個可以打伏擊的地方。

他喊了一聲「警衛員」，正要吩咐他注意前面，又看到冰稜後面探出了一根羚羊角的叉子，叉子不是平舉的，而是朝下的，平舉是對著人的，朝下是對著狗的。他望了一眼岡日森格，再也沒想什麼，撲過去一下抱住了牠。

緊跟在他身後的白主任抬頭一看，叉子槍就在前面，不禁大吃一驚，喊了一聲「有壞蛋」，就像勇敢的岡日森格那樣跳起來，撲在了緊緊抱著岡日森格的麥政委身上。

槍響了。世界愣了一下。

最先擺脫愣怔的，是跟麥政委和白主任一起陪伴著岡日森格的大黑獒那日。牠一躍而起，直撲斜前方那個藏匿著陰謀的巨大冰稜。冰稜後面的強盜嘉瑪措一看自己打著的不是岡日森格，而是人，是那個外來人裏官最大的麥政委，或者是那個西結古工作委員會的白主任，頓時就傻了。

丟掉叉子槍的強盜嘉瑪措不知所措地呆愣著，突然看到一隻大黑獒朝自己撲來，驚吼一聲，轉身要跑又沒有跑。

大黑獒那日是西結古草原的領地狗，牠從來沒有撲咬過西結古草原的人，這是第一次。牠認識這個人，這個人是素來受人與狗尊敬的牧馬鶴部落英武的強盜嘉瑪措。但不管他是誰，只要他想打死西結古草原新生的獒王岡日森格，自己就要不顧一切地衝過去。

牠衝過去了，並不希望自己嘴下留情，但當牠看到這個人的喉嚨就在眼前，這個人的手也在眼前的時候，牠還是下意識地做了一次選擇，選擇的結果是，牠一口咬住的不是致命的喉嚨，而是不致命的手。畢竟這個人是西結古草原的人，咬死他是不合常規的。牠咬斷了這隻手，又咬斷了那隻手。

強盜嘉瑪措慘烈地叫著，仰倒在地上。他沒有逃跑，也沒有反抗。他知道按照草原的規矩，打死了不該打死的人，那就應該以命償命，如果不能以命償命，那就意味著你欠下了命債，你招來了仇恨。尤其是外來人的仇恨，那可是不得了的仇恨。可是他萬萬沒想到，撲過來的不是外來人還擊的子彈，而是西結古草原的領地狗大黑獒那日。

更讓他沒想到的是，大黑獒那日沒有咬斷他伸給牠的喉嚨，而是咬斷了他縮回來的手。他的手轉眼就落在雪地上了，不是一隻，而是兩隻。他日夜奔波，一門心思想砍掉藏扎西的雙手，砍掉七個上阿媽的孩子的一隻手，但是到頭來，失去雙手的卻是他自己。他打著滾兒慘叫著，白地上剎那間就殷紅一片了。

對萬年寂靜的黨項大雪山來說，強盜嘉瑪措的槍聲差不多跟一場地震一樣。峻峭突兀的冰峰雪嶺呆愣了一會兒，驀然就崩裂了，那一種驚心動魄的坍塌，那一種天翻地覆的震撼，讓草原和雪山終於反彈出自己壓抑已久的聲音。

父親後來說，這是白主任的葬禮，如果父親不是因為飲血王黨項羅剎而留在山麓原野上，這很可能就是他的葬禮。

白主任從麥政委身上倒了下去，麥政委從岡日森格身上倒了下去。麥政委很快站了起來，白主任沒有站起來，他再也站不起來了。岡日森格叫著，嗚嗚嗚地叫著，這是哭聲，是藏獒從人那裏學來的發自肺腑的哭聲。

牠邊哭邊舔著白主任血如泉湧的胸口，兩隻前腿像人那樣跪下了。

失去雙手的強盜嘉瑪措突然站起來，噗通一聲跪下，悲慘地喊著：「打死我，打死我。」

岡日森格站起來抽身而去，牠要去報仇了，為了白主任，牠決定咬死放槍的強盜嘉瑪措。但是雪崩制止了牠，牠望著大面積傾頹的冰體和瀰揚而起的雪粉，突然改變想法朝前跑去。牠渾身是傷，在根本就沒有能力奔跑的時候奔跑起來，雪崩的威脅、主人的危險，讓牠溘然逸去的奔跑能力又猛可地回來了。所有的領地狗都跟上了牠。牠們直奔冰塔林中囚禁著七個上阿媽的孩子的地下冰窖。

光脊梁的巴俄秋珠混在領地狗群裏奔跑著，悲憤地喊起來：「獒多吉，獒多吉。」

梅朵拉姆追了過去：「你要幹什麼？你回來。」

他不聽她的，依然沉浸在仇恨的毒水裏，依然希望領地狗們能夠撲上去咬死岡日森格：「獒多吉，獒多吉。」

梅朵拉姆大聲說：「現在所有人都是爲了救人，怎麼就你一個人是爲了害人？我決定不理你了，這次是真的不理你了。」

他似乎聽懂了，嘟囔了一句什麼又喊起來：「獒多吉，獒多吉。」領地狗們不理他，假裝沒聽見，雪崩的聲音太大了，也有可能真的沒聽見。光脊梁的孩子憤怒之極，邊跑邊踢打著身邊的藏獒，愈加瘋狂地喊起來：「獒多吉，獒多吉。」

梅朵拉姆毫不放鬆地追著他：「你不要過去，危險，快回來，冰雪會埋了你的。」

他聽懂了，回頭感激而多情地望了一眼他心中的仙女。但是他沒有止步，他越過了領地狗群，來到岡日森格身邊，仇恨難洩地踢了牠一腳。岡日森格忍著，忍著，不

理他，不理他，一直往前跑。

祈禱啊，丹增活佛跪在雪崩面前祈禱，幾個鐵棒喇嘛也跪在雪崩面前祈禱，索朗旺堆頭人和大格列頭人以及齊美管家都跪在雪崩面前祈禱。祈禱的聲音如鐘如磬，高高地升起了，是西結古草原人人都會念幾句的《大悲咒》。

剛剛把捆綁起來的藏扎西丟進冰窖的送鬼人達赤呆望著滾滾而來的雪崩，尖叫了一聲，轉身就跑。沒跑幾步又站住了，他看到了迎面而來的岡日森格和牠的領地狗群，他愣著，愣著，突然回過身去，抱起那塊他早就想扔下冰窖的沉重的冰岩。復仇的希望正在破滅，他要孤注一擲了，把冰岩從窖口扔下去，砸死一個算一個。他用冰岩對準了窖口，眼看就要鬆開雙手了。

梅朵拉姆追上了巴俄秋珠，一把抓住他說：「你往雪崩的地方跑什麼？不要命了？我們的白主任已經死了，再不能死人了，你死了我會傷心的，知道嗎，小男孩？」

巴俄秋珠停下了，忽閃著明亮的大眼睛望著他心中的仙女梅朵拉姆。梅朵拉姆又說：「聽話，小男孩，你要聽我的話。」說著就把他抱住了。

她用仙女的姿態、仙女的溫柔、仙女的情腸把他抱住了，這一抱，似乎就抱走了他那已經被她追攆得有點慌亂、有點動搖的仇恨，抱出了他的全部感動，感動得他覺得不聽梅朵拉姆的話就不是人了。他渾身抖了一下，突然掙脫了她的懷抱，回身望了望前面抱著冰岩正要扔下窖口的送鬼人達赤，如同一隻藏獒跳了起來，撲了過去，大喊一聲：「阿爸。」

阿爸？誰喊誰呢？這裏誰是誰的阿爸？送鬼人達赤驀然回首，一眼就看到了巴俄秋珠。

巴俄秋珠在喊他阿爸？他是巴俄秋珠的阿爸？巴俄秋珠從來沒有管他叫過阿爸。他曾經對巴俄秋珠說，跟我走吧，去做西結古草原富有的送鬼繼承人吧，只要你叫我一聲阿爸，我就給你一頭牛，叫我十聲阿爸，我就給你十頭牛，叫我一百聲阿爸，我就給你一群牛。巴俄秋珠始終不叫，堅決不叫。可是今天他居然叫了，真真切切地叫了，爲什麼？送鬼人達赤用片刻的時間疑惑著，問道：「阿爸？你叫我阿爸？」

巴俄秋珠大聲說：「阿爸，我要救人了。」說著，他一頭撞過去，撞得送鬼人達赤連連後退。

沉重的冰岩離開了窖口，也離開了他的懷抱，咚的一聲掉在了冰石累累的地上。

這時岡日森格跑來了，衝著送鬼人達赤吼了幾聲，然後激動地趴臥在冰窖的窖口，深情地叫著。領地狗們一個個跑來了，團團圍住冰窖，也像岡日森格那樣深情地叫著。冰窖沉寂的窖口彷彿豁然開朗，驚喜地傳出了七個上阿媽的孩子和藏扎西的齊聲喊叫：

「岡日森格。」

父親後來說，雪崩沒有掩埋藏匿著七個上阿媽的孩子和藏扎西的地下冰窖，那麼多巨大嶙峋的冰石，那麼多掀天揭地的雪粉，在離冰窖二十步遠的地方戛然而止。這是天意，是黨項大雪山仁慈的雅拉香波山神的保佑，是丹增活佛以及所有來到這裏的草原人念起了《大悲咒》的緣故。

草原傳奇
新一章

飲血王黨項羅刹是父親用三匹馬，輪換著從黨項大雪山馱到西結古來的。那時候牠昏迷不醒，馱到這裏後的第三天牠才醒來，一醒來就看到了父親。父親正在給牠捋毛，牠吼起來，牠的喉嚨幾乎斷了，一點聲音都發不出來，但是牠仍然煞有介事地狂吼著。

在心裏，在渾身依然活躍著的細胞裏，牠憤怒的狂吼就像雷鳴電閃。父親感覺到了，輕聲說著一些安慰的話，手並沒有停下，捋著牠的鬣毛，又捋著牠的背毛，一直捋到了牠的腹毛上，捋了差不多一個時辰，然後在牠憤怒而猜忌的眼光下給牠換藥。

換了藥又給牠餵牛奶。

牠從來沒喝過牛奶，只用鼻子聞到過牛奶的味道，知道那是一種很香很甜的液體。牠惡狠狠地盯著木勺，真想一口咬掉那隻拿木勺的手，但是牠動不了，牠失血太多，連睜圓了眼睛看人都感到十分吃力。牠忍著，把心中的仇恨通過空癟的血管分散到了周身，然後緊緊咬住了牙關：不喝。儘管幾乎就要渴死，但是牠還是決定不喝。

父親彷彿理解了牠。父親最大的特點就是天生能夠理解狗，尤其是藏獒。他說：「別以爲這裏面有毒，沒有啊，我喝給你看看。」說著自己先喝了一口，然後又把長木勺湊到了牠嘴邊。

牠還是不喝。父親說：「如果你有能耐，你就自己喝吧。」他把盛牛奶的木盆端過來放到牠眼前，然後過去抱起牠的大頭，試圖讓牠的嘴對準盆口。

但是牠的頭太重了，厚實的嘴唇剛一碰到盆沿，木盆就翻了過來，牛奶潑了牠一頭一臉。牠嚇了一跳：莫非這就是他的陰謀？他要用牛奶戲弄牠？這個問題來不及考慮，牛奶就流進了牠的嘴角，感覺甜甜的，爽爽的。牠禁不住費力地伸出了舌頭，舔著不斷從鼻子上流下來的牛奶。

灌奶延續了兩天，飲血王黨項羅刹變得精神起來，可以直接把嘴湊到木盆裏喝牛奶了，喝著喝著，就在木盆上咬出了一個口子。

父親說：「你怎麼了？你對木盆也有仇恨啊？」說著，就像一開始牠無力做出反應時那樣，順手摸了摸牠的頭。

牠從鼻子裏嗚地呼出了一口氣，抬頭就咬，一牙挑開了父親手背上的皮肉。父親疼得直吸冷氣，連連甩著手，把冒出來的血甩到了牠的嘴邊。牠伸出舌頭有滋有味地舔著。

父親一屁股坐到地上，捂著手說：「哎喲，我的飲血王，難道你真的是一隻餵不熟的狗？」

光脊梁的巴俄秋珠迅速給父親拿來了一根支帳房的木棍。父親說：「幹什麼？你要讓我打牠？」

臉上有刀疤的孩子喊道：「不能打，牠會記仇的。」

父親回頭對刀疤說：「我知道，我知道。」他拿著木棍站了起來。

飲血王黨項羅刹死盯著木棍，掙扎了一下，想站起來，但是沒有奏效。牠齜牙咧嘴地吼著，用沙啞的走風漏氣的聲音，讓父親感覺到了牠那依然狂猛如風暴的仇恨的威力。牠仇恨人，也仇恨同類，更仇恨棍棒，因爲正是棍棒讓牠成了仇恨的瘋魔狗，讓牠在有生以來的時時刻刻都在爲一件事情奮起著急，那就是宣洩仇恨。

父親並不瞭解這一點，但他知道自己絕不能給一隻沉溺在憤怒中的藏獒提供任何洩憤的理由。他把木棍扔到地上，又一腳踢到了巴俄秋珠身邊，回過頭來對牠說：「你以爲我會打你嗎？棒打一隻不能動彈的狗算什麼本事。」說著，固執地伸出那隻帶傷的手，放在牠頭上摸來摸去。

父親在牠的頭上一直摸著，摸得牠有了絲絲舒服的感覺，漸漸放棄了猜度，享受地閉上了眼睛。父親包紮了自己受傷的手，並用這隻包紮的手獎勵似的多給牠餵了一些酥油。

飲血王黨項羅刹雖然還是不習慣，但是牠儘量容忍著，好幾次差一點張嘴咬傷父親，又很不情願地把齜出來的利牙收回去了。牠覺得有一種法則正在身體內悄悄出現，那就是牠不能見人就咬，世界上除了送鬼人達赤，似乎又有了一個不能以牙刀相向的人。這個人到底是怎樣一個人？難道他的出現就是為了給牠捋毛，換藥，餵食？難道他絲毫不存在別的目的？

牠深深地疑惑著，也常常回憶起以前的生活，黑屋、深坑、冰窖、絕望的蹦跳、不要命的撞牆、饑餓的半死狀態、瘋狂的撲咬。牠對世界、物種、生命的仇恨，就被那些發生在殘酷日子裏的殘酷事件一次次地強化著，最終變成了牠的生命需要，牠的一切。牠從來不知道藏獒的感情和人的感情應該是一樣的，有恨也有愛。

父親無微不至地關懷著一隻不打算接納他、只打算繼續仇恨他的藏獒，他顯得懵懂無知，就像一個傻子。後來父親說：其實我不傻。我就是一個狗心理學家，知道牠現在怎麼想，以後會怎麼想。沒有一成不變的想法，更沒有化解不開的仇恨，人和藏獒都一樣。

這天父親熬了牛骨湯，湯裏加進去了幾塊肉，他覺得這樣的食物比炒麵糊糊和牛下水的肉糜更能使牠儘快強壯起來。飲血王黨項羅刹狼吞虎咽地吃著。父親看到肉塊大了點，怕牠受傷的喉嚨咽不下去，伸手從食盆裏拿起一塊肉，想給牠撕碎，沒想到牠張嘴就咬，毫不猶豫地把肉奪了回去。

父親的手背——這隻被牠咬傷過的手再次被牠的利牙劃破了，血頓時漫漶而下，流進了牛骨湯。

他毫不妥協地再次伸出了手，拿起了那塊被牠奪回食盆的肉。

牠的反應還是張嘴就咬，但是沒咬上，父親並沒有躲閃，但牠就是沒咬上。

是牠的撕咬能力不靈了，還是牠有意沒咬上？父親考慮著這個問題，用那隻血淋淋的手，把肉一點一點地撕下來，一點一點地餵牠。牠毫不客氣地吃著肉，吃到最後，奇蹟突然發生了：牠伸出了舌頭，舔了一下父親的傷口。

父親以爲牠是貪饞那上面的血，就說：「沒多少血，你就別舔了。」但是牠還在舔，舔乾了所有的血跡牠還在舔。父親恍然明白了：牠是在幫他療傷，是在懺悔。他激動地抱住牠的頭說：「這就對了，你得學會感動，也得學會讓別人感動。你要學的東西太多太多了。」

父親成功了，父親感化飲血王黨項羅刹的成功，在牠的這一舔中顯得輝煌而不朽。愛與人性的力量，穿透了生命的迷霧，在適者生存的定律面前，架起了德行與道義的標杆。

岡日森格帶著領地狗群從遠方跑來。牠們是聞到某種異樣的氣息後趕來保護父親的。但是牠們來晚了，父親已經不需要保護了。那個在牠們看來，一定會跟著舊主人送鬼人達赤加害父親的飲血王黨項羅刹，已經走向了牠的名字的反面，牠不是飲血王，不是，不是黨項羅刹，不是。牠就是一隻正常的藏獒，懂得恨，也懂得愛，懂得戰鬥，也懂得感恩。

父親蹲下來，抱住了飲血王黨項羅刹的頭，對岡日森格說：「你過來啊，過來舔舔牠，牠是你的新夥伴。」

岡日森格觀察著飲血王黨項羅刹的反應，小心翼翼地走了過去。

父親依然待在西結古草原有史以來的第一所帳房寄宿學校裏，自得其樂地當著校長，也當著老師。當又一個夏天到來的時候，他回了一趟西寧，在報社記者部主任老金的撮合下，和老金的女兒結了婚安了家，然後又回了一趟他和妻子共同的內地老家。一個月後，父親告別西寧的妻子，帶著許多天堂果——河南洛陽孟津縣古橫州的花生，回到了他的草原，他的學校。

岡日森格和大黑獒那日在狼道峽口迎接著他。多吉來吧用思念之極的哭號似的叫聲迎接著他。多吉來吧是父親給飲血王黨項羅刹新起的名字，意思是「善金剛」。

情殤

大黑獒那日終於閉上了眼睛，長眠對牠來說的確來得太早太早了。牠不想這麼快就離開這個讓牠有那麼多牽掛的世界，眼睛一直睜著，撲騰撲騰地睜著。但是牠毫無辦法，所有圍著牠的領地狗都沒有辦法，生命的逝去就像大雪災的到來一樣，是誰也攔不住的。

獒王岡日森格陪伴在大黑獒那日身邊，牠流著淚，自從大黑獒那日躺倒在積雪中之後，牠就一直流著淚，牠一聲不吭，默默地，把眼淚一股一股地流進了嘴裡：你就這樣走了嗎？那日，那日！跟牠一起默默流淚的，還有那日的同胞姐姐大黑獒果日，還有許許多多跟那日朝夕相處的藏獒。

雪還在下，愈來愈大了。兩個時辰前，牠們從碉房山下野驢河的冰面上出發，來到了這裡。這裡不是目的地，這裡是前往狼道峽的途中。

狼道峽是狼的峽谷，也是風的峽谷，當狂飆突進的狼群出現在峽谷的時候，來自雪山極頂的暴風雪就把消息席捲到了西結古的原野裡：狼災來臨了。狼災是大雪災的伴生物，每年都有，並不奇怪。奇怪的是，今年最先成災的不是西結古草原的狼，而是外面的狼，是多獼草原的狼，是上阿媽草原的狼。都來了，都跑到廣袤的西結古草原危害人畜來了。爲什麼？從來沒有這樣過。獒王岡日森格不理解，所有的領地狗都不理解。但對牠們來說，理解事情發生的原由永遠不重要，重要的是行動，是防止災難按照狼群的願望蔓延擴展。堵住牠們，一定要在狼道峽口堵住牠們。

出發的時候，大黑獒那日就已經不行了，腰腹塌陷著，眼裡的光亮比平時黯淡了許多，急促的喘息讓胸脯的起伏沈重而無力，舌頭外露著，已經由粉色變成黑色了。岡日森格用頭頂著牠不讓牠去。牠不聽，牠知道這是一個非同尋常的日子，狼來了，而且是領地外面的狼，是兩大群窮凶極惡的犯境的狼。而牠是一隻以守護家園爲天職的領地狗，又是獒王岡日森格的妻子，牠必須去，去定了，誰也別想阻攔牠。

岡日森格爲此推遲了出發的時間，用頭頂，用舌頭舔，用前爪撫摩，用眼睛訴說。牠用盡了辦法，想說服大黑獒那日留下，最充分的理由便是：小母獒卓嘎不見了，你必須在這裡等著，牠回來找不到我們就會亂跑。在冬天，在大雪災的日子裡，亂跑就是死亡。

小母獒卓嘎是大黑獒那日和岡日森格的孩子，出生還不到三個月，是那日第六胎孩子中唯一活下來的。其他五個都死了。那日身體不好，奶水嚴重不夠，只有最先出世也最能搶奶的小母獒叼住了那只唯一有奶的乳頭。六個孩子只活了一個，那可是必須呵護到底的寶貝啊。有那麼一刻，大黑獒那日決定聽從岡日森格的勸告，在牠們居住的碉房山下野驢河的冰面上等待自己的孩子。

可是，當獒王岡日森格帶著領地狗群走向白茫茫的原野深處，無邊的寂寞隨著雪花瑟瑟而來時，大黑獒那日頓時感到一陣空虛和惶惑，差一點倒在地上。大敵當前，一隻藏獒本能的職守就是迎頭痛擊，牠違背了自己的職守，就只能空虛和惶惑了。而藏獒是不能空虛和惶惑的，那會使牠失去心理支撐和精神依託。母性的兒女情長、身體的疲病交加，都不能超越一隻藏獒對職守的忠誠。藏獒的職守就是血性的奉獻，狼來了，血性奉獻的時刻來到了。

大黑獒那日遙遙地跟上了岡日森格。獒王岡日森格一聞氣味就知道妻子跟來了，停下來，等著牠，然後陪牠一起走，再也沒有做出任何說服牠回去的舉動。

岡日森格已經知道大黑獒那日不行了，這是陪妻子走過的最後一段路。牠儘量克制著自己恨不得即刻殺退入侵之狼的情緒，慢慢地走啊，不斷溫情脈脈地舔著妻子。就像以前那樣，舔著牠那隻瞎了的眼睛，舔著牠的鼻子和嘴巴，一直舔著。大黑獒那日停下了，接著就趴下了，躺倒了，眼巴巴地望著丈夫，淚水一浪一浪地湧出來，眼睛就是不肯閉實了。岡日森格趴在了那日身邊，想舔乾妻子的眼淚，自己的眼淚卻嘩啦啦落了下來：你就這樣走了嗎？那日，那日！

也是一場大雪，西結古草原的大雪一來就很大，每年都很大，去年的大雪來得格外早，好像沒到冬天就來了。大雪成災的日子裡，正處在第五胎哺乳期的大黑獒那日帶著自己的兩個孩子，來到了尼瑪爺爺家。他家的畜群不知被暴風雪裹挾到哪裡去了，尼瑪爺爺、尼瑪爺爺的兒子班覺、兒媳拉珍、孫子諾布與看家狗瘸腿阿媽、斯毛阿姨以及格桑和普姆，一個個蜷縮在就要被積雪壓塌的帳房裡，都已經餓得動彈不得了。

大黑獒那日立刻意識到自己應該幹什麼，牠先是走到尼瑪爺爺跟前，用流溢著同情之光的眼睛對他說：吃吧，吃吧，我正在餵奶，我的身體裡全是奶。說著，牠騎在了躺倒在氈鋪上的尼瑪爺爺身上，用自己的奶頭對準了尼瑪爺爺的嘴。

尼瑪爺爺哭了，他邊哭邊吃。他知道母獒用奶水救活饑餓之人的事情在草原上經常發生，也知道哺乳期的母獒有很強的再生奶水的能力，不吃不喝的時候也能用儲存的水分和身體的脂肪製造出奶水來，但他還是覺得母獒給人餵奶就是神對人的恩賜，是平凡中的奇蹟。他老淚縱橫，只吃了兩口，就把大黑獒那日推給了身邊的孫子諾布。

諾布吃到了那日的奶，看家狗瘸腿阿媽、斯毛以及格桑和普姆也都依次吃到了那日的奶。接下來是拉珍，最後是班覺。大黑獒那日的奶水，讓他們從死亡線上走回來了。

一連五天都是這樣，大黑獒那日自己無吃無喝，卻不斷滋生著奶水，餵養著尼瑪爺爺一家四口人和四隻狗以及牠自己的兩個孩子。但體內的水分和脂肪畢竟是有限的，牠很快枯竭了，牠似乎不相信自己的奶水這麼快就會枯竭，還是不厭其煩地餵了這個再餵那個。

十張饑餓的嘴在那種情況下失去了理智，拚命的吮吸讓枯竭的奶水再一次流出，但那已經不是奶水，而是血水。血水汩汩有聲地流淌著，那麼多，那麼多，開始是白中帶血，後來是血中帶白，再後來就是一股紅似一股的純粹血水了。

大黑獒那日撲通一聲倒了下去，倒在了尼瑪爺爺身邊。尼瑪爺爺抱著牠，哭著說：「你不要再餵，不要再餵，我們不吃你的奶了。」但是奶水，不，是血水，還在流淌，就像大黑獒那日哺育後代的本能、吃肉喝水的本能、人排憂解難的本能那樣，面對一群不從牠這裡汲取營養就會死掉的人和狗，血水不可遏制地流淌著，你吃也好，不吃也好，它都在流淌。

那就只好吃了。他們一吃就挺住了，挺了兩天，獒王岡日森格和幾隻領地狗就叼著吃的用的營救他們來了。

叼來的是軍用的壓縮餅乾和皮大衣，是政府空投在雪災區域的救援物資。白茫茫的雪原上找不到人居的痕跡——火、或者帳房的影子——救援物資都投到昂拉雪山中去了。那是個雪狼和雪豹出沒的地方，是個只有藏獒才敢和野獸搶奪空投物資的戰場。獒王岡日森格帶著牠的領地狗群搶回來了一部分空投物資，分送給了牧民們。牧民們不知道這是政府的救援，虔誠地膜拜著說：多麼了不起的藏獒啊，牠們是神和人之間可以空行的地祇，把天堂裡的東西拿來救我們的命了。

岡日森格來了以後，發現妻子大黑獒那日已經站不起來了。那日皮包骨頭，把自己的血肉全部變成汁液流進了人和狗的嘴裡。牠給那日叼去了壓縮餅乾，那日想吃，但已經咬不動了。牠就大口咀嚼著，嚼碎了再嘴對嘴地餵。那一刻，岡日森格流著淚，大黑獒那日也流著淚，牠們默默相望，似乎都在祈禱對方：好好的，你一定要好好的。

就是這一次用奶水和血水救活尼瑪爺爺一家的經歷，讓大黑獒那日元氣大傷，精神再也沒有恢復到從前。身體漸漸縮小，能力不斷下降，第六胎孩子雖然懷上了，也生出來了，卻無法讓牠們全部活下來。乳房的創傷一直沒有痊癒，造奶的功能正在消失，奶水斷斷續續只有一點點，僅能讓一個孩子吃個半飽。大黑獒那日哭著，眼看著其他五個孩子一個個死去，牠萬般無奈，只能以哭相對了。

孩子死了之後，獒王岡日森格曾經那麼柔情地舔著自己的妻子，似乎在安慰牠：會有的，我們還會有的，明年，這個時候，我們的孩子，就又要出世了。大黑獒那日好像知道自己再也不會有孩子，嗚嗚地哭著，丈夫愈是安慰，牠的哭聲就愈大愈悲切。好幾個月裡，每當夜深人靜，牠都會悄悄地哭起來。

誰能想到，大黑獒那日傷心的不光是孩子，還有自己，牠知道自己就要走了，就要離開牠的草原牠的丈夫了。而對獒王岡日森格來說，一切都是猝不及防的，大黑獒那日都沒給牠一個從從容容傷心落淚的機會，牠只能在心裡嗚嗚地叫，就像身邊的風，在嗚嗚的嗚叫中蒼茫地難受著。

獒王岡日森格走了，頭也不回地走了。在這個狼情急迫的時刻，與生俱來的藏獒的使命感完全左右著牠的想法和行動。狼來了，是多獼草原的狼，是上阿媽草原的狼，都來了，都跑到廣袤的西結古草原危害人畜來了。作爲稱霸草原的一代獒王，如果不能帶著領地狗群以最快的速度趕到狼道峽口，擋住洶洶而來的狼群，那就等於放棄職責，等於行屍走肉。

岡日森格走著走著就跑起來。牠的奔跑如同一頭金色獅子在進行威風表演。鬣毛扎煞著，唰唰地抖，粗壯的四肢靈活而富有彈性，一種天造神物最有動感的獸性之美躍然而出。讓漫天飛舞的雪花都相信，牠那健美的肌肉在每一次的伸縮中，都能創造出如夢如幻的速度和力量。

但就是這樣一隻山呼海嘯的藏獒，牠的眼睛是含淚的，因爲自己的愛人大黑獒那日走了，永遠地走了！

狼來了

就要到了，很快就要到了，狼道峽口開闊的山原之上，狼影幢幢，已經可以聞到可以看到了。那麼多的狼，爲什麼是那麼多的狼？所有的領地狗百思不得其解：往年不是這樣的，往年再大的雪災，都不會有這麼多外來的狼跑到西結古草原來。狼群分佈在雪岡雪坡上，悄悄地移動著，不是爲了逃跑，而是爲了應戰。

這個多雪的冬天裡，第一場獒對狼的應戰，馬上就要開始了。

多吉來吧站在雪道上用粗壯的四肢輪番刨挖著雪，一會兒用前爪刨，一會兒把屁股掉過去用後爪刨。雪粉煙浪似的揚起來，被風一吹，落到雪道兩邊的雪坎上去了。兩道雪坎峽峙著一條雪道從寄宿學校的帳房門口延伸而去，已經到了五十米外的牛糞牆前。牛糞牆是學校的圍牆，將近一米的高度，已經看不見了。但是多吉來吧知道雪裡頭掩埋著一堵牆，牠用前爪一掏就掏出了一個洞，三掏四掏牆就不存在了。

多吉來吧曾經被送鬼人達赤囚禁在三十米深的壕溝裡，天天掏挖堅硬的溝壁，爪子具有非凡的刨挖能力，在一米多厚的積雪裡刨出一條雪道不是什麼難事。牠想把雪道開通到很遠很遠的地方去，遠方有更多的人，有充饑的食物和暖身的皮衣皮褥，還有救命的藏醫喇嘛和那些神奇的藏藥，這一點牠和父親一樣清楚。

雪道繼續延伸著，多吉來吧刨啊刨啊，就像一個碩大的黑紅色的魔怪，在漫無際涯的白色背景上，瘋狂地揚風攪雪。

父親站在寄宿學校學生居住的帳房門口，抬頭看了看依然亂紛紛揚雪似花的天空，哈著白氣對刨挖不止的多吉來吧大聲說：「我知道你能把雪道開到狼道峽那邊去，但是來不及了，真的來不及了，多吉來吧你聽我說，我不能再等下去，我應該走了。」

多吉來吧的回答就是更加拚命地刨雪，牠不願意父親一個人離開這裡，離開是不對的，離開以後會怎麼樣，牠似乎全知道。但是父親想不了這麼多，他只想到現在，現在他必須挽救帳房裡的人。

帳房裡躺著十二個孩子，其中一個已經昏迷不醒了。昏迷不醒的孩子叫達娃。

三天前，達娃想離開學校回家去，父親不讓他走，父親說：「達娃你聽話，你離開這裡就會死掉的，你知道你家在哪裡？你家在野驢河的上游，很遠很遠的白蘭草原。」

達娃不聽話，他爲什麼要聽話？學校已經斷炊，聽老師的話就等於餓死在這裡。他悄悄地走了，三天前的積雪還沒有這般雄厚，只能淹沒他的膝蓋，他很快走出去了四五百米，等多吉來吧發現他時，他已經在危險中尖聲叫喚了。

危險來自狼，狼在大雪蓋地的冬天總會出現在離人群最近的地方，而且一出現就是一大群。

這一點多吉來吧比誰都清楚。牠很後悔自己沒有早一點發現達娃，牠剛才睡著了，爲了守護父親和父親的十二個學生，牠已經好幾個晝夜沒有睡覺了。牠發出一陣沈雷般穿透力極強的吼聲，裹挾著刨起的雪浪飛鳴而去，幾乎看不清是什麼在奔跑。

圍住達娃的饑餓的狼群，嘩地一下不動了，靜默了幾秒鐘，又嘩地一下轉身紛紛撤走。只有一匹額頭上有紅斑的公狼不甘心一群狼就這樣一無所獲地被一隻藏獒嚇退，撲過去咬了一口達娃才匆匆逃命。多吉來吧遠遠地看見了，盯著紅額斑公狼追了過去，一副不報仇雪恨不罷休的樣子。追著追著又停下了，似乎意識到這個時候最要緊的是救人而不是追殺，牠用一種響亮而短促的聲音喊叫著，把父親從帳房裡喊了出來。

父親跑了過去，心想夏天死了一個孩子，秋天死了一個孩子，都是一個人離開寄宿學校後被狼咬死的。多少年都沒有發生的事情突然發生了，牧民們已經在嘀咕：

「吉利的漢扎西怎麼不吉利了？不念經的寄宿學校是不是應該念經了？讓孩子們學那些沒用的漢字漢書，神靈會不高興的，昂拉山神、礱寶山神、黨項大雪山仁慈的雅拉香波山神已經開始懲罰學校了。」

現在是冬天，狼最多的時候，可不能再死孩子了。

父親看了看遠遠遁去的狼群，又看了看坐在雪中捂著大腿上的傷口吸溜著鼻涕的達娃，立刻埋怨地拍了多吉來吧一下：「你是怎麼搞的，居然讓達娃離開了學校，居然讓狼撲到了他身上。」多吉來吧委屈地抖了一下，揚起脖子想申辯幾句，看到父親抱起達娃那心疼的樣子，頓時把委屈全都吞進了肚裡，趕緊跳過去，用眼神示意著，讓父親把達娃放在了自己身上。

多吉來吧把達娃馱回了帳房，達娃躺下了，躺下後就再也沒有起來。一是驚嚇，二是餓，更重要的是紅額斑公狼牙齒有毒。達娃中毒了，傷口腫起來，接著就是發燒，就是昏迷。

這會兒，父親從帳房門口來到達娃跟前，跪在氈鋪上，摸了摸他滾燙的額頭，毅然決然地說：「走了走了，我必須走了，你們不要動，盡可能地保持體力，一點點也不能消耗。」十二個孩子躺滿了氈鋪，父親望著滿氈鋪滴溜溜轉動的眼睛，戀戀不捨地說：「你們挨緊一點，互相暖一暖，千萬不要出去，聽到任何聲音都不要出去，外面有多吉來吧，多吉來吧會保護你們的。」孩子們嗯嗯啊啊答應著。

父親說：「不要出聲，出聲會把力氣用掉的，點點頭就行了。」說著脫下自己的皮大衣，蓋在了孩子們身上。

那個叫作平措赤烈的最大的孩子突然問道：「漢扎西老師，你什麼時候回來？」

父親說：「最遲明天。」

平措赤烈說：「明天達娃就會死掉的。」

父親說：「所以我得趕緊走，我在他死掉以前回來，他就不會死掉了。」

父親要走了，就在這個冬天的第一場大雪下了整整半個月、被雪災圍困的十二個孩子和多吉來吧以及他自己三天沒有進食、讓狼咬傷的達娃高燒不醒的時候，他猶豫再三做出了離開這裡尋找援助的決定。他知道離開是危險的，自己危險，這裡的孩子也危險。但是他更知道，如果大家都滯留在這裡，危險會來得更快，就像平措赤烈說的，說不定明天達娃就會死掉。

爲了不讓達娃死掉，他必須在今天天黑以前見到西結古寺的藏醫喇嘛尕宇陀。如果他不出去求援，誰也不知道寄宿學校已經三天沒吃的了。

父親想起了央金卓瑪，如果是平常的日子，不是今天，就是明天，央金卓瑪一定會來這裡。

她是野驢河部落的牧民貢巴饒賽家的小女兒，她受到頭人索朗旺堆的差遣：每隔十天，來寄宿學校送一趟酸奶子。酸奶子是送給父親的，也是送給孩子們的。在草原人的信條裡，不吃酸奶子的孩子，是長不出智慧來的。可現在是大雪災，馬是上不了路的，怎麼馱運酸奶子？

當然她也可以步行，但是有狼群，有豹子，有猞猁，有許多意想不到的危險，她一個姑娘家怎麼敢出現在險象環生的雪原上？

父親走出帳房，拿起一根支帳房的備用木杆把帳房頂上的積雪仔細扒拉下來，然後把木杆插回門口的積雪，從門楣上扯下兩條黃色的經幡，沿著雪道走向了多吉來吧。

多吉來吧依然用粗壯的四肢刨揚著雪粉，看到父親走過來，突然警覺地停下了。

父親說：「我走了，這裡就交給你了。我知道你是想開出一條雪道好讓大家一起走，但這是不可能的。孩子們已經餓得走不動了，我明天不把藏醫喇嘛叫來，達娃就會死掉，你希望達娃死掉嗎？不希望是吧？」

多吉來吧似乎不想聽父親說什麼，煩躁地搖了搖碩大的獒頭，又搖了搖蜷起的尾巴，看著父親朝前走去，一口咬住了父親的衣襟。

父親說：「什麼意思啊，你是不想讓我走嗎？那好，我不走了，你走吧，你去把吃的給我們找來，把藏醫喇嘛尕宇陀給我們叫來。」說著，父親揮了揮手。

多吉來吧明白了，跳起來朝前走去，走了幾步又停下來，回頭若有所思地望著父親，好像是說：「我走了你們怎麼辦？」

父親立刻看懂了多吉來吧的眼神，說：「是啊，你走了我們怎麼辦？狼會吃掉我們的，可要是你在這裡，狼就沒辦法了。」

父親來到牠身邊，重託似地使勁拍了拍牠，把一條黃色經幡拴在了牠的鬣毛上，「這十二個學生就靠你了，多吉來吧，你在，他們在，知道嗎多吉來吧。」說罷，踩著沒腿的積雪緩慢地朝前走去。

多吉來吧不由自主地跟上了他。父親揮動另一條經幡說：「放心吧，我有吉祥的經幡，經幡會保佑我。再說，野驢河邊到處都是領地狗，岡日森格肯定會跑來迎接我的。」

一聽父親說起岡日森格，多吉來吧就不跟了，好像這個名字是安然無恙的象徵，只要提到牠，所有的危害險阻就會蕩然無存。

多吉來吧側過身子去，一邊警惕地觀察著帳房四周的動靜，一邊依依不捨地望著父親，一直望到父親消失在瀰漫的雪霧裡，望到狼群的氣息從帳房那邊隨風而來。牠的耳朵驚然一抖，陰鷙的三角吊眼朝那邊一橫，跳起來沿著牠刨出的雪道跑向了帳房。

獨眼母狼

多吉來吧知道周圍有狼，三天前圍住達娃的那群饑餓的狼，那匹咬傷了達娃的紅額斑公狼，一直埋伏在離帳房不遠的雪梁後面，時刻盯梢著帳房內外的動靜。但是牠沒想到狼群會出現得這麼快，漢扎西剛剛離開，狼群就以爲吃人充饑的機會來到了。

多吉來吧呼哧呼哧冷笑著：這些狼的眼睛裡居然只有漢扎西沒有我，狼們居然也敢於蔑視一隻曾經是飲血王黨項羅刹的鐵包金公獒，那你們就等著瞧吧，到底是漢扎西厲害，還是我厲害。牠看到三匹老狼已經搶先來到帳房門口，便憤怒地抖動火紅如燃的胸毛和拴在鬣毛上的黃色經幡，汪汪汪地叫著衝向了牠們。

誰也不知道這是爲了什麼：爲什麼狼群不去咬殺牠們習慣於咬殺和更容易咬殺的羊群和牛群，而把果腹的欲望寄託給了最難吃到口也很少吃到口的人？爲什麼這麼多的狼突然集結到了這裡？開始是一群幾十匹，一天之後又來了一群，又來了一群，等到父親離開的時候，寄宿學校的周圍已經有兩百多匹荒原狼了。父親不知道四周埋伏著這麼多的狼，多吉來吧也不知道，他們只感到狼害的氣息愈來愈濃，卻無法預測那種血腥殘忍的結果：這麼多的狼要是一起撲過來，十二個孩子和他們的保護者多吉來吧將會是一種什麼情形呢？

好在荒原狼們沒有一起撲上來，似乎牠們還沒有形成一起撲上去的決定，正在商量和試探。牠們也很難做到一起撲上去，因爲跑來圍住寄宿學校的不是一股狼群，而是三股狼群。三股狼群的領地都屬於野驢河流域，牠們各有各的地盤，從來沒有過一起圍獵的記錄，無論在散居的夏天，還是在群居的冬天。但是今年不同了，牠們從野驢河的上游和下游來到了中游，就像事先協商好了，從東、西、南三面圍住了寄宿學校。

三匹老狼搶先來到了帳房門口，牠們來幹什麼？牠們明明知道僅靠牠們的能耐萬難抵擋多吉來吧的撕咬，爲什麼還要冒險而來？三匹老狼一匹站在雪道上，兩匹站在雪道兩邊踩實的積雪中，擺成了一個彎月形的陣勢，好像帳房裡十二個孩子的保護者是牠們而不是多吉來吧。

多吉來吧最生氣的就是這種帶有蔑視意味的喧賓奪主。牠一邊汪汪地叫著，一邊地吐氣。這是一種表達，翻譯成人的語言就應該是：哎呀呀，你們的蔑視就是你們的喪鐘，你們是狼，你們永遠不明白藏獒的另一個名字就是忠於職守，更不明白爲什麼你們動不動就會死在藏獒的利牙之下。

多吉來吧在衝跑的途中噗地一個停頓，然後飛騰而起，朝著站在雪道上的那匹老公狼撲了過去。

多吉來吧舔著狼血，一條腿搭在狼屍上，餘怒未消地瞪視著自己的戰利品——兩具狼屍和一匹被牠瞪瞎了一隻眼的老母狼。

瞎了一隻眼的老母狼趴臥在原地，痙攣似的顫抖著，做出逃跑的樣子卻沒有逃跑。多吉來吧咆哮一聲，縱身跨過雪道，撲過去一口叼住了獨眼母狼的喉嚨。但是牠沒有咬合，牠的利牙、牠的嘴巴、牠的咬狼意識突然之間停頓在一個茫然無措的雪崖上——牠聽到了一陣別致的狼叫，那是狼崽驚怕稚嫩的尖叫，是哭爹喊娘似的哀叫。

多吉來吧愣住了，嘴巴不由得離開了獨眼母狼的喉嚨，一個閃念出現在腦海裡：那或許是獨眼母狼的孩子，正在凝視母親就要死去的悲慘場面，感到無力挽救，就叫啊，哭啊。

多吉來吧哆嗦了一下，作爲曾經是飲血王黨項羅剎的牠，天性裡絕對沒有對狼的憐憫，用不著同情一隻傷殘的老狼而收斂自己的殘殺之氣。但牠畢竟是一隻馴化了的狗，牠在父親身邊的耳濡目染，讓牠在內心深處不期然而然地萌動著對弱小、對幼年生命的憐愛。

多吉來吧抬頭看著洋洋灑灑的雪花，想知道那匹哀叫著的狼崽到底在哪裡，但是牠沒有看到，只看到眼前的獨眼母狼在狼崽的哀叫聲中掙扎著站了起來，用一隻眼睛驚恐萬狀地瞪著牠，一步一步後退著。

多吉來吧輕輕一跳，卻沒有撲過去，眼睛依然暴怒地凹凸著，豎起的鬣毛卻緩緩落下了，一隻前腿不停地把積雪踢到獨眼母狼身上，好像是不耐煩的催促：快走

吧，快走吧，你是狼崽的阿媽，你趕緊走吧，再不走我可要反悔了，畢竟我是藏獒你是狼啊。

獨眼母狼讀懂了多吉來吧，轉身朝前走去，走了幾步又停下，望了望隱蔽著狼群也隱蔽著狼崽哭聲的茫茫雪幕，突然掉過頭來，朝著多吉來吧挑釁似的齜了齜牙。多吉來吧疑惑地「哦」了一聲：牠爲什麼不逃跑？孩子在呼叫牠，牠居然無動於衷，非要待在這裡等著送死。突然又「哦」了一聲，意識到獨眼母狼原本就是來送死的，爲什麼要逃跑？來到帳房門口的三匹老狼都是來送死的，不是送死牠們就不來了。多吉來吧驚訝得抖了一下碩大的獒頭，舉著鼻子使勁嗅了嗅北來的寒風。

寒風正在送來父親和狼群的氣息，那些氣息混雜在一起，絲絲縷縷地纏繞在雪花之上。牠伸出舌頭舔了一下雪花，感到一根火辣辣的鋒芒直走心底：父親危險了，父親的氣息裡嚴重混雜著狼群的氣息，說明狼群離父親已經很近很近了。而三匹老狼之所以前來送死，就是了用三條衰朽的生命羈絆住牠，使牠無法跑過去給父親解圍。

多吉來吧高抬起頭顱，生氣地大叫一聲。主人危險了，快去啊，主人危險了。牠跳了起來，看到獨眼母狼朝牠一頭撞來，知道這匹視死如歸的老母狼想繼續纏住牠，便不屑一顧地從老母狼身上一躍而過。

多吉來吧狂跑著，帶著鬣毛上的那條黃色經幡，跑向了狼群靠近父親的地方。這時候牠還不知道，出現在學校原野上的是三股狼群，一股狼群跟蹤父親去了，剩下的兩股依然潛伏在寄宿學校的周圍。學校是極其危險的，帳房裡的十二個孩子已經是狼嘴邊的活肉了。

饑餓難耐的狼群就在多吉來吧跑出去兩百多米後，迫不及待地鑽出隱藏自己的雪窩雪坎，密密麻麻地擁向了帳房。

帳房裡，十二個孩子依然躺在氈鋪上。他們剛才聽到了多吉來吧撕咬三匹狼的聲音，很想起來看個究竟，但是最大的孩子平措赤烈不讓他們起來。平措赤烈學著父親的口吻說：「你們不要動，盡可能地保持體力，一點也不能消耗。」調皮的孩子們這個時候變得十分聽話，已經餓了三天了，沒有力氣調皮了。他們互相摟抱著緊挨在一起，平靜地閉著眼睛，一點兒也不害怕，外面有多吉來吧，多吉來吧讓他們天不怕，地不怕，狼豹不怕。

可是誰會想到，多吉來吧已經走了，牠為了援救牠的主人，居然把十二個孩子拋棄了。狼群迅速而有序地圍住了帳房，非常安靜，連踩踏積雪的聲音也沒有。牠們是多疑的，儘管已經偷偷觀察了好幾天，知道裡面只有十二個根本不是對手的孩子，但牠們還是打算再忍耐一會兒饑餓的痛苦，搞清楚毫無動靜的帳房裡，孩子們到底在幹什麼。

一種默契或者說狼群之間相互仇敵的規律正在發揮著作用，帶領兩股狼群的兩匹高大的頭狼在距離二十米遠的地方定定地對視著。

片刻，那匹頭狼用大尾巴掃了掃雪地，帶著一種哲人似的深不可測的表情，謙讓地坐了下來，屬於牠的狼群也都謙讓地坐了下來。另一匹斷掉了半個尾巴的頭狼轉身走開了，牠在自己統轄的狼群裡走出了一個S形的符號，又沿著S形的符號走了回來。

彷彿斷尾頭狼的走動便是命令，就見三天前咬傷了達娃的紅額斑公狼突然跳出了狼群，迅速走到帳房門口，小心用鼻子掀開門簾，悄悄地望了一會兒，幽靈一樣溜了進去。

紅額斑公狼首先來到了熱烘烘、迷沈沈的達娃身邊，聞了聞，認出他就是那個被自己咬傷的人，卻沒有意識到正是牠的毒牙才使這個人又是昏迷又是發燒的。牠覺得一股燒燙的氣息撲面而來，趕緊躲開了。

狼天生就知道動物和人得了重病才會發燒，發燒的同伴和異類都是不能接近的，萬一傳染上了瘟病怎麼辦？牠想搞清楚是不是所有人都在發燒，便一個一個聞了過去，最後來到了平措赤烈跟前。牠不聞了，想出去告訴狼群：「孩子們都睡著了，趕快來吃啊，只有一個發燒的孩子不能吃。」又忍不住貪饞地伸出舌頭，滴瀝著口水，嘴巴遲疑地湊近了平措赤烈的脖子。

一根細硬的狼鬚觸到了平措赤烈的下巴上，他感覺癢癢的，摳了一下，還是癢，便睜開了眼睛，愣了，接著就大喊一聲：「狼，狼。」

疑問

南邊是來自多獼草原的狼群，北邊是來自上阿媽草原的狼群，牠們井水不犯河水，冷靜地互相保持著足夠的距離。對牠們來說，這裡既不是本土，也不是疆界，不存在行使狼性中固有的領地保護權的問題。更重要的是，當牠們不約而同地穿越狼道峽，來到這裡面對陌生草原的險惡和未知時，就已經意識到，牠們的目的是共同的，敵人是共同的，犯不著一見面互相就掐起來，至少現在犯不著，現在是大敵當前——藏獒來了，西結古草原的領地狗群來了。

靜悄悄地，兩股狼群在雪霧的掩飾下，一聲不吭地完成了各自的布陣。

多獼頭狼研究著狼陣，又看了看飛馳而來的西結古草原的領地狗群，走動了幾下，便尖銳地嗥叫起來，向自己的狼群發出了準備戰鬥的信號。

所有的多獼狼都豎起耳朵揚起了頭，眼睛噴吐著雖然驚怕卻不失堅頑的火焰，豎起的狼毛波浪似的掀動著，掀起了陣陣死滅前的陰森之風。雪花膽怯地抖起來，還沒落到地上就悄然消逝。獸性的戰場已經形成，原始的暴虐漸漸清晰了。

多獼頭狼繼續嗥叫著，似乎是為了引起領地狗的注意，牠把自己的叫聲變成了響亮的狗叫。叫聲未落，席捲而來的領地狗群就嘩的一下停住了。

是獒王岡日森格首先停下來的，牠跑在最前面。牠一停下，身後的大灰獒江秋邦窮和大力王徒欽甲保就戛然止步，接著，所有的領地狗也都停了下來。大力王徒欽甲保悶悶地叫著，左右兩翼和獒王身後的領地狗們也跟著牠悶悶地叫著，似乎是說：怎麼了，眼看就要短兵相接了，爲什麼要停下？

按照狗群進攻狼群的慣例，這個時候是不應該停下的，就像一股跑動中勁力十足的風，一停下就什麼也不是了。

但獒王岡日森格寧可讓領地狗群失去勁力和鋒銳，也要停下來搞明白爲什麼面前的狼群不跑，還故意用狗叫挑釁。牠用雄壯的吼聲回答著徒欽甲保和所有領地狗們的詢問，以不可置疑的威嚴讓牠們安靜下來。牠從容地揚起碩大的獒頭，把穿透雪幕的眼光從南邊橫掃到北邊，仔細聽了聽，聞了聞，然後用兩隻前爪輪番刨著積雪，似乎在尋找答案：爲什麼多獼狼群要用狗叫吸引領地狗群的注意？難道牠們希望領地狗群首先進攻牠們？難道牠們願意犧牲自己，給上阿媽狼群創造一個逃跑的機會？

一直站在獒王身邊的大灰獒江秋邦窮用一種發自胸腔的聲音提醒牠：不不，狼不是獒，兩股互不相干的狼群，從來不會有幫助對方脫險的意識和舉動。岡日森格哼哼了兩聲，彷彿是說：你是對的。

岡日森格朝前走去，走到一個雪丘前，把前腿搭上去，揚頭望了望上阿媽狼群的布陣。牠一眼就看出那是一個隨時準備逃跑的狼陣。領地狗群一旦進攻多獼狼群，上阿媽狼群肯定會伺機向北逃跑，而藏獒以及藏狗的習性往往是咬死撲來的，追攆逃跑的，放棄不動的。上阿媽狼群一跑，領地狗群必然會追上去，這樣，多獼狼群就會伺機擺脫領地狗群的襲擾，快速向南移動。南邊是昂拉雪山綿綿不絕的山脈，隱藏一群狼就像大海隱藏一滴水一樣容易。狡猾的多獼狼群，牠們的布陣給領地狗群的感覺是既不想進攻，也不想逃跑，實際上，牠們是既想著進攻，又想著逃跑的。

既然這樣，那就不能首先進攻多獼狼群了。

但是不首先進攻多獼狼群，並不意味著首先進攻上阿媽狼群。獒王岡日森格明白，如果自己帶著領地狗群從正面或南面撲向上阿媽狼群，上阿媽狼群的一部分狼一定會快速移動起來。一方面是躲閃，一方面是周旋。就在領地狗追來追去撕咬撲打的時候，狼陣北緣密集的狼群就會在上阿媽頭狼的帶領下乘機向北逃竄。這時候，領地狗群肯定分不出兵力去奔逐追打，北竄的狼群會很快隱沒在地形複雜的西結古北部草原。

不，這是絕對不可以的，北部草原牛多羊多牧家多，決不能讓外來的狼群流竄到那裡去。更重要的是，在牠們進攻上阿媽狼群的時候，多獼狼群就會悄然消失，等你明天或者後天再追上牠們的時候，牠們就已經是吃夠了牛羊肉、喝夠了牛羊血的勝利之狼了。狼的勝利永遠意味著藏獒的失敗，而藏獒的失敗又意味著畜群的死亡和牧家的災難。這是不能接受的，永遠不能。

獒王岡日森格掉轉身子，看了看大灰獒江秋邦窮和大力王徒欽甲保，又掃視著大家，似

乎在詢問：你們說說，到底怎麼辦？

又是大力王徒欽甲保著急地帶頭，領地狗們此起彼伏地叫起來：獒王你怎麼了？你從來都是果敢勇毅的，從來沒有像今天這樣拿不定主意過。大灰獒江秋邦窮跨前一步，吐著舌頭用一種呵呵的聲音替獒王解釋道：今年不同於往年，往年我們見過這麼多外來的狼嗎？岡日森格汪汪汪地叫著，好像是說：是啊，是啊，也不知多獼草原和上阿媽草原到底發生了什麼事，居然迫使這麼龐大的兩股狼群，不顧死活地要來侵犯我們西結古草原了。

這麼深奧的問題，自然不是領地狗們所能參悟的，牠們沈默了。

獒王岡日森格晃了晃碩大的獒頭，沈思片刻，轉身朝前走去，走著走著就跑起來。那從容不迫、雍容大雅的姿態，正在無聲而肯定地告訴牠的部眾：牠已經想好辦法了，而領地狗們要做的，就是緊緊跟著牠，不要掉隊，也不要亂闖。

大灰獒江秋邦窮和大力王徒欽甲保互相比賽著跟了過去，領地狗們一個個精神抖擻地跟了過去，排列的次序好像是提前商量好了的：先是能打能拚的青壯藏獒和那些命中注定要老死於沙場的年邁藏獒，再是小嘍囉藏狗，最後是小獒小狗。

獒王岡日森格停下來，目光如電地掃視著十步遠的狼群：頭狼？頭狼？上阿媽狼群的頭狼在哪裡？岡日森格的眼光突然停在了一匹大狼身上，那是一匹身形魁偉、毛色青蒼、眼光如刀的狼。歲月的血光和生存的殘酷把牠刻畫成了一個滿臉傷痕的醜八怪，牠的蠻惡奸邪由此而來，狼威獸儀也由此而來。

岡日森格跳了起來，刨揚著積雪，直撲那個牠認定的隱而不蔽的頭狼。

父親吃力地行走著，一腳插下去，雪就沒及大腿。使勁拔出來，再往前插。這樣一插一拔，不是在走，而是在挪。有時候他只能在雪地上爬，或者順著雪坡往前滾，心裡頭著急得直想變成一股荒風吹到碉房山上去，吹到西結古寺的藏醫喇嘛尕宇陀跟前去。但事實上，他是愈走愈慢，慢到不光他著急，連等在野驢河邊的狼都著急了。

跟蹤他的狼群已經分成兩撥，一撥繼續跟在後面，截斷退路，一撥則悄沒聲息地繞到前面，堵住去路。狼的意圖是，既要讓他遠離寄宿學校以及多吉來吧，又不讓他靠近碉房山，就選定在野驢河畔，神不知鬼不覺地吃掉他。

父親渾然不知，他全神貫注於身下的積雪，根本就顧不上抬頭觀察一下遠方。

父親終於爬上了雪梁。他跪在雪梁之上，瞇著眼睛朝下望去，一望就有些高興：一覽無餘的皓白之上，夾雜著星星點點的黑色，不用說，那是來迎接他的領地狗群了。他揉了揉眼睛，再次讓眼光透過了雪花的帷幕，想看清獒王岡日森格在哪裡。父親倒吸一口冷氣：哪裡是什麼領地狗群，是狼，是一群不受藏獒威懾的自由自在的狼。

父親又開始哆嗦，是冷餓的哆嗦，也是害怕的哆嗦，心裡一個勁地鼓搗：完蛋了，完蛋了，今天要把性命交代在這裡了。他深知雪災中狼群的窮凶極惡是異常恐怖的，饑餓的鞭子抽打著牠們，會讓牠們捨生忘死地撲向所有可以作爲食物的東西。前去碉房山尋找食物的他，就要變成狼群的食物了。

一匹顯然是頭狼的黑耳朵大狼走在離他最近的地方，不時地吐出長長的舌頭，在空中一捲一捲的。父親哆嗦著用下巴碰了碰脖子上的經幡，嘴唇一顫一顫地禱告著：「猛厲大神保佑啊，非天燃敵保佑啊，妙高女尊保佑啊。」他心裡愈害怕，聲音也就愈大，漸漸地，就把禱告變成了絕望的詛咒：「狼我告訴你們，你們今天可以吃掉我，但即便是我用我的肉體餵飽了你們，你們也活不過這個冬天去。獒王岡日森格饒不了你們，我的多吉來吧饒不了你們，西結古草原的所有藏獒都饒不了你們。」

狼近了，二十多匹狼的散兵線近在咫尺了。黑耳朵頭狼挺立在最前面，用貪饞陰惡的眼光盯著父親，似乎在研究從哪裡下口。父親一屁股坐到積雪中，低頭哆嗦著，什麼也不想，就等著狼群撲過來把他撕個粉碎。

父親沒有想到，就在他已經絕望，準備好了以身飼狼的時候，他的禱告居然起了作用：保佑出現了，猛厲大神降臨了。

一陣尖銳的狗叫凌空而起。父親猛地抬起了頭，驚喜得眼淚都出來了，心想我早就說過，野驢河邊到處都是領地狗，岡日森格會跑來迎接我的。說完了，馬上又發現自己高興得太早了，因爲沿著拐來拐去的硬地面撲向狼群和跑向他的，並不是岡日森格和牠的領地狗群，甚至不是一隻成年的藏獒或者成年的小嘍囉藏狗，而是一隻出生肯定不超過三個月的小藏獒。小藏獒是鐵包金的，黑背紅胸金子腿，奔跑在雪地上，就像滾動著一團深色的風。

父親呆住了。他認識這隻小藏獒，小藏獒是岡日森格和大黑獒那日的孩子，是個女孩，名叫卓嘎。小母獒卓嘎正在不顧一切地朝著父親這邊跑來，父親正在不顧一切地朝著小母獒卓嘎滾去，他們的中間是二十多匹饑餓的狼。

黑耳朵頭狼首先躲開了，接著，二十多匹饑餓的狼爭先恐後地躲開了，速度之快是小母獒卓嘎追不上的。小母獒停了下來，看到狼群已經離開父親，就如釋重負地喘息著，朝著父親搖搖晃晃走來。

父親已經不滾了，坐在雪坡上朝下溜著，一直溜到了小母獒卓嘎跟前，張開雙臂滿懷抱住了牠，又氣又急地說：「怎麼就你一個人？別的藏獒呢？岡日森格呢？大黑獒那日呢？果日呢？牠們怎麼不管你了，多危險啊。」

小母獒卓嘎聽懂了父親的話，一下子把剛才朝著狼群勇敢衝鋒時的大將風度丟開了，變成了一個小女孩，蜷縮在父親懷裡，嗚嗚嗚地哭起來。牠舔著父親的手，舔著父親胸前飄飄揚揚的經幡，用稚嫩的小嗓音哭訴著牠的委屈和可憐：阿媽大黑獒那日不見了，阿爸岡日森格也不見了，所有的叔叔阿姨都不見了。牠是自己跑出去玩的，玩累了就在暖融融的熊洞裡睡了一夜，今天早晨回到野驢河的冰面上時，看到所有的雪窩子都空了，所有的領地狗都不知去哪裡了。

父親當然聽不懂小母獒卓嘎哭訴的全部內容，只猜測到了一個嚴峻的事實：野驢河邊沒有別的藏獒，領地狗們都走了，獒王岡日森格不會來迎接他了。他仰頭望了望聚集在雪梁上俯視著他們的狼群，問道：「岡日森格和領地狗群到底去了哪裡？牠們會不會馬上就回來？」小卓嘎知道父親說的是什麼，卻不知道如何回答，汪汪了幾聲，便跳出父親的懷抱，朝前走去。

小母獒卓嘎拐來拐去地，準確地踩踏著膨脹起來的硬地面。父親踩著牠的爪印跟了過去，頓時就不再大喘著氣、雙腿一插一拔地走路了。

很快他們來到野驢河的冰面上，走進了獒王岡日森格和大黑獒那日居住的雪窩子。小母獒卓嘎細細地叫著，好像是說：你看你看，牠們沒有馬上回來。父親蹲下來撫摩著小卓嘎說：「那你就帶著我趕快離開這裡，這裡很危險。」小卓嘎沒有聽懂，父親就指了指碉房山，用藏語說：「開路，開路。」小卓嘎明白了，轉身就走。

他們走出了雪窩子，走過了野驢河，正要踏上河灘，小母獒卓嘎突然停下了。牠舉著鼻子四下裡聞了聞，毫不猶豫地改變了方向，帶著父親來到了一座覆滿積雪的高岸前。

父親哆嗦著說：「走啊，你怎麼不走了？」看牠不聽話，就佯裝生氣地說：「那你就留在這裡餵狼吧，我走了。」說著朝前走去。小母獒卓嘎撲過來一口咬住了他的褲腳，身子後拽著不讓他走。

父親彎腰抱起了牠，正要起步，就見狼影穿梭而來，五十步開外，飛舞旋轉的雪花中，一道道刺眼的灰黃色無聲地集結著。

已經不是二十多匹狼了，而是更多。父親不知道除了在野驢河畔堵截他的二十多匹狼，還有二十多匹狼一直跟蹤著他。這會兒五十匹狼會合到了一起，就要對他和小母獒卓嘎張開利牙猙獰的大嘴了。

小卓嘎跳出了父親的懷抱，撲揚著地上的積雪，做出俯衝的樣子，朝著狼群無畏地吠鳴了幾聲，轉身就跑。跑了幾步，就把頭伸進高岸下的積雪使勁拱起來，拱著拱著，又把整個身子埋了進去，然後就不見了。如同消失了一樣，連翹起的小尾巴也看不到了。父親心說牠這是幹什麼呢？是害怕了吧？到底是小女孩，牠終於還是害怕了，害怕得把自己埋起來了。

父親朝著高岸挪了挪，用身子擋住了小卓嘎消失的地方，瞪著狼群死僵僵地立著。但是在黑耳朵頭狼和團團圍著他的狼群看來，父親的毫無表示是不對勁的，他不哭不喊不抖不跑就意味著鎮靜。而他憑什麼會如此鎮靜呢？是不是那個一直存在著的深深的詭計，直到這個時候才會顯露殺機？更重要的是，那隻小母獒不見了，從來就是見狼就撲的藏獒居然躲到積雪裡頭去了，這是爲什麼？如果不能用詭計來解釋，就不好再解釋了。

狼群等待的結果是，詭計終於顯露了。而對父親來說，這又是藏獒帶給他的一個奇蹟、一個命運的轉捩點。

父親萬分驚訝地看到，消失了的小母獒卓嘎會突然從掩埋了牠的積雪中躥出來，無所畏僵硬地吠鳴了幾聲後，一口咬住了父親的褲腳，使勁朝後拽著。這是跟牠走的意思，父親僵硬地走了幾步，又走了幾步。黑耳朵頭狼和另外三匹大狼跟了過來，始終保持在一撲就能咬住父親喉嚨的那個距離上。垂涎著一人一獒兩堆活肉的整個狼群隨之動盪了一下，就像靜止不動的一片黑樹林在大雪的推動下猛地移動起來。

接著就是靜止。狼群靜止著，牠們盯死的活肉——我的父親靜止著，連小母獒卓嘎也啞然靜止了。靜止的末端是一聲嘩變，覆滿高岸的積雪突然崩潰了，嘩啦啦。雪崩的同時，出現了一個棕褐色的龐然大物，嗷嗷地吼叫著，又出現了一個龐然大物，也是嗷嗷地吼叫著。

小母獒卓嘎悄悄的，悄悄的，父親學著牠的樣子也是悄悄的，悄悄的。而狼群卻抑制不住地騷動起來，牠們用各種姿影互相傳遞著消息：詭計啊，果然是詭計，不可戰勝的對手、死亡的象徵原來隱藏在這裡。

雪大了，不知不覺又大了，大得天上除了雪花再沒有別的空間了。

父親在小母獒卓嘎的帶領下，準確地踩踏著膨脹起來的硬地面，朝著碉房山最高處的西結古寺走去。

野驢河邊，五十匹狼透過瀰揚的雪花絕望地看著他們，此起彼伏地發出了一陣陣尖亮悠長的嗥叫。牠們依然忍受著饑餓的折磨，嘶叫裡充滿了淒哀動人的苦難之悲、命運之舛。但這並不意味著牠們會就此罷休，牠們在悲哀中承認著失敗，而承認失敗的目的，卻是爲了下一次的不失敗。

父親不走了，站在半山坡的飛雪中聽了一會兒狼叫，然後坐下來抱起了小母獒卓嘎，動情地說：「是你救了我的命，小卓嘎，這輩子我是忘不掉你了，我會報答你的，我也希望救你一次命。」

父親放開了小母獒卓嘎，跟著牠繼續往上走。心裡著急地說，到了，到了，西結古寺馬上就要到了。他發現，狼已經不叫了，原野轟隆隆的，風聲和雪聲恣情地響動著，彷彿是爲了掩護狼群的逸去。狼群去了哪裡？不會是去了寄宿學校吧？那兒本來就有狼，加上這一群，多吉來吧可怎麼辦哪？寄宿學校已經死了兩個孩子，千萬不能再死人了。

父親這時候還沒有意識到，他所擔憂的，也正是跟蹤圍堵他的狼群急切想做到的。狼群迅速回去了，回到寄宿學校去了，在吃掉父親的希望破滅之後，牠們把更大的希望寄託在了十二個孩子身上。牠們並不擔心多吉來吧的保護，多吉來吧再強橫也只是孤零零的一個，狼群要是一哄而上，那就是山崩地坼，誰也無法阻擋。牠們擔心的倒是別的狼群已經成了這次圍獵的勝利者，十二個孩子已經被命主敵鬼的狼群或者斷尾頭狼的狼群吃掉，連滲透著人血的積雪都被舔食得一乾二淨。

狼群跑啊，瘋狂地跑啊，帶著饑荒時刻吃肉喝血的欲望，沿著膨脹起來的硬地面，跳來跳去地跑啊。

黑耳朵頭狼一直跑在最前面，牠身材修長，四肢強壯，步幅大得不像是狼跑，而像是虎跳，即使餓得前胸貼著後背，依然保持著狼界之中卓越不凡的領袖風采。

護人魔怪多吉來吧

還是那隻碩大的黑紅色魔怪多吉來吧，牠是這個地方的守護神，牠一口氣咬死了兩匹老狼，咬傷了一匹老狼，然後就去追攆牠的主人——我的父親。父親危險了，狼就要把他吃掉了。

追著追著牠突然又停了下來，因爲牠比誰都清楚，只要牠離開，帳房裡的十二個孩子就必死無疑，而父親，父親真的就會被狼吃掉嗎？多吉來吧看了看拴在自己鬣毛上的黃色經幡，想起父親離開牠時，手裡也揮動著一條經幡，想起父親說到了領地狗群，還說到了獒王岡日森格。岡日森格和領地狗群都在野驢河邊，牠們怎麼可能容忍狼群對父親的侵害呢？十二個孩子顯得比父親更需要牠了。

牠轉身就跑，邊跑邊後悔：我怎麼離開了呀，我這個笨蛋。

多吉來吧是朝著南邊狼群的月牙陣廝殺而去的。南邊狼群的頭狼是命主敵鬼，牠處在中間一層壯年狼的簇擁裡，正瞪著眼睛期待著前鋒線上老狼和藏獒的廝殺。沒想到一眨眼工夫，老狼的陣線就出現了豁口。多吉來吧直衝過來，眼睛的寒光刺著牠，出鞘的牙刀指著牠。命主敵鬼本能地縮了一下身子，想回身躲開，意識到自己已是躲無可躲，便驚叫一聲，趴伏在地，蹭著積雪，像一條大蟒一樣溜了過去。

多吉來吧已經凌空而起了，按照牠撲跳的規律，無論對方逃跑，還是跳起來迎擊，在牠落地的刹那，牠都會用前爪摁住對方的肩胛，然後用牙刀一刀挑斷對方的喉嚨。但牠沒想到命主敵鬼會來這一手：反方向溜爬，一溜就從牠巨大的陰影下面溜過去了。

多吉來吧大為惱火，覺得自己居然被對手戲弄了。戲弄是一百倍的侮辱，牠決不允許自己容忍這樣的侮辱，尤其是來自狼的侮辱。牠沒有讓自己落地，就像長了翅膀一樣，在空中扭歪了身子，伸出前腿斜岔裡一蹬，蹬在了另一匹狼的脊背上。

那是一匹緊靠著命主敵鬼的壯狼，壯狼有壯狼的結實，這一蹬沒有蹬飛牠，只是把牠蹬趴了下來。而多吉來吧需要的就是這種結實，就像蹬在了堅硬的地面上，牠借此在空中來了一個九十度的轉彎，橫撲過去，一爪踩住了眼看就要溜掉的命主敵鬼。只聽嘎吧一聲響，命主敵鬼的屁股爛了，胯骨裂了，整個身子癱在了地上。

命主敵鬼痛苦地皺起臉上的皮肉，扭過脖子來，閃爍著利牙唰唰撕咬。但牠挺不起身子來，利牙全部咬在了空氣裡。多吉來吧一副不屑於對咬的架勢，踩著命主敵鬼，昂揚著頭顱，睥睨著四周。似乎想用自己威風凜凜的儀表朝著狼群炫耀一番後，再咬死和吃掉牠們的頭狼。

狼群竄來竄去的，沒有一匹狼敢於衝過來營救牠們的首領，但也沒有一匹就此亂了陣腳，或者望風而逃。牠們的竄來竄去似乎是一種語言的交流，商量著到底怎麼做才能打敗這隻藏獒。突然牠們不商量了，所有的狼都停下來，血紅的狼眼齊唰唰地瞪在了多吉來吧身上。

多吉來吧依然克制著吞食血肉的欲望，望了望狼群中一匹離自己很近的大個頭公狼，確定牠就是自己下一個撲咬的目標後，才傲慢地晃動著頭，哼哼了兩聲，吐出血紅的舌頭，從容地滴瀝著口水，準備牙刀伺候了。

喉嚨，喉嚨，藏獒的牙刀和胃腸共同呼喚著頭狼的喉嚨，頭狼命主敵鬼的喉嚨馬上就要被撕裂被吮血了。

來到這裡的荒原狼完全沒有想到多吉來吧會是這樣一個獰厲可怕的護人魔怪，現在遭遇了，見識了，就有些後悔：爲什麼要來這裡呢？但既然已經來了，就不能半途退卻，死了這麼多的同伴，付出了這麼慘重的代價，而依然饑腸轆轆，那就太不像狼了。

頭狼命主敵鬼叫起來，牠躲在一個多吉來吧看不到的雪窪裡，用一陣銳利的叫聲傳達了牠的意思。牠的狼群聽明白了，所有的狼，都知道一個背水一戰、拚死求勝的時刻來到了。

戛然而止，所有的狼都站著不動了，都用陰鷙的眼光盯著多吉來吧。多吉來吧感覺到有什麼不對，卻沒有停下，依然撲打著。撲倒了一匹狼，又撲倒了一匹狼。牠顧不上用利牙割斷狼的喉嚨了，牠不再使用牙齒，只用岩石一樣堅硬的前爪，迅雷般地打擊著對方——搗爛這匹狼的鼻子，搗瞎那匹狼的眼睛。

命主敵鬼的銳叫再次響起來。狼動了，所有的狼都動起來了，這一動就是鋪天蓋地，奔撲啊，跳躍啊，廝殺啊，也不管自己的牙齒和爪子能不能搆著對方，所有的狼都撲向了多吉來吧。

多吉來吧咆哮了一聲，想看清到底有多少狼朝牠撲來都來不及了。牠奮力反擊著，牙刀和前爪依然能夠讓靠近牠的狼遭受重創。但牠自己也在受傷。甚至有兩匹狼把牙刀插在牠身上後，就不再離開，切割著，韌性地切割著，任牠東甩西甩怎麼也甩不掉。

撲向多吉來吧的狼還在增加，一匹比一匹沈重地壓在了牠身上。牠根本就無法施展威力，唯一的想法就是站著不要倒下，牠用粗壯的四條獒腿支撐起身體，也支撐起身體上面的一座狼山。

狼山移動著，那是多吉來吧在移動。多吉來吧突然明白過來，牠不能再這樣廝殺下去，牠得回到帳房門口。帳房這個時候很可能已經危險了，裡面的十二個孩子，很可能已經危險了。牠馱著一座狼山，想著十二個孩子忍受著鮮血滿身、牙刀滿身的疼痛，吃力地挪動著步子，一步比一步艱難。

但是彷彿帳房已經離牠遠去，牠怎麼努力也走不到跟前去了。更慘的是，牠聽到了一個聲音，那是命主敵鬼的嗥叫，是那種帶著顫音的滿足欣喜的嗥叫。牠心想完了，這樣的滿足欣喜是吃到了食物的表示，是飽足的意思。頭狼吃到了什麼？牠覺得孩子們已經死了，牠沒有盡到責任，致使主人的學生一個個都成了狼的食物。牠不走了，拚命地挺立著，突然一陣顫抖，軟了，軟了，心勁沒有了，四腿乏力了，撲通一聲響，牠倒了下去，牠背負著的整個狼山倒了下去。

狼群從牠身上散開，圍繞著牠看了看，那無盡的悲傷遺恨，就在這一刻變成了歡欣鼓舞。牠們嗥叫著，一個個揚起脖子，指著雪花飄飄的天空，嗚哦嗚哦地宣告著死亡後的勝利。

多吉來吧一動不動，無數傷口積累著難以忍受的疼痛。更重要的是，牠覺得孩子們已經死了，牠也就沒有必要活下去了。牠看到兩匹健壯的公狼搶先朝著牠的喉嚨齜出了鋼牙，便把眼睛一閉，靜靜地等待著那種讓牠頃刻喪命的狼牙的切割。

慘案

已經晚了，來不及援救了，獒王岡日森格用悲慘的叫聲表達了牠極其複雜的情緒：對自己的失望與指責，對狼群的憤怒與仇恨。牠帶著領地狗群風馳而來，一刻不停，幾乎累死在路上。但還是晚了，帳房已經坍塌，死亡已經發生，狼影已經散去，什麼也沒有了，保護的對象沒有了，撕咬的對象也沒有了。

嗚嗚嗚的哭嚎響起來，迴蕩著，是獒王和所有領地狗對人類死亡的悲悼，也是對藏獒自身的檢討：多吉來吧，你是最最勇敢頂頂凶猛的藏獒，你怎麼沒有保護好寄宿學校？學校的孩子死了，而你自己卻活著。

多吉來吧還活著，牠活著是因狼群還沒有來得及咬死牠，獒王岡日森格和領地狗群就奔騰而來了。狼群倉皇而逃，牠們咬死了十個孩子，來不及吃掉，就奪路而去了。牠們沒有咬死達娃，達娃正在發燒，而牠們是不吃發燒的人和動物的。牠們本能地以爲發燒是瘟病的徵兆，吃了發燒的人和動物，自己就會染病死掉。但不知爲什麼，狼群也沒有咬死平措赤烈，平措赤烈是唯一一個沒有發燒而毫髮未損的人。

到處都是帳房的碎片，被咬死的十個孩子橫七豎八地躺在地上。積雪是紅色的，有紫紅色和深紅色，也有淺紅色，偌大一片積雪都被染紅了，整個雪原整個冬天都被染紅了。獒王岡日森格一個一個地看著死去的孩子，不斷地抽搐著，都是牠認識的孩子啊，他們怎麼就死在狼牙之下了呢？悼亡的悲哀和失職的痛苦折磨得獒王幾乎暈過去。牠趴下去，再站起來，接著又趴下去，都不知道如何立足，不知道自己還是不是藏獒了。

略感欣慰的是，牠沒有看到牠的恩人——寄宿學校的校長漢扎西，沒看到就好，就說明他還活著。可是活著的漢扎西現在到底在哪裡呢？獒王岡日森格臥下來哭著，站起來哭著，後來又邊聞邊哭。狼群留下來的味道濃烈到刺鼻刺肺，牠一聞就知道來到這裡的狼至少有三百匹，怪不得多吉來吧傷成了那樣，爬都爬不起來了，連眼睛都睜不開了。

多吉來吧知道自己還活著，也知道獒王帶著領地狗群來到了這裡。但牠就是不睜開眼睛，牠覺得自己是該死的，那麼多孩子被狼咬死了，自己還活著幹什麼。快死吧，快死吧，無邊的大地、飽滿的天空，每一片雪花都是牠的恥辱。一隻藏獒，要麼死在勝利的血泊中，要麼死在失敗的恥辱中，反正是不能苟活，不能在無臉見江東父老的時候還去見江東父老，所以牠閉著眼睛，一直閉著在血水裡浸泡著的眼睛。

獒王岡日森格甩著眼淚，四處走動著，好像是在視察戰場，清點狼屍，一邊清點一邊佩服著：不愧是多吉來吧——曾經的飲血王黨項羅刹，孤膽對壘，單刀爭衡，竟然殺死了這麼多狼，十五匹，二十匹，那邊還有五六匹。牠邊數邊走，漸漸離開了寄宿學校，沿著狼群逃遁的路線，咬牙切齒地走了過去。

根據三種不同的氣味，岡日森格已經知道來到這裡的是三股狼群，三股狼群都朝著同一個方向逃跑了。牠們是西結古草原上野驢河流域的狼群，牠們從來不會出現在一個地方，今年怎麼都來到了寄宿學校？是大雪災的原因嗎？不是，不是，好像不是，往年也有大雪災，往年牠們可都是各守陣營，從來不遠離自己的領地。

獒王岡日森格加快了腳步。大灰獒江秋邦窮和大力王徒欽甲保，還有黑雪蓮穆穆和小公獒攝命霹靂王，用同樣的速度跑過去，幾乎同時超過了獒王。獒王用眼神鼓勵著牠們：跑啊，跑啊，誰首先追上狼群，誰就是好樣兒的。江秋邦窮和徒欽甲保頓時像利箭一樣奔躍而去。

領地狗群新的一輪奔跑又開始了，湧蕩胸間的大悲大痛讓牠們已經顧不得長途奔馳的疲倦，顧不得去尋找獒王的恩人漢扎西，也顧不得去撫慰重傷在身的多吉來吧和恐怖未消的平措赤烈。報仇的衝動、雪恨的欲望，鼓動著牠們，就像冬天鼓動著暴風雪，所向披靡地流淌在無邊的雪原上。牠們抱定了一拚到底的決心，攢足了滅敵殺狼的力量，一個個狂奔狂叫著：狼群在哪裡？兇手在哪裡？風雪正在告訴牠們：就在前面，和牠們相距十公里的地方。

要消除十公里的距離，對獒王岡日森格和領地狗群來說並不輕鬆，因爲狼群也在奔跑。狼群知道，有仇必報的獒王必然會帶著領地狗群追攆而來，就把逃跑的路線引向了野驢河以南的煙障掛。那兒是雪線描繪四季的地方，是雪豹群居的王國，那兒有一條迷宮似的屋脊寶瓶溝。狼群唯一能夠逃脫復仇的辦法，就是自己藏進溝裡，而讓雪豹出面迎戰領地狗群。

這麼大的草原，四通八達的西結古，三股狼群聚集到寄宿學校共同咬狗吃人，已經很難解釋，朝著一個方向共同逃跑，就更不可思議了。一定有一個不可抗拒的原因，迫使牠們不得不違背狼界的習慣，去做一件連牠們自己都不知道結果好壞的事情。到底是什麼原因呢？獒王岡日森格一直奇怪著，又尋思：這樣也好，要是三股狼群逃往三個不同的地方，那還得一股一股地收拾，等你咬殺了這一股，再去尋找另一股，說不定人家早就不見蹤影了。

岡日森格步態穩健地奔跑著，漸漸超過了跑在牠前面的黑雪蓮穆穆和小公獒攝命霹靂王，又超過了跑在最前面的大灰獒江秋邦窮和大力王徒欽甲保。牠不時地朝後看看，每看一次都會放慢一回腳步，等著後面的隊伍全部跟上來。

領地狗群已經十分疲倦了，連續的打鬥和連續的奔跑讓牠們又累又餓，體力嚴重下滑，生理上的每一種需要都在提醒牠們：必須即刻找個地方好好吃一頓，美美睡一覺。但使命是至高無上的驅動，藏獒藏狗的天然稟賦不允許牠們放棄追逐。讓狼群咬死了那麼多孩子，就已經算是徹底的丟臉，徹底的失職，如果再放棄報仇那就等於是「活死人」了。

獒王岡日森格始終保持著最快的速度，牠是奔跑的聖手，是藏獒世界裡的「神行太保」。牠也有點累，但不要緊，四條腿上勁健的肌肉每一塊都是力量的息壤。

牠跑著，不時地抬頭看看四周，就像欣賞風景那樣，神態怡然地瀏覽著雪色的山原和漫天的飄風驟雪，不時地從胸腔裡滾出一陣雷鳴般的叫聲。那彷彿是宣言，是早已有過的祖先對狼的宣言。

領地狗群的前面，被追逐的狼群並沒有因爲聽到了獒王的宣言而亂了陣腳。黑耳朵頭狼率領自己的狼群跑在最前面，下來是斷尾頭狼的狼群，最後是命主敵鬼的狼群。

煙障掛已是遙遙在望，狼群放慢了移動的速度，漸漸停了下來。先是黑耳朵頭狼的狼群停了下來，接著是斷尾頭狼的狼群停了下來。命主敵鬼的狼群好像不想停下來，卻被紅額斑公狼用嚴厲的叫聲喝止住了。紅額斑公狼屬於斷尾頭狼的狼群，但這一路卻時刻關注著命主敵鬼的狼群的行動，並不時地衝牠們吆喝幾聲，告訴牠們要這樣不要那樣，好像要代替受了重傷而沒有跟上來的命主敵鬼履行頭狼的職責似的。

三股狼群靜靜地等待著，這裡是屋脊寶瓶溝溝口巨大的覆雪沖積扇，再往前，就是渾渾莽莽的雪線，就是雪豹的王國了。過早地靠近迷宮似的屋脊寶瓶溝，雪豹的攻擊就會對準狼群，等領地狗群到了再衝進屋脊寶瓶溝，雪豹的攻擊就是藏獒而不是狼了。

獒王岡日森格和牠的領地狗群已經看到煙障掛了。這煙氣讓岡日森格驀然明白，牠們已經進入了一個危機四伏的地方。牠放慢腳步走了一會兒，漸漸停下了，回頭望了一眼領地狗群，突然臥了下來，似乎是說：休息吧，大家都累了。喘氣不迭的領地狗們紛紛臥了下來，馬上就要打鬥了，的確需要休息片刻。

獒王尋思，這裡是雪豹的王國，領地狗群從來沒有進犯過這裡，根本不是雪豹對手的狼群也不可能進犯這裡，可爲什麼狼群把牠們帶到了這裡呢？過於明顯的意圖讓牠在心裡哼哼直笑：狼真是小看領地狗群了，好像我們都是傻子，根本就不知道闖入雪豹王國的厲害。我們怎麼可能和雪豹打起來呢，又不是雪豹咬死了寄宿學校的孩子。藏獒從來不會跑進別人的領地跟人家胡亂咬殺，我們的復仇也從來不是漫無目標的。走著瞧吧，看到底雪豹會跟誰打起來。

獒王起身，抖了抖渾身金黃色的獒毛，威武雄壯地朝前走去。牠要行動了，要發揮自己的聰明才智，讓雪豹代替領地狗群，去西結古草原爲死去的孩子報仇雪恨了。

活佛與小藏獒

小母獒卓嘎其實已經很累很累了，一離開父親的視線牠就放下了羊皮口袋。牠坐在地上喘息著，直到力氣重新回來，才又叼起羊皮口袋朝碉房山上走去。

小母獒卓嘎幻想著像阿爸岡日森格和阿媽大黑獒那日那樣，愈來愈艱難地沿著山路往上移動著。停下來多少次，就要重新起步多少次，終於不起步了，也就到達西結古寺了。這時候，牠已經累得挺不起腰來。趴在地上，呼哧呼哧喘息著，似乎再也起不來了。而牠面前的羊皮口袋，除了完好無損之外，還結了一層厚厚的冰，那是小母獒卓嘎的口水，牠把自己的口水都流盡了。

西結古寺最高處的密宗札倉明王殿的門前，就要黑下去的天色裡，五個老喇嘛圍住了小母獒卓嘎，大眼瞪小眼地互相看了看，不知道牠怎麼了。

老喇嘛頓嘎問道：「你怎麼回來了？漢扎西呢？你不給他帶路，他怎麼回寄宿學校去？」

小卓嘎不吭氣，牠連「汪」一聲的力氣都沒有了。老喇嘛頓嘎蹲下身子愛憐地摸了摸牠，又捧起羊皮口袋聞了聞，驚叫一聲：「糌粑。」起身走向了丹增活佛。

丹增活佛已經決定放火燒掉明王殿了。念經的意思就是虔心告知列位明王他們必須化灰燼的理由，再就是等待天上的聲音。他預感到那聲音天黑以後就會出現，一旦出現，大火就會燒起來，明王殿就要煙消雲散了。

丹增活佛看了一眼老喇嘛頓嘎捧在手裡的羊皮口袋，又回頭看了看肚皮貼著地面趴在地上的小母獒卓嘎，意識到是父親把牛糞碉房裡西工委的食物送來了，指了指明王殿的後面，揮了揮手。

老喇嘛頓嘎會意地走開了。這時候，他沒有想到活佛也是饑餓中的活佛，喇嘛也是饑餓中的喇嘛，覺得只要有吃的，就都應該是牧民的。他抱著羊皮口袋，匆匆走向了明王殿後面的降閻魔洞，一路上情不自禁地嘿嘿笑著，不住地嘮叨：「糌粑來了，糌粑來了，用雪一拌，就是天上的酥油拌著地上的糌粑了。」到了洞口，他把羊皮口袋放到地上，衝裡面說：「出來吧，出來吧，趁著天還沒有黑透，你們把糌粑分掉吧。」

人們湧出了洞口，老喇嘛頓嘎簡單說了糌粑的來歷，害怕自己也分到一口，趕快離開了那裡。

然而降閻魔洞裡的牧民，四五十個饑荒難耐的人，並沒有吃完小母獒卓嘎都能叼起來的半口袋糌粑。他們每個人只是撮了一點點，放在嘴裡塞了塞牙縫，就把剩餘的糌粑送回來了。

他們把羊皮口袋放到明王殿的門前，一個個跪下了。牧民貢巴饒賽說：「佛爺吃吧，佛爺跟我們一樣也是幾天沒吃東西了。」

丹增活佛走出來，面色蒼白地說：「我要是這個時候吃東西，我還是佛爺嗎？不吃東西的佛爺才是真正的佛爺。你們吃吧，這是漢扎西送給你們的，不是送給我的。」說著，彎腰拿起羊皮口袋，解開袋口的皮繩，抓起一把糌粑遞了過去。所有人都捧起了手。丹增活佛一撮一撮地抓出糌粑，均勻地分給了所有的牧民，也分給了五個老喇嘛。

分到最後，羊皮口袋裡還剩差不多一把糌粑，丹增活佛拿著它，走向了趴臥在明王殿門口的小母獒卓嘎。

小母獒卓嘎站了起來，牠知道人要給牠餵糌粑了，感激得搖著尾巴，親切地從喉嚨裡發出一陣的叫聲。牠已經看到差不多所有的人都吃到了糌粑，也就不想那樣假裝不屑一顧地走開。牠仰頭望著丹增活佛，伸出舌頭張開了嘴，一滴一滴地流著口水。

丹增活佛憐愛地點著頭，正要把抓著糌粑的手掏出羊皮口袋，牧民貢巴饒賽快步走過去，撲通一聲跪下，一把揪住羊皮口袋說：「尊敬的佛爺啊你慢著，慢著，我來給牠餵。」

丹增活佛鬆開了手，似乎是爲了把一個做善業的機會讓給貢巴饒賽，趕快起身走開了。但是貢巴饒賽沒有餵，他端詳著小母獒卓嘎說：「我認識這隻小藏獒，牠是領地狗，領地狗是用不著餵的，牠自己會去找吃的。佛爺，佛爺，這一點糌粑還是你吃了吧。」

丹增活佛依然搖著頭。

貢巴饒賽站了起來，看到許多人都用驚異的眼光瞪著他，害怕被人搶了似的把羊皮口袋揣進了自己寬敞的胸兜，然後大聲說：「佛爺不吃，那就用它來祭祀帶給我們災難的山神吧，還有我自己的這一點糌粑，都讓我去獻給震怒的怖德龔嘉山神、雅拉香波山神、念青唐古喇山神、阿尼瑪卿山神、巴喀拉山神和昂拉山神、礱寶山神吧，還要獻給九毒黑龍魔的兒子地獄餓鬼食童大哭，獻給護狼神瓦恰，讓牠們再不要吃掉我們的孩子。夏天吃掉了一個，他是我的兒子，秋天吃掉了一個，他是我的侄子，已經夠了，夠了，可不能再吃了。」

說著他哭起來，他感覺自己是悲慘而崇高的，於是傷心得淚流滿面，也感動得淚流滿面。

小母獒卓嘎望著貢巴饒賽，先是有點驚訝，接著就很失望。牠年紀太小，還不能完全理解人的行爲，心想：你們所有人都吃到了糌粑，爲什麼就不能給我吃一口呢？阿媽大黑獒那日和阿爸岡日森格可不是這樣，領地狗群中所有的叔叔阿姨都不是這樣，牠們只要找到吃的，總是要先給我一些，哪怕牠們自己不吃呢。小母獒卓嘎委屈地哭了，嗚嗚嗚地哭了。牠是個女孩兒，發現牠對人家好，人家對牠不好，就忍不住哭了。

丹增活佛趕緊走過去，把右手伸到了小母獒卓嘎面前。那隻手是剛才抓過糌粑的手，上面還沾著一點糌粑。小卓嘎看了看那隻手，又抬頭看了看手的主人，滴著眼淚走開了。牠不舔，牠爲什麼要舔活佛的手？牠知道活佛跟自己一樣也是一口未吃。

牠來到明王殿的門邊，臥下來，歪著頭把嘴埋進鬣毛，思念著阿爸阿媽和領地狗群以及牠覺得對牠不錯的漢扎西，傷心地閉上了

眼睛。牠還不知道阿媽大黑獒那日已經死了，一閉上眼睛，立刻覺得阿媽就要來了，就要叼著肥嘟嘟的黑狼獾或者雪鼬來餵牠了。

一股寒烈的風呼呼地吹來。丹增活佛生怕沾在手上的糌粑被風吹掉，舉到嘴邊，伸出舌頭仔仔細細舔著，舔著舔著就僵住了，就像一尊泥佛那樣被塑造在那裡一動不動了。而且脖子是歪著的，耳朵是斜著的，眼睛是朝上翻著的，一副想抽筋又抽不起來的樣子。

所有人都瞪起眼睛望著他：佛爺啊，你怎麼了，總不會是剛才這一陣寒風頃刻把你吹僵了吧？丹增活佛還是不動。老喇嘛頓嘎撲了過去，搖晃著丹增活佛的身軀說：「佛爺啊，你到底怎麼了？」

「聽，你們聽。」丹增活佛喊起來。

天已經黑了，天一黑地就亮了，一片白亮，亮得似乎一點皺褶、一點雜色也沒有。雪花還在飄灑，好像是由下往上走，波浪一般從地面翻滾到天上去了。

「聽，你們聽。」丹增活佛又喊了一聲。

跪在地上的牧民都站了起來，支棱起耳朵聽著，什麼異樣的聲音也沒有，只有風聲雪聲。但僧俗人眾絕對相信丹增活佛是聽到了什麼的，因爲大家都知道他聰明的耳朵可以自除暗障，聽得很遠很遠。

丹增活佛聽了一會兒又說：「東方來的聲音愈來愈大了，你們好好地聽啊。」說著，他轉身走進明王殿，從靠牆的經龕裡拿出了據說是密宗祖師蓮花生親傳的《鄔魔天女遊戲根本續》和《馬頭明王遊戲根本續》，小心揣在懷裡，然後撲通一聲跪下，從右到左最後看了一眼列位明王，猛猛地磕了一個頭，伸直胳膊，輕輕一揮，打翻了供案上唯一一盞酥油燈。

火苗消失了，又突然增大了，不是燈捻的燃燒，而是木頭供案的燃燒。著火了，明王殿裡著火了。

這時，老喇嘛頓嘎喊起來：「聽到了，我也聽到了，就在我們的頭頂。」接著一個牧民也說：「聲音，聲音，天上的聲音，嗡嗡嗡的聲音。」所有的牧民都在說：「哦，天上的聲音。」

彷彿聲音就是火焰的驅動，風來了，鑽到明王殿裡頭去了。供案上的火焰乘風而起，朝著明王木質的身軀飛舔而去。木質的身軀是塗了桐油和酥油的，是披掛著經綢和哈達的，見火就著，忽的一聲響，火焰高了，胖了。先是金剛手明王身上燃起了大火，接著是不動明王，最後是馬頭明王。彷彿燃燒便是涅槃，便是顯示了神像來到人間的因緣。

丹增活佛和五個老喇嘛沈甸甸的哭聲蓋過了風雪的肆虐。除了傷別，還有驚怕：天大的事情發生了，眼前的佛爺放棄了保佑，火中的神祇就要離開西結古草原了。隨著火勢的增大，他們哭著，跪在地上往後退著，突然尖叫起來，看到火焰燒著的已不僅僅是幾尊震伏魔怪的咒語王的塑像，而是整個密宗札倉明王殿了。

碉房山上一片火紅，籠罩大地的無邊夜色被燒開了一個深深的亮洞。只見亮洞破雪化霧，拓展出偌大一片清白來。天上嗡嗡嗡的響聲就從這片清白中灑落下來，愈來愈大了。接著便是另一種聲音的出現，就像敲響了一面巨大的鼙鼓，咚的一下，又是咚的一下。丹增活佛喊起來：「不要哭了，不要哭了。」於是大家不哭了，靜靜地聽著。咚的一聲，又是咚的一聲，好像在那邊，碉房山的坡面上。

丹增活佛長舒一口氣，一屁股坐在地上，指著遠方，抖抖索索地說：「去啊，你們快去啊，有聲音的地方。」

大家疑惑地看著他不動。

他又說：「誰找到有聲音的地方，誰就會得到保佑，去啊，快去啊，你們愣著幹什麼？明王到了天上，就會把福音降臨到人間。」

老喇嘛頓嘎首先反應過來，問道：「佛爺，你是說西結古草原有救了？天上掉下來吃的了？」

他看丹增活佛在點頭，就朝牧民們招著手說：「走嘍，走嘍，你們跟我走了。」

頓嘎和另外幾個老喇嘛朝山下走去，牧民們滿腹狐疑地跟上了他們，議論著：天上就會掉雪，什麼時候掉下來過吃的？

丹增活佛看他們走下山去，回頭再次望著火焰沖天的明王殿，突然打了個愣怔，喊起來：「小藏獒呢，那隻給我們送來糌粑的小藏獒呢，怎麼不見了？」沒有人回答，都走了，連明王殿裡的金剛手明王、不動明王、馬頭明王以及馬頭明王的正身觀世音菩薩都已經隨火而去了。

丹增活佛直勾勾地盯著密宗札倉明王殿的門邊，門邊的地上，就在剛才，委屈極了的小母獒卓嘎滴著眼淚歪著頭，把嘴埋進鬣毛，傷心地趴臥著。可是現在，那兒正在燃燒，一片熊熊烈火把小卓嘎趴臥著的地方裹到火陣裡去了。

丹增活佛忽地站起來，撲向了火陣，撲向了被大火埋葬的小母獒卓嘎。

憂傷的父親

天亮了，彷彿無邊的白晝是一種巨大的抹殺，面前突然換了一個世界。藍幽幽的狼眼、黑黝黝的鬼影、氾濫著肅殺之光的海洋消失了。明白的雪霧，清晰的晨嵐，一片白浪起伏的原野，雪一如既往地潔白著，勻淨著，原始的清透中、洪荒的單純裡，什麼也沒有。沒有了星光燦爛的狼的眼睛，也沒有了狼群，一匹狼也沒有了。連狼的聲音、狼的爪印、狼的糞便，也沒有了。荒風在清掃雪地，把狼的全部痕跡轉眼掃淨了。

人們驚愣著，領地狗群驚愣著，突然都喊起來：狼呢？那麼多狼呢？好像是人們和領地狗群搞錯了，本來這裡就是一片古老的清白，什麼獸跡人蹤也沒有。

不，不是什麼也沒有，有一隻藏獒，牠是來自神聖的阿尼瑪卿雪山的英雄，是草原的靈魂，是金色的雪山獅子，是西結古草原的獒王岡日森格。牠就在前面，在原本屬於狼群的地方，站著，而不是臥著，站著的意思就是牠沒有死，牠還活著，而且毫毛未損。

獒王岡日森格朝著人群，朝著領地狗群，微笑著緩緩走來。那微笑散佈在牠渾身英姿勃勃的金色毛髮和鋼鑄鐵澆的高大身軀裡，散佈在牠氣貫長虹的風度和高貴典雅的姿態中。如同雪後的陽光充滿了溫暖，充滿了草原的自信和天空的深邃。遙遠的神性和偉大的獒性就在這一刻，渾融在十忿怒王地天堂般的光明裡。

父親就要離開西結古草原了。

他在碉房山的牛糞碉房裡等來了麥書記、班瑪多吉主任和梅朵拉姆，告訴他們：「我要走了，我在這裡一直等著向你們告別。」

剛剛從十忿怒王地回來的麥書記、班瑪多吉主任和梅朵拉姆，站在石階下的草地上，瞪起眼睛望著從牛糞碉房裡走出來的父親，一時不知道說什麼好。

過了一會兒，麥書記才問道：「多吉來吧還沒有找到？」

父親搖搖頭說：「沒有找到，找不到的，我要走了。我就是想最後對你們說，對孩子們的死，我十分沈痛，可我也只能沈痛，孩子不是器物，死了就沒了，就變不出來了。要是用我自己的命來賠償牧民們的損失，那我也只有一條命，賠不起啊。」說著，眼淚嘩嘩地流了下來。

班瑪多吉主任說：「這個多吉來吧，到底是死了還是活著？」嘆口氣又說：「我們知道你是委屈的，但是沒辦法，寄宿學校的孩子一下子死了這麼多，你要是不走，怎麼給牧民交代？」

父親說：「可是說實在的，我並不想走，我已經是一個西結古草原的人了，我捨不得這裡。」

麥書記說：「以後你還可以再來嘛。」

班瑪多吉主任認真地說：「以後就好了，以後就好了，我要給我們藏民寫一部《死去活來經》。人死了，活佛喇嘛一念我的經，人就活了。」

父親更加認真地說：「那就好，那就好，趕快寫啊，趕快寫。」

梅朵拉姆一聲不吭，陪伴父親流著淚，流著更清澈更圓潤的淚，流著寶石一般的仙女的淚。

父親轉身離去，走向了碉房山最高處的西結古寺。

當父親跨過大經堂的紅色門檻，在前面一排面朝眾喇嘛的高僧隊伍裡，尋找丹增活佛的身影時，丹增活佛卻在他身後輕輕地拍了他一下。活佛說：「我已經看到你上來了，多吉來吧呢，沒找到是吧？我真是沒想到，你是牠的主人，你怎麼就找不到牠呢？」

父親說：「丹增活佛你說了，不管是寺院裡的至尊大神，還是山野裡的靈異小神，只要有一個神不願意讓我留在西結古草原，那我就再也找不到多吉來吧了。」

丹增活佛說：「聰明的漢扎西，你是知道的，我的話不是要讓你走的意思。」

父親說：「可是，我現在只能離開西結古草原了，我想不通的是，怎麼連法力超群、如意善良的猛厲大神、非天燃敵、妙高女尊都不保佑我了？我可是天天都在向祂們祈禱。」

丹增活佛說：「你來這裡，就是想要讓我回答這個問題嗎？」

父親說：「是啊，我非常想知道，神到底有沒有，保佑到底存在不存在，爲什麼……」

丹增活佛打斷了他的話：「啊，我知道，你要說什麼我知道。我要告訴你的是，隨緣吧，緣就是神，神就是緣。神有千萬個，緣有千萬種，這裡的緣盡了，那裡的緣又開始了。離緣和結緣是兩個神的交接，你的猛厲大神、非天燃敵、妙高女尊不是不保佑你了，而是另有神佛在三十三天之上關照到你了。」

這時候，誦經已經結束，儀式散場了，所有認識父親的活佛喇嘛都圍了過來。父親對他們說：「我就要走了，我是來告別的。」

鐵棒喇嘛藏扎西吃驚地「啊」了一聲說：「多吉來吧居然沒找到？讓我跟你去找吧。」

父親搖了搖頭說：「找不到的，連大灰獒江秋邦窮都找不到牠，人就更難找到牠了。」

藏醫喇嘛尕宇陀哀嘆一聲說：「你要走啊？什麼時候走，我送你。」

父親說：「我是校長和老師，我對不起被狼群吃掉的孩子，但我覺得狼群吃掉孩子是另有原因的，絕對不是因爲地獄餓鬼食童大哭和護狼神瓦恰主宰了我的肉身。」

誰也不再說什麼，父親離開了。鐵棒喇嘛藏扎西追上來，塞給他兩隻鼓鼓囊囊的羊肚，裡面裝滿了糌粑和風乾肉。父親揣在了懷裡，感激地點了點頭。

父親走下碉房山，走過了野驢河的冰蓋，走向了已經不存在的寄宿學校。

一片單純而寂寥的原野，積雪把什麼都掩埋了，彷佛也掩埋了歷史。寄宿學校的牛毛帳房、活蹦亂跳的孩子們的身影、多吉來吧護法金剛一樣沈默而威嚴的存在，都已經毫無遺跡了。

這裡只有空空蕩蕩的靜默和實實在在的心痛，只有父親無聲的眼淚成了天地間唯一的說明——往事在記憶中，西結古草原的點點滴滴，在腦海的汪洋裡，閃爍成了一片豐饒的漣漪。那是活性的酵母，轉眼就變成了一種巨大、沈重、遼闊的悲愴。

父親跪下了，哭著，拜著，告別著：描繪在天上的雪山、流淌在地上的草原、參差錯落的碉房山、神秘中隱藏著溫馨和獰厲的西結古寺、晶瑩的珍珠舞影翩翩的野驢河、樸素而華麗的牧民的心、冬天漫長的寒冷與無盡的積雪、夏天滿眼的綠色與飄動的畜群，還有隨處可見的經幡陣、風馬旗、石經牆、瑪尼堆、圖騰的石頭、煨桑的煙裊、一座一座的拉則神宮、一個一個的山精野神，最最主要的還是孩子和藏獒，被狼咬死的孩子和藏獒，依然活著的孩子和藏獒，以及自己鍾情於草原孩子和藏獒的心。

父親告別著，向西結古草原的一切告別著，然後擦乾眼淚站了起來，轉身走了。

父親用雙腿驅趕著大黑馬，走了過去。獒王岡日森格向他迎來，迎了幾步，又停下了。就在這時，從領地狗群的後面，響起了一陣粗壯雄渾的轟鳴聲，轟鳴還沒落地，領地狗群便嘩地一下豁開了一道口子。一隻脊背和屁股漆黑如墨、前胸和四腿火紅如燃的藏獒，風馳電掣般奔跑而來。

父親愣了：啊，多吉來吧。送別他的人都愣了：啊，多吉來吧。

多吉來吧撲向了父親，狂猛得就像撲向了狼群、撲向了豹群。牠撲翻了父親胯下的大黑馬，騎在了滾翻在地的父親身上。牠用壯碩的前腿摁住父親的雙肩，張開大嘴，唾沫飛濺地衝著父親的臉，轟轟轟地炸叫著。好像是在憤怒地質問：你爲什麼要走啊？我的主人漢扎西，你爲什麼要離開西結古草原？叫著叫著，多吉來吧的眼淚奪眶而出，如溪如河地順著臉頰流下來，漫漶在了父親臉上。

父親哭了，他的眼淚混合著多吉來吧的眼淚，豐盈地表達著自己的感情。

所有的人，那些來送別父親的俗人和僧人、男人和女人、老人和孩子，都哭了。丹增活佛念起了《白傘蓋經》。機靈的鐵棒喇嘛藏扎西聽了，立刻像宣布聖諭那樣大聲對大家說：「多吉來吧找到了，寺院裡的至尊大神、山野裡的靈異小神，都是要挽留漢扎西的，漢扎西可以不走了。」

所有的領地狗，包括剛猛無比的獒王岡日森格，都如釋重負地喘了一口氣，孩子一樣嗚嗚地哭了。

預兆

事後看去，文革顯然是一場舉世無雙的劫難。父親萬萬沒有想到，那場舉世無雙的劫難，不僅沒有放過天高地遠的西結古草原，而且還從父親的寄宿學校開始，拿藏獒開刀。

劫難到來之前，西結古草原發生了幾件讓父親刻骨銘心的事情，後來父親才意識到，那便是預兆。

預兆首先是父親的藏獒多吉來吧帶來的。因爲思念主人而花白了頭髮的多吉來吧，被帶到多獼鎮的監獄看守犯人的多吉來吧，在咬斷拴牠的粗鐵鏈子、咬傷看管牠的軍人後，一口氣跑了一百多公里，終於回來了。父親高興地說：「太好了，多吉來吧只能屬於我，其他任何人都管不了。」但是命運並不能成全父親和多吉來吧共同的心願：彼此相依爲命、永不分離。

就在情愛甚篤的多吉來吧和大黑獒果日養育了三胎七隻小藏獒、醞釀著激情準備懷上第四胎時，多吉來吧又一次離開了西結古草原。

那時候，父親最大的願望就是擴大寄宿學校，把孩子們上課、住宿的帳房變成土木結構的平房，好讓同年級的所有孩子可以在教室裏一起上課，不用分撥；宿舍裏也可以燒炕，不會再凍壞孩子們。更重要的是，房子比帳房堅固，即使再有狼群來，只要不出去，就不會發生狼群吃掉孩子的事情。

恰好剛剛建起的西寧動物園派人來到西結古草原尋覓動物，他們看中了多吉來吧，拿出幾十元要把牠買走。父親說：「多吉來吧怎麼能賣呢？不能啊，誰會把自己的兄弟賣到故鄉之外的地方去呢？」

動物園的人不肯罷休，一次次提高價格，一直提高到了兩千元。父親從來沒見過這麼多的錢，這麼多的錢足夠修建兩排土木結構的平房，教室有了，而且是分開年級的；宿舍有了，而且是分開男生女生的。

父親突然發狠地咬爛了自己的舌頭，聲音顫抖著說：「你們保證，你們保證，保證要對多吉來吧好。」

父親流著淚，向多吉來吧和大黑獒果日一次次地鞠躬，說了許多個「對不起」，然後幫著動物園的人，把多吉來吧拉上汽車，裝進了鐵籠子。

多吉來吧知道又一次分別、又一次遠途、又一次災難降臨了自己，按照牠從來不打算違拗父親意志的習慣，牠只能在沈默中哭泣。但是這次牠沒有沈默，牠撞爛了頭，拍爛了爪子，讓鐵籠子發出一陣陣驚心動魄的響聲。

父親撲過去抱住了鐵籠子：「怎麼了？怎麼了？」父親滿懷都是血，是多吉來吧的血，牠似乎在告訴父親，接下來的，是血淚紛飛的日子。

遠遠地去了，多吉來吧到距離西結古草原一千二百多公里的西寧城裏去了。多吉來吧可愛的妻子大黑獒果日照例追攆著汽車，一直追出了狼道峽。

多吉來吧離開不久，和父親一樣把藏獒當親人喜歡的梅朵拉姆，也從西結古人的眼前消失了。

儘管事有蹊蹺，但誰也不會聯想到西結古草原未來的劫難。只有藏獒有了預感，牠們包圍了吉普車，不讓它走動。吉普車在一陣猛烈的吼叫之後，惡毒地前躥，將藏獒撞得東倒西歪，在輾破一隻藏獒的肚子以後，揚長而去。一路塵土裹著梅朵拉姆為藏獒慘死的哭聲飛揚。岡日森格帶著領地狗群瘋狂地追攆著，一路哀號。

緊跟著是水災，春天的野驢河水漲出了人們的想像。黨項大雪山的融化比往年推遲了，卻比往年增多了，天氣好像是突然溫暖，幾天之內就融化了平時兩個月的冰水。而在野驢河下游，冰面還沒有完全消融，河道也沒有安全開通，上游沖下來的冰塊死死堵住，形成了一道高高的冰壩。大水朝著兩側漫溢而去，淹沒了草原和牛羊、帳房和牧民。

這是突發事件，根本來不及向草原以外的政府求救，牧民們只能依靠藏獒自救。已經無法知道西結古草原的領地狗和各家各戶的藏獒救出了多少人、多少牲畜，只知道很多藏獒累死了，累死在把主人拖向陸地岸邊的那一刻，累死在追趕著牛羊順流而下的激浪中。

父親的寄宿學校的帳篷搭在高處，遠離野驢河，損失不大。但出售多吉來吧的錢卻被公社截留用於救災，修建平房的願望就擱淺了，而且成了永遠的空想。

魔獒

魔鬼終於來了，劫難終於來了。

漆黑如墨，青果阿媽草原的夜晚就像史前的混沌，深沉到無邊。一個魁偉高大、長髮披肩的黑臉漢子，騎著一匹赤騮馬，帶著一隻以後會被父親稱作「地獄食肉魔」的藏獒，從狼道峽穿越而來。

地獄食肉魔一進入西結古草原就顯得異常亢奮，居然肆無忌憚地跑向了三隻藏馬熊。主人黑臉漢子似乎想看看自己的藏獒到底有多大的能耐，陰險地攛掇著：「上，給我上，咬死牠們，咬死丹增活佛。」地獄食肉魔看了看主人，利牙一齜，撲了過去。

黑臉漢子帶著地獄食肉魔朝前走去。他在心裏獰笑。他的目的當然不是咬死藏馬熊，而是實現自己的誓言：所有的報仇都是修煉，所有的死亡都是資糧，鮮血和屍林是最好的神鬼磁場，不成佛，便成魔。他要用自己的藏獒，咬死西結古草原所有的寺院狗、所有的領地狗、所有的牧羊狗和看家狗。

包括獒王岡日森格。

包括曾經是飲血王黨項羅剎的多吉來吧。

父親朝遠方瞅了瞅，看到一片灰黃的煙塵從狼道峽的方向騰空而起，一種不祥之感油然而生。他心急火燎地扯掉鞍韉，跳上棗紅馬，打馬就跑，沒忘了喊一聲：「美旺雄怒，美旺雄怒。」

一隻赭石一樣通體焰火的藏獒從帳房後面跳出來，跟著父親跑向了碉房山。漆黑閃亮的大藏獒大格列和另外四隻大藏獒以及小兄妹藏獒尼瑪和達娃，羨慕地望著被主人招走的美旺雄怒，亢奮地來回奔竄著，意識到自己的使命是守護寄宿學校和孩子們，很快又安靜下來。

父親驅馬跑向煙塵騰起的地方。但是煙塵在移動，很快又延伸到別的地方去了。他只看到了馬蹄和獒爪的印痕，那麼多，一大片。他知道自己追不上那些人，掉轉馬頭，跑向了碉房山。

碉房山上的牛糞碉房裏，西結古人民公社的書記班瑪多吉一聽到父親火燒火燎的喊聲，就從石階上跑了下來，看了看麥書記的棗紅馬，大叫一聲：「不好，麥書記被劫走了。」

父親說：「誰會劫走麥書記？爲啥劫走麥書記？」

班瑪多吉說：「是爲了藏巴拉索羅。麥書記不能出事，藏巴拉索羅更不能出事，藏巴拉索羅必須屬於我們西結古草原！」

班瑪多吉皺著眉頭朝遠方看了看又說：「你說他們往東去了？東邊是藏巴拉索羅神宮，再往前就是狼道峽。劫走了麥書記的人，一定會去藏巴拉索羅神宮前祈告西結古的神靈，然後直奔狼道峽。快，你去通知領地狗群，我去通知我們的騎手，都到藏巴拉索羅神宮前集合。」說著，大步流星走向了不遠處的草坡，那兒有他的大白馬和護身藏獒曲傑洛卓。

大白馬和棗紅馬朝著不同的方向飛奔而去。馬背上的班瑪多吉和父親就像兩個急如星火地奔跑在戰場上的古代騎手。一黑一赤兩隻藏獒跟在他們身後，牠們粗碩厚硬的爪子彈向柔軟的草原，沙沙沙地飄動在草浪之上，輕盈瀟灑得如同流雲飛走。草原無邊，藍天無限，晴好的風日裏，大踏步走來的卻是陰險。

父親離開寄宿學校不久，黑臉漢子便從草丘後面閃了出來，低沉地吆喝著，命令地獄食肉魔衝了過去。

守護寄宿學校的藏獒大格列和另外四隻大藏獒以及小兄妹藏獒尼瑪和達娃，已經來到牛糞牆的缺口，也就是寄宿學校的大門前，用胸腔裏的轟鳴威脅著來犯之敵。牠們不是好戰分子，只要地獄食肉魔不再繼續靠近，牠們就不會主動進攻。

但是地獄食肉魔沒有停下，進攻只能開始。

大格列首先撲了過去。牠是一隻曾經在礱寶雪山嚇跑了一隻雪豹的藏獒，牠只要進攻，就意味著勝利。勝利轉眼出現了，大格列驚叫一聲，發現勝利的居然不是自己，而是對方。地獄食肉魔用難以目測的速度帶出了難以承受

的力量，讓大格列首先感覺到了脖子的斷裂。砉然倒地的瞬間，大格列看到第二隻大藏獒的喉嚨也在瞬間被利牙撕開了。

第二隻大藏獒被父親稱作「戰神第一」，曾經在冬天的大雪中一口氣咬死過九匹大狼而自己毫毛未損。遺憾的是，這一次牠損失了生命，牠還來不及看清楚同伴大格列是怎樣倒下的，自己就已經血流如注、命喪黃泉了。

第三隻撲向地獄食肉魔的是「怖畏大力王」，牠曾經守護過牧馬鶴生產隊的一個五百多隻羊的大羊群，連續三年沒有讓狼豹叼走一隻羊。牠有撲咬的經驗又有撲咬的信心，但結果卻完全超出了牠的經驗和想像，牠的撲咬還沒發生，就把脖子上的大血管奉獻給了地獄食肉魔。

第四隻大藏獒叫「無敵夜叉」。牠是一隻老公獒，身經百戰，老謀深算，幾乎沒有在打鬥中失過手。牠知道來了一個勁敵，就想以守爲攻，伺機咬殺。正這麼想著，發現機會已經來臨，對方居然無所顧忌地臥了下來。牠帶著雷鳴的吼聲撲了過去，立刻意識到牠的身經百戰和老謀深算幾乎等於零，牠的撲咬不是進攻，而是自殺。

地獄食肉魔耷拉著血紅的長舌頭，耀武揚威地走進了寄宿學校的大門。黑臉漢子騎馬跟在牠身後，警惕地看著前面：多吉來吧，寄宿學校的保護神、曾經是飲血王黨項羅刹的多吉來吧怎麼還不出現？他看到學校的孩子們一個個驚恐不安、無所依靠地哭喊著，這才意識到多吉來吧不在寄宿學校。他遺憾地嘆了一口氣，瞪著孩子們懷抱中的小兄妹藏獒尼瑪和達娃，下馬走了過去。

黑臉漢子把小兄妹藏獒尼瑪和達娃揣進自己的皮袍胸兜，帶著地獄食肉魔離開寄宿學校，帶著刀刀見血的仇恨，亢奮不已地朝著實現誓言的方向走去。

手。

父親拉著棗紅馬、帶著美旺雄怒走上碉房山，在西結古寺，看到的是一幫多獼草原的騎

在多獼騎手的身邊，立著二十隻多獼藏獒，個個都是壯碩偉岸的大傢伙，牠們低著頭一

聲不吭，好像主人的謙卑感染了牠們，牠們也只好裝模作樣地謙卑一下。

西結古寺爲首的鐵棒喇嘛藏扎西說：「麥書記來過，一點也不假，但如果說他現在還在

我們這裏，就像是說夏天過了草原還會開花一樣，連你們自己的藏獒和我們的寺院狗都不相

信。不信你問問我們的寺院狗，麥書記是不是已經遠遠地走了。」

寺院狗們一聽藏扎西提到了牠們，便衝著多獼藏獒叫起來，此起彼伏，唾液飛濺。

「漢扎西你來得正好，你看看，他們多獼人和多獼狗蠻橫得就像土匪，說我們藏匿了麥

書記，你可以作證，你的馬也可以作證，麥書記是不是遠遠地走了？麥書記走了，帶著他的

藏巴拉索羅走了，他就是把藏巴拉索羅留給我們，我們也不要。我們有自己的藏巴拉索羅，

我們的藏巴拉索羅，就在野驢河上游高高的白蘭草原，漢扎西你得跑一趟，去白蘭草原把藏

巴拉索羅帶到這裏來，這裏沒有牠和牠的夥伴就擋不住多獼土匪。」

父親聽著有點糊塗，走過去小聲問道：「你是說麥書記去了白蘭草原？」

藏扎西顯得比他還要疑惑，壓低了聲音卻又讓對面多獼騎手的首領能聽見：「麥書記爲

什麼要去白蘭草原，那裏難道有他藏身的地方？」

父親說：「你不是說藏巴拉索羅在白蘭草原嘛。」

藏扎西把嘴湊到父親耳邊，聲音低得多獼騎手的首領再也聽不見了：「我說的是寺院狗，一隻了不起的名叫藏巴拉索羅的藏獒！」

這時，多獼騎手的首領扎雅突然搶過來，一把拽住了棗紅馬的轡頭，又把韁繩從父親手裏扯了過去，驚得父親渾身抖了一下。

父親跳過去扭住了韁繩說：「麥書記在哪裡我還要問你們呢，要是他好好待在寺院裏，他的馬爲什麼要跑到寄宿學校去？把馬還給我，還給我。」

扎雅固執地不鬆手。父親擔心美旺雄怒會再次撲向對方，爭搶了幾下就放開了。鐵棒喇嘛藏扎西說：「就把麥書記的馬給他們，土匪是什麼都要搶的。你騎著寺院的馬去吧。」

父親想了想說：「不，我還是回寄宿學校騎我自己的馬。」

父親帶著美旺雄怒下了碉房山，走向了寄宿學校。他堅持要騎自己的馬，是因爲他突然覺得自己必須立刻回到寄宿學校去，一是督促孩子們學習，不要看老師一離開就沒完沒了地打鬧，二是他想把美旺雄怒留在學校，草原上到處都是陌生人陌生藏獒，光有大格列和另外四隻大藏獒以及小兄妹藏獒尼瑪和達娃，他放心不下。

他快步走著，還沒望見寄宿學校的影子，就已經累了。而美旺雄怒卻像火箭一樣衝了出去，一邊猛衝一邊狂叫。一種不祥的感覺如利爪一樣抓了一下父親的心，他的心臟和眼皮一起突突突地狂跳起來。

半小時後，父親望著草地上的血泊和屍體，慘烈地叫了一聲，暈倒在地。

千里回奔

記憶中永遠不會遙遠的主人和妻子以及故鄉草原的一切，主宰著多吉來吧的所有神經，讓牠在憤懣、壓抑、焦慮、悲傷中度過了一天又一天。牠不知道這裏是西寧城的動物園，更不知道從這裏到青果阿媽州的西結古草原，少說也有一千二百公里，遙遠到不能再遙遠，牠只知道這是一個牠永遠不能接受的地方，這個地方時刻瀰漫著狼、豹子、老虎和猞猁，以及各種各樣讓牠怒火中燒的野獸的味道，而牠卻被關在鐵柵欄圍起的狗舍中，就像坐牢那樣，絕望地把自己浸泡在死亡的氣息提前來臨的悲哀中，感覺著肉體在奔騰跳躍的時候靈魂就已經死去的痛苦。

每天都這樣，太陽一出來，多吉來吧就在思念主人和妻子、思念故鄉草原以及寄宿學校的情緒中低聲哭泣，然後就是望著越來越多的遊客拚命地咆哮，撲跳。牠撞得鐵柵欄嘩啦啦響，牠用吼叫把流淌不止的唾液噴得四下飛濺，讓遊客們紛紛抬手，頻頻抹臉。牠總以爲只要自己一直咆哮，一直撲跳，遊客們就會遠遠地離開，讓牠度過一個安靜而孤獨的白天，一個可以任意哭泣、自由思念的白天。但結果總是相反，牠越是怒不可遏、暴跳如雷，簇擁來的遊客就越多，裏三層外三層，簡直就密不透風了。於是牠更加憤怒更加狂躁地咆哮著，撲跳著。

青年飼養員和以前一樣帶著不冷不熱的神情出現在牢籠後面光線昏暗的柵欄門前。他打開半人高的柵欄門，讓多吉來吧走進鋪著木板的餵養室，丟給了牠一些牛羊的雜碎和帶骨的鮮肉。

一種力量和激動正在啓示著多吉來吧：衝破囚禁的日子就在今天，不僅僅是爲了牠格外思念的主人和妻子以及故土草原、寄宿學校，還有橫空飛來的預感：瀰漫在城市上空讓牠慌亂的氣息正在向西席捲，那是預示危機和災難的氣息。如果這氣息捲向草原，危機和災難就會降臨草原。

多吉來吧狼吞虎咽吃掉了所有雜碎和帶骨的鮮肉，卻沒有像往常那樣回到鐵柵欄圍起的房子中，繼續牠的咆哮和撲跳，而是毫不猶豫地撲向了青年飼養員。

撲向青年飼養員的那一瞬間，多吉來吧忽然明白了，讓牠慌亂的氣息是人臊味。

多吉來吧以最猙獰的樣子撲向青年飼養員，僅僅在他脖子上留下了一道牙痕，就放開他。青年飼養員意識到這是牠給他的一個活命的機會，大喊大叫著奪路而逃。餵養室通往外界的那扇門倏然打開了，多吉來吧緊貼著飼養員的屁股，一躍而出。

多吉來吧逃出牢房，遊客們尖叫著，到處亂跑。牠追了過去，

又撲向大鳥籠子，看到那些圍觀紙字的人比遊客跑得還快，正要奮力追趕，發現許多野獸已經出現在自己身邊，強烈刺鼻的獸臊味兒幾乎就要淹沒牠。多吉來吧撲向虎舍，看到老虎在鐵柵欄內的虎山之上無動於衷，又撲向山貓，撲向猞猁，撲向黑豹，最後撲向了狼。牠直立而起，搖晃著狼舍的鐵柵欄「轟轟轟」地叫著，嚇得兩匹狼瑟瑟發抖。

多吉來吧猛撞狼舍的鐵柵欄，突然聽到了一聲吆喝，扭過頭去，看到那個青年飼養員逆著人流朝牠走來，手裏拽著一條粗大的鐵鏈。

多吉來吧猛然醒悟，牠的目標不是戰鬥，而是自由。多吉來吧朝著有人群的地方逃跑，牠追上人群，用自己的凜凜威武、洶洶氣勢豁開一道裂口，然後狂奔而去。

多吉來吧向西奔跑。這個不是死就是逃的日子，正是草原出現變化的前夕，和平與寧靜就要消失，災難的步履已經從城市邁向了遙遠的故鄉，對多吉來吧的思念將出現在西結古人的心裏。

多吉來吧遠離了動物園，奔跑在西寧城的大街上。已經是下午了，斜陽不再普照大地，陰影在房前屋後參差錯落地延伸著，街道一半陰一半陽。陰陽融合的街道對多吉來吧來說，就是一些溝谷、一些山壑。溝谷裏有人有車，牠不到大車小車奔跑的地方去，知道那是危險的，更記得當初就是這些用輪子奔跑的汽車帶著牠離開了西結古草原，一路顛簸，讓牠在失去平衡的眩暈中走進了動物園的牢房。

牠在人行道上奔跑，人們躲著牠，牠也躲著人。牠跑過了一條街，又跑過了一條街，不斷有丫丫杈杈的樹朝牠走來，有時是一排，有時是一棵，夏天的樹是蔥蘢的，樹下面長著草，一見到草牠就格外興奮，畢竟那是草原上的東西。還有旗幟，那些在風中飄搖的綢緞，也是再熟悉不過的，只是牠不知道，飄搖的綢緞在草原上叫做經幡和風馬旗，在這裏叫做紅旗和橫幅。如果牠和牠的種屬不是天生的色盲，牠一定還會發現，草原的經幡是五彩繽紛的，而城市的旗幟只有一種顏色，那就是紅色，就像喇嘛身上的袈裟，城市已經是一片紅色的海洋了。

多吉來吧突然慢下來，圍繞著一座雕像轉了好幾圈。牠不知道這是一個偉人的雕像，只是覺得它跟西結古寺裏的佛像一樣，就備感親切，以爲這是草原、故土、西結古對牠的陪伴，牠是漂流異鄉、孤苦伶仃的多吉來吧，牠太需要這樣的陪伴了。

多吉來吧跑過了五條街，發現前面又齊刷刷出現了三條街，突然意識到這種房屋組成的有樹的溝谷，這種飄搖著綢緞、懸掛著布、張貼著紙的街道是無窮無盡的，牠不可能按照最初的想法，儘快甩開它們，走向一抹平坡的草原。牠疑惑地停了下來，一停下來就聽到有人發出了一聲恐怖的尖叫。

原來牠停在了一個六七歲的紅衣女孩身邊，牠當然不可能去傷害一個女孩，打死也不可能，但十步之外的女孩的母親卻以爲牠停在女孩身邊就是爲了吃掉女孩。母親尖叫著撲了過來又停下，聲嘶力竭地喊起來：「救人啊，救人啊。」

很多人從四面八方跑了過來，一看到多吉來吧如此高大威猛，就遠遠地停了下來，有喊的有說的：「獅子，哪裡來的獅子？」「獅子身上有黑毛嗎？不是獅子是黑老虎。」「不對，是狗熊吧。」「什麼狗熊，是一隻草原上的大藏狗。」多吉來吧聽不懂他們的話，但從他們的神情舉止中看出了他們對牠的畏避，似乎有一點不理解，詢問地朝著人們吐了吐舌頭。

那母親以為這隻大野獸馬上就要吃人了，嚇得「撲通」一聲跪倒在地上，哭著招呼圍觀的人：「快來人哪，快來人哪，這裏出人命了。」倒是那紅衣女孩一點害怕的樣子也沒有，好奇地看著身邊這隻大狗，小心翼翼地伸手摸了摸牠的頭毛。

多吉來吧在西結古草原時長期待在寄宿學校，職責就是守護孩子，一見孩子就親切，牠搖了搖蜷起的尾巴，坐在了女孩身邊。

母親叫著女孩的名字，讓她趕快離開。女孩跑向了母親，多吉來吧跟了過去。在這個舉目無親的地方，孩子就是親人，就能指引牠走出這個城市。母親站起來，抱起女孩就跑。多吉來吧發現她們前去的是一個街口，一片敞亮，以為母女倆是在給牠指路。牠高興地追過去，在她們身後十米遠的地方健步奔跑著。

那母親回頭一看，再次尖叫著，驚慌失措地朝馬路對面跑去，那兒人多，走向人多的地方她們就安全了，更重要的是，人群後面有一小片樹林，樹林旁邊就是她們的家。

母親的腿軟了，她跑得很慢。多吉來吧跟在後面，也放慢了奔跑的速度。這時候，車來了。是動物園用來拉運動物的嘎斯卡車，渾身散發著野獸的氣息。車頭裏坐著追攆而來的青年飼養員，他帶著一桿用來訓練民兵的步槍。他看到多吉來吧追著那女人和紅衣女孩來到了馬路中央，就把舉起來瞄準了半天的槍放下，果斷地對司機說：「衝上去，撞死牠。」

嘎斯卡車「忽」的一聲加大油門，朝著毫無防備的多吉來吧衝了過去。

紅衣女孩

嘎斯卡車撞翻了多吉來吧。但轉眼死去的，轉眼又活過來了。青年飼養員和另外一些人剛剛把多吉來吧抬上嘎斯卡車的車廂，牠就睜開眼睛倔強地站了起來。牠腿上背上頭上都是血，望著面前驚呆了的人，把發自胸腔的惡氣呼呼地噴在了他們身上。但是牠沒有咬人，牠現在不屑於咬人，哪怕是圖謀害他的壞人。牠假裝不知道是人讓牠流了血，讓牠昏死了片刻，搖頭晃腦地甩著鮮血，撞開人群，跳下了車廂。

多吉來吧掙扎著站了起來，蹣蹣跚跚朝前走去。

讓多吉來吧想不到的是，城裏的人和草原上的人是完全不一樣的，眼睛和聲音都是不懷好意的，多吉來吧已經感覺到了，牠憤怒地叫囂著，卻叫不出自己的威猛和兇暴來，乏力和疼痛的感覺讓牠的大頭沉重得低了下來，氣體的進出急促而軟弱，就像破裂了的氣管一樣嗤嗤地響。牠無奈地停止了叫囂，張大嘴，頭一歪，陰森森地望著那些不懷好意的眼睛，漸漸閉上了自己的眼睛。

很快繩子就來了。幾個闖進樹林的人在三步之外用掰下來的樹枝試探地搗著多吉來吧，看牠沒有反應，就挨過來，像宰牲畜那樣，把多吉來吧的四個爪子綁在了一起，又在牠脖子上狠狠地勒了幾圈。多吉來吧嗅到了這幫人的味道，儲存在記憶裏。

這時，爲首的人說：「王祥你看著，我們去找架子車。」

王祥說：「你們可要快點，萬一牠醒了呢？」

多吉來吧聽懂了他們的話，便在立刻就要昏死過去的時候，頑強地拉住了自己的意識，閉上嘴，用牙齒咬住了舌頭：醒著，我要堅決醒著。然而從心裏從腦中出現的卻不是清醒，而是迷濛的晚景，就像草原的雨天蒸起了一天一地厚重的煙嵐。

死了，眼看就要死了，即使不死於汽車的衝撞，也會死於人的捆綁，狠勒在脖子上的麻繩讓牠呼吸困難，馬上就要斷氣了。將死而未死的迷濛讓多吉來吧聞到了一絲熟悉的味道，彷彿是遠去的，又像是最近的。牠讓情緒在身體內部的奔湧中安靜下來，仔細品了品，散淡的意識便漸漸聚攏在了一個紅色的人體上。哦，牠明白了，原來是那個六七歲的紅衣女孩。

她來了，她走進了樹林，站到了牠面前，帶著一臉的小迷茫和小驚訝，聲音細細地問道：「大狗你死了嗎？」

多吉來吧使出殘剩的力氣讓尾巴搖了搖，又用鼻子哼哼地嘆了一口氣，牠吃力地張了張嘴，像是艱難的呼吸，又像是最後的求助。女孩理解了，她蹲下身子，伸出小手，抓住了緊緊勒繞在多吉來吧脖子上的麻繩。

守在樹林外面的那個叫王祥的人喊了一聲：「小孩妳出來，小心把妳咬了。」

紅衣女孩不理他，她知道是他們綁了大狗，她用兩隻白嫩的小手開始解繩子，可怎麼也解不開，解得手指都疼了，就趴在多吉來吧身上，用兩排珍珠似的小白牙，一點一點地解石頭疙瘩一樣的繩結。

王祥看紅衣女孩不理他，正想鑽進樹林把她扯出來，就見自己的兒子從馬路對面走了過去。於是他喊住兒子，讓他過來，叮囑道：「你在這兒守著，林子裏頭有一隻快死的大狗，人問起來，你就說死狗是我們的。」又皺起眉頭看了看遠處說，「他們怎麼還不來，是不是找不到架子車了？我知道哪裡有。」王祥快步走去，留下兒子心不在焉地在樹林邊坐了下來。

兒子對爸爸給他派的活一向是反感和抵觸的，這次也不例外，坐了半天才意識到爸爸是讓他在這裏守著一隻大狗的，忽地跳起來，掀開樹枝就往林子裏鑽。

他愣了，他十歲的樣子，或者還不到，最喜歡的就是狗，現在他看到一隻壯碩的有黑毛也有紅毛的狗就臥在他眼前，大狗身邊還有一個紅衣女孩，女孩趴在地上，正在用牙齒一口一口地解著綁住了大狗四個爪子的麻繩。

勒繞在脖子上的麻繩已經解開，多吉來吧好受多了，由雪山草原、艱難歲月磨礪而成的生命的堅韌、由喜馬拉雅獒種的優秀遺傳帶給牠的抗病抗痛的能力，不知不覺發揮了作用。

多吉來吧很長時間都是孩子的伴侶，就像熟悉自己一樣熟悉孩子，眼睛裏頓時露出了平和友善的光波。而喜歡狗的男孩也敏捷地領悟到了狗眼裏的內容，嘿嘿一笑，抓住多吉來吧爪子上的繩結，使勁用手拽著，拽了幾下沒拽開，就像女孩那樣，趴在地上用牙齒撕扯起來。

捆綁結實的麻繩終於解開了。多吉來吧斜躺著，吃力地把四肢蜷起來又伸展開，扭了扭腰肢，然後把兩條前腿平伸到前面，嘴埋進兩腿之間，身子端端正正地趴臥著。這是恢復體力、自療傷痛的最好姿勢，這個姿勢表明了牠內心的踏實：牠已經感覺到了不死的希望，那就是自己被汽車撞壞撞痛的是韌帶和肌肉，而不是骨頭，骨頭好好的，至少那些維繫生命和行動的大骨頭好好的。

男孩挪到前面，摸了摸多吉來吧的鼻子，從口袋裏掏出一個青稞麵花捲，自己咬了一口，把剩下的送到了多吉來吧嘴邊。多吉來吧不吃。

男孩把青稞麵花捲塞進口袋，摸了摸獒頭上的傷痕說：「牠流血啦，血流完了牠就會死掉。我爸爸流過血，他買藥的時候我見過，我知道買什麼藥。走啊，沒有藥大狗就會死掉的。」說著拉起了女孩的手。

藥店離這裏不遠，男孩拉著紅衣女孩走進去，來到櫃檯前，仰頭望著一個女售貨員，大大咧咧地說：「我要買白藥。」

女售貨員拿出一個拇指大的小瓶子：「是這個嗎？」

男孩點點頭，一把搶了過來，拉著女孩，轉身就跑。等女售貨員繞過長長的櫃檯，走到藥店門外時，男孩和女孩已經消失在了人群裏。

回到樹林裏，男孩打開小瓶子，把粉末狀的雲南白藥撒在了多吉來吧的傷口上，老練地再次掏出青稞麵花捲，抹了一些藥，塞到了多吉來吧半張的嘴裏。多吉來吧忍著疼痛吞下那個花捲，望著兩個孩子，眼睛濕濕的，就像人的感激那樣，真實而閃光。

男孩知道自己已經發揮了作用，說話應該是有分量的，就站起來，兩手扠在腰裏說：「現在我們應該換地方啦，換到我爸爸找不到的地方去。」

女孩覺得他在學著大人的樣子玩遊戲，嘿嘿地笑著，也把手扠起來說：「換地方嘍。」

秘蹤

在寄宿學校，暈死過去的父親很快被孩子們和美旺雄怒的喊聲喚醒了，醒來後才知道，他需要承受的悲痛要比他看到的嚴重得多：有人來過了，帶著一隻藏獒，不光咬死了漆黑如墨的大格列和另外四隻大藏獒，還掠走了小兄妹藏獒尼瑪和達娃。

父親腦海裏出現了一個形象，那是他在西結古寺的降閻魔洞裏看到的，是十八尊護法地獄主中排位第四的地獄食肉魔，這個形象之所以如此的刻骨銘心，是因爲傳說祂能一夜之間吃掉草原上所有的藏獒。父親不寒而慄，有人帶著一個堪比地獄食肉魔的恐怖傢伙來過了，又走了。他們到底要幹什麼？難道就是爲了咬死大格列和另外四隻大藏獒，搶走尼瑪和達娃？

父親坐在大格列和另外四隻大藏獒身邊，眼睛濕汪汪的，突然站起來，衝著孩子們吼道：「哪裡的人，哪裡的藏獒，你們認得嗎？」

被地獄食肉魔嚇傻了的孩子們一個個搖頭。

父親又吼道：「他們往哪裡去了？」

孩子們齊刷刷地舉手指了過去。父親回頭一看，吃了一驚：孩子們指的方向是野驢河的上游，高曠寂靜的白蘭草原。他心裏不禁一陣抽搐：咬死大格列和另外四隻大藏獒也許僅僅是個開始，這個人、這隻堪比地獄食肉魔的藏獒，顯然是路過寄宿學校，他們很可能是衝著藏巴拉索羅去的，藏巴拉索羅危險了，寄養在白蘭草原桑傑康珠家的藏巴拉索羅和另一些寺院狗，將面對一場血肉噴濺的極惡之戰。

父親打了一聲呼哨，從五百米外的草場上招來了自己的大黑馬，解開纏繞在脖子上的韁繩，跳上去就跑，突然又拉著韁繩拐回來，對一個歪戴著狐皮帽、伏在大格列身上哭泣的孩子說：「秋加你起來，千萬別動大格列，這裏是行凶現場，現場是不能動的。」

父親催馬而去，看到美旺雄怒跟了過來，比劃著喊道：「你留下來，留下來。」然後長嘆一聲：「要是多吉來吧還在寄宿學校就好了。」

回答父親的是一匹狼的嗥叫：「嗚兒，嗚兒。」父親打了個愣怔，胸口一陣驚跳，自從九年前發生了寄宿學校的十個孩子被狼群咬死的慘劇後，父親一聽到狼叫就緊張，就會聯想到孩子們的安全。

發出嗥叫的是一匹白蘭母狼。牠是昨天晚上靠近桑傑康珠家的，靠近的目的是爲了報復。牠的兩個孩子、兩匹剛剛獨立生活的公狼，第一次偷襲羊群，就被寄養在桑傑康珠家的寺院狗咬死了。牠必須咬死至少二十隻羊作爲回敬，否則就憤怒難平。

但是一靠近桑傑康珠家的羊群，機敏的藏獒就開始吼叫了，無論從哪個方向，無論是上風還是下風，牠都能感覺到死亡隨時都會發生，不是羊的死亡，而是自己的死亡。

不甘心就此撤退的白蘭母狼遠遠地觀望著，突然看到，用不著自己行動，報復就從天而降，而且是那麼徹底：所有的藏獒都死了，就在牠的矚望之中，被一隻格外強悍的藏獒以不可思議的速度一隻隻咬死了。牠驚呆了，簡直不敢相信自己的眼睛，更不明白這到底是爲什麼，怎麼藏獒咬起藏獒來，比藏獒撕咬狼群還要兇殘無度？

被困

這天晚上，多吉來吧住在了紅衣女孩家。女孩家就女孩一個人，爸爸被抓到牛棚裏去了，媽媽被單位叫去交代問題去了。

女孩摸著被多吉來吧舔出癢癢來的臉，高興地拿出饅頭讓多吉來吧吃，也讓男孩吃。多吉來吧和男孩不客氣地吃著，吃夠了，多吉來吧來到水缸邊，也不管會不會弄髒裏面的水，伸進頭去，噗嗤噗嗤舔起來。男孩笑著，也學著牠的樣子舔了一肚子涼水。男孩從身上摸出那個從藥店搶來的小瓶子，把剩下的雲南白藥一半撒在了多吉來吧的傷口上，一半倒在了牠的舌頭上。

他們一左一右坐在多吉來吧身邊玩起來，玩累了就靠著多吉來吧睡著了。多吉來吧把身子彎起來，用一種能夠溫暖兩個孩子的姿勢趴臥著，漸漸進入了夢鄉。

夢鄉一片紅亮嘈雜，就像牠期盼中的故土西結古草原。怎麼那麼多血啊，血在奔騰，那不是牠熟悉的野驢河嗎？詭異的亢奮的人臊吹拂，主人漢扎西危險了，寄宿學校的孩子們又要面對狼災了，妻子大黑獒果日瘋了似的吼叫著，叫著叫著就被冰雪掩蓋了。一片血色，飛起來的血色，號哭著的血色。

天快亮的時候，多吉來吧被自己的吼聲驚得站了起來，這是最後一次驚醒，不是被噩夢，而是被一種遠來的敵意的聲音。是腳步聲，隱隱約約、雜雜遝遝的。牠警覺地幾步走向了門口，這幾步讓牠不禁有了一種傷痛正在消失、身體正在恢復的興奮。牠沒有撞開門板出去，而是來到了門邊燈光照不到的黑暗中，靜靜地等待著。

不可能再有睡眠了，一隻大狗和兩個孩子默默地等待著黎明。當天上的乳白刷白了窗戶、街上出現汽車奔跑的聲音時，多吉來吧的心裏同時也出現了一絲光亮，那就是昨天牠看到的一片敞亮的街口。牠覺得這個街口應該是城市的出口，牠必須儘快走出去，走向草原，走向主人和妻子。牠起身過去，用爪子撥開門扇，來到門外，聞了聞討厭的城市的雜亂氣息，便回頭告別似的盯上了兩個孩子。

兩個孩子清亮清亮的眼睛同時也盯上了多吉來吧，彷彿他們和牠之間有一種天然相通的感覺，讓他們立刻明白了牠的意思。他們跑了出來，一人喊了一聲：「大狗你不能走。」喊聲未已，多吉來吧就跑起來，不時地回頭，戀戀不捨地看著，看到兩個孩子追了過來，就又停下，回身朝他們搖著尾巴。

多吉來吧眯了眯眼睛，刷啦啦掉出一串眼淚來，牠這是感動，也是感激，更是傷心，就要離去了，儘管一起只待了一夜，但牠是在孤獨的苦難中和他們度過了難忘的十多個小時，這對記恩感恩、容易悲傷的藏獒來說，已經足夠引起感情的波動了。多吉來吧伸出舌頭，把不肯落地的幾滴眼淚舔進了嘴裏，又舔了一下女孩的臉，舔了一下男孩的臉，然後帶著不得不離去的憂傷，轉身走了，走了。

多吉來吧直接跑向了牠昨天看好的那個街口，街口依然一片敞亮。可是一走進敞亮，牠就發現自己的判斷失誤了，敞亮的原因是街口連接著廣場，而不是城市的消失。牠失望地原地打轉，禁不住衝著堵擋在面前的另一些房屋、另幾個街口狂吠起來。狂吠引起了路人的注意，他們紛紛停下來畏縮地看著牠。牠立刻意識到這樣的注意對自己十分不利，趕緊閉了嘴，轉身就走。

與此同時，「嘩」的一聲響，一張大網撒向了多吉來吧，像一片烏雲，遮去了半個天空。

多吉來吧抬頭一看，獒嘴大開，利牙猙獰，憤怒地跳起來，朝著遮蓋而來的烏雲撲了上去。牠哪裡知道這不是烏雲，是一張漁網，牠沒見過漁網，以爲一撞就開、一撕就爛，等到牠被牢牢網住時，才意識到這東西作爲人的武器，厲害得跟槍一樣，是牠無力反抗的。牠吼叫著，掙扎著，在漁網裏翻騰跳躍，想把捆住牠的無數繩索粉碎成灰燼。

牠累了，躺下不動了，編織成漁網的柔韌的繩索卻牢固如初。很快，漁網收緊了，牠開始移動，牠被十幾個人拖拉著，向著馬路越來越快地移動著，蹭起的塵土飛揚而起，一浪一浪地瀰漫著。

多吉來吧被拖拉著，沿著馬路一直向北，終於停下來的時候，肩膀、屁股上的皮肉已經磨爛了，一路都是血。牠看到了自己的血，那血就沿著眼光爬過來染紅了牠的眼球，那麼可怕，就像從血水裏撈出來的兩盞燈。牠就用這兩盞燈，仇恨地照耀著那些人。

那些人在黃呢大衣的指揮下扯開了漁網的收口，生怕多吉來吧跑出來咬死他們，比賽一樣跑開了，跑出了一個很大的門，然後從外面把門關死了。

多吉來吧打了好幾個滾才立住身子，用牙齒撕扯著漁網的纏繞，漸漸移動到了敞開的收口處。脫離漁網的一瞬間，牠朝著這個陌生的地方滾雷似的叫起來。四周不是牆壁就是窗戶，頭上是高高的頂棚，牠的聲音滾過來滾過去，塞滿了空間，似乎立刻就要爆炸，炸開這個限制了牠的自由的地方。牠叫了一會兒，便朝著關死的門衝了過去，這時候牠悲哀地意識到，磨爛的地方不光是肩膀和屁股，還有肚子，肚子上的皮很薄很軟，大量的血正從那兒流出來。

門不可能爲牠敞開。牠沮喪地臥在門邊，多吉來吧在門邊臥了很長時間，在寂靜淹沒而來、一股洶湧的悲涼就要掀翻牠的時候，牠站了起來，帶著一絲僥倖，在禮堂裏到處走了走，沒有，沒有通向外面的任何縫隙，在牠搆不著的地方，是一扇扇的窗戶，玻璃透視著遙遠的蔚藍。牠失望地吹著氣，選擇了一個隱蔽的地方臥下來，把那些能夠舔到的創口都舔了舔，然後忍著疼痛閉上了眼睛。

很快就是黃昏，天色黯淡了，禮堂的大門忽地被人打開了，多吉來吧聞到了一股鮮羊肉的氣息。牠跳起來，跑了過去，不是衝著肉，而是衝著通往自由的門縫。遺憾的是，牠在禮堂這邊，門在禮堂那邊，沒等牠跑到跟前，門就咚地關上了。立起來扒在門上的多吉來吧「撲通」一聲摔倒在地上，絕望讓牠渾身發軟。

牠躺著，身邊是一堆帶血的鮮羊肉，但是牠不吃。牠已經很餓很餓，惡劣的情緒比迫害更像猛獸吞噬著牠的能量，身體的消耗正在加緊，補充迫在眉睫，但是牠不吃。牠是一隻慣於用肉體磨難擔當精神痛苦的藏獒，尤其在徹底絕望、在痛徹肺腑地思念著主人和妻子的時候，牠絕不可以用食物來干擾自己的憂傷。牠堅決不吃，看都不看一眼，連口水也不流。牠想把自己餓死，而餓死之前唯一要做的，就是思念，就是在思念中一心一意地哭泣。

過了很久，就在牠疲倦地站起來，頂著枯寂淒涼的壓迫，再次僥倖地走向禮堂別處，想看看有沒有出去的可能時，門開了，有個東西出現在門口的縫隙、明亮的天光下。

多吉來吧撲了過去，牠全神貫注著縫隙，撲向了光明，卻沒有在乎那個東西。那個東西以同樣的速度撲了過來，撲向了牠，讓牠不得不戛然止步。

一種保護自己的反射動作讓多吉來吧縮了一下頭，同時伸直了自己的一隻前爪。前爪搗歪了對方的鼻子，對方什麼也沒有咬到，正要再行撕咬時，卻發現在半秒鐘的時間差裏，自己的喉嚨已經變成了多吉來吧牙刀下的爛肉。牠「噢」的一聲怪叫，就要跳開，沉重的身子卻輕飄飄地飛了起來。多吉來吧不是摁住牠咬斷牠的喉嚨，而是揚起獒頭，把牠甩向了空中，用牠自己的重量撕裂了牠的喉嚨。牠轟然落地，掙扎著站起，晃了一下，又倒下去，就再也起不來了。

多吉來吧顧不上品嘗這突如其來的打鬥和突如其來的勝利，朝門撲去。禮堂的大門早已經嚴絲合縫地關起來，牠扒了幾下沒扒開，就用頭狠狠地撞了一下，然後回頭，怒氣沖沖地望著那個剛才跟牠殊死搏鬥的傢伙，好像門的關閉是這個傢伙的所為。多吉來吧才看清剛才和自己打鬥的是一隻長臉突嘴的大型獵犬。多吉來吧沒見過這種犬，但一聞味道就知道牠是自己的同類，牠迷惑地看著牠：獵犬跑到這裏來幹什麼？眼睛撲騰著望了望上面，答案立刻有了。

多吉來吧看到禮堂兩邊高高的窗戶玻璃後面站滿了人，就知道獵犬是他們放進來的，他們要看熱鬧，畜生打鬥的熱鬧對城市的人類永遠都有熱血沸騰的刺激。

多吉來吧望著窗戶兩邊黑壓壓的人影，惡狠狠地叫了幾聲，知道自己對他們無能為力，就走到禮堂的一角臥下來，兀自憤怒著，傷感著。門又響了，在亮開縫隙的同時，四隻大狼狗魚貫而入。

多吉來吧眼光毒辣地盯著四隻大狼狗，慢悠悠地張開大嘴，齜出了利牙。

復仇之火

魁偉高大、長髮披肩的黑臉漢子騎著赤騮馬，帶著他的地獄食肉魔，抱著搶來的小兄妹藏獒尼瑪和達娃，就像曠野裏無根無繫的空行幽靈，快速繞過紫色嵐光裏百鳥競飛的白蘭濕地，跑出了白蘭之口。黑臉漢子舉頭望了望氾濫著寂靜的原野，知道離索朗旺堆生產隊不遠，那兒有曾經是頭人財產的最好的看家藏獒，便掉轉馬頭，向北跑去。

過了一會兒，青花母馬帶著桑傑康珠來到了這裏，沒等到主人的指令就停下了。桑傑康珠望了望斜灑著陽光的原野，抖了抖轠繩，舉鞭朝北奔馳而去。

又過了一會兒，大黑馬帶著父親來到了這裏。父親勒馬停下，前後左右望了望疲倦地遼闊著的原野，猶豫不決地轉了一圈，朝東走了幾步，然後跑起來。

幾個小時後，白蘭狼群在黑命主狼王的帶領下，來到了這裏。牠們嗅著空氣，也嗅著地面，知道一個人朝北去了，一個人朝東走了。兩匹公狼分別朝北和朝東跑去，跑出去大約五百米，又迅速跑回來，似乎是告訴黑命主狼王，北去的路上灑滿了地獄食肉魔的氣味。黑命主狼王扭身朝北跑去，還是白蘭母狼搶先跟在了後面。所有的狼都跟著牠們跑起來。

東去的父親心室裏擁塞的全是驚恐和畏怖。他試圖想像一下那種場面：地獄食肉魔是如何殘暴無度地摧毀了十二隻藏獒的生命，可他的想像力太貧乏，怎麼努力，出現在眼前的也只是一片片流淌的鮮血、一個個奔突跳躍的生命僵硬地倒在地上的影子。他無數次地見識過藏獒和狼和豹和熊以及和藏獒自己打鬥的情景，但所有的情景似乎都無法成爲這次打鬥的參考。

越是無法想像他就越要想像，越想像就越恐怖，心驚肉跳的感覺一直陪伴著他。

父親的追攆從白天持續到夜晚，不能再追了，大黑馬已經出汗，牠需要休息。父親牽馬走著，只要碰見帳房，就會走過去，喊出主人來告訴人家地獄食肉魔和黑臉漢子的事兒，一再叮囑：「小心啊，今天晚上要格外小心。」

路過了牧民貢巴饒賽家，他走進去喝了一碗酥油茶，吃了幾口糌粑，督促貢巴饒賽的小女兒央金卓瑪趕快去一趟藏巴拉索羅神宮，告訴她丈夫班瑪多吉：小心啊，一定要讓獒王岡日森格小心，讓所有的領地狗小心。

出了貢巴饒賽家，父親牽著馬朝西結古寺走去。他想這會兒鐵棒喇嘛藏扎西正望眼欲穿地等著他，而他帶給西結古寺的卻只是一個壞透了的消息，而不是什麼可以戰勝多獼藏獒的了不起的藏巴拉索羅和牠的夥伴，心裏就非常難受，步履越來越滯重了。

恐怖就像夜晚的黑色無邊無盡地堵擋著他，牽在後面的大黑馬好像有點不願意，一再地後贅著，想回到寄宿學校去。父親拍了拍牠的頭說：「你今天怎麼了，真的是老得不中用啦？」

正說著，就見面前的整塊黑夜突然破碎了，許多鬼影從草叢後面嗖嗖嗖地撲了過來，父親嚇得銳叫一聲，朝後跳去，卻被自己不忍鬆開的馬韁繩拽了回來。鬼影抓住了父親，呼哧呼哧喘著氣。父親定睛一看，噗地鬆了一口氣。

父親一把揪住歪戴著狐皮帽的秋加說：「你們怎麼在這兒？」

秋加說：「我們到西結古寺請藏醫喇嘛尕宇陀去了。」

「請尕宇陀幹什麼？」說這話時父親很緊張，以爲哪個孩子病了。

秋加說：「動了，動了，現場動了。」

父親說：「誰動了？」

秋加說：「行凶現場動了。」

父親說：「我是說誰把行凶現場動了？」

秋加說：「大格列動了。」

父親愣了一下，突然明白過來，問道：「另外四隻大藏獒呢，動了沒有？」

秋加說：「另外四隻大藏獒沒有動，烏鴉要來啄眼睛，我們埋起來啦。」

父親點著頭說：「把牠們埋起來是對的。」一晃眼，才看到孩子們身後，立著一個高高的黑影，那是騎在馬上的藏醫喇嘛尕宇陀。

父親從尕宇陀嘴裏知道，多獼騎手和二十隻多獼藏獒已經離開了西結古寺，他們咬傷了幾隻寺院狗，搜遍了西結古寺的所有殿堂，沒有找到麥書記，更沒有找到藏巴拉索羅，問丹增活佛又問不出結果，就匆匆離去了。

父親說：「幸虧只是咬傷了幾隻寺院狗，可是在白蘭草原，桑傑康珠家了不起的藏巴拉索羅和所有的寺院狗都已經被地獄食肉魔咬死了。」

尕宇陀驚叫一聲：「啊，你說什麼？」

一行人匆匆忙忙走向了寄宿學校。尕宇陀則告訴父親，西結古寺之所以把了不起的藏巴拉索羅等十二隻寺院狗寄養在白蘭草原的桑傑康珠家，就是害怕這些寺院狗被人害死，但現在牠們還是被人害死了，死得一點預兆都沒有，連能掐會算的丹增活佛也沒有事先覺察出來。

父親驚問道：「誰要害死寺院狗？」

尕宇陀說：「還能有誰啊，除了勒格。」

父親驚呼一聲：「勒格？他爲什麼要害死寺院狗？」

尕宇陀說：「他有過誓言，要用自己的藏獒咬死西結古草原的所有藏獒。」

父親說：「他瘋了，怎麼會有這樣的誓言？」

對勒格父親是熟悉的，他就是那個曾經被父親稱作「大腦門」的孩子，是「七個上阿媽的孩子」中的一員。十幾年前他成了父親的學生後，父親就給他起了個名字叫勒格，勒格是羊羔的意思，父親說：「你是個苦孩子，沒阿爸沒阿媽的，就像一隻找不到羊群的羊羔，就叫這個名字吧，說明你是草原的多數，是道道地地的貧苦牧民。」

貧苦牧民勒格十六歲時離開了父親的寄宿學校，在西結古草原索朗旺堆生產隊放了兩年羊，然後成了西結古寺的一個青年喇嘛。以後的事情父親就不知道了，只知道他離開了西結古草原，離開的時候偷走了領地狗群裏的兩隻小藏獒，一隻是獒王岡日森格和大黑獒那日的最後一代，是公獒；一隻是多吉來吧和大黑獒果日最初的愛情果實，是母獒。

大家都猜出來了，勒格執意要把這種人類所不齒的畸形交配強加給藏獒，然後誕生出他的理想，那就是超越，既超越岡日森格，也超越多吉來吧，更要超越大黑獒果日和大黑獒那日，達到極頂的雄霸、空前絕後的威猛與橫暴。

父親一路走一路驚嘆：勒格回來了，那個一口氣咬死了包括了不起的藏巴拉索羅在內的十二隻寺院狗的地獄食肉魔，難道就是岡日森格和大黑獒那日、多吉來吧和大黑獒果日的後代，是牠們的孫子？

大格列又活過來了。牠沒有流盡最後一滴血，牠在剩下最後一滴血的時候突然就不流了。藏獒天生頑強的生命又一次創造了死而復生的奇蹟。

從夢魘中甦醒的大格列在看到父親之後，伸出舌頭舔了一下自己的嘴唇，父親立刻意識到牠想幹什麼，吩咐秋加：「快去拿水，不，拿牛奶。」

藏醫喇嘛尕宇陀在牛奶裏放了他新近用鹿淚、馬淚、牛淚、藏獒淚和仙鶴草汁、馬瑟花汁、鳳毛菊汁以及三十二種寒水石配製的「七淚寒水丹」，看著父親一點一點餵進了大格列嘴裏，又借著酥油燈的光亮，拿出兩顆用紫鹽花、熊結石、仙人薑、檀香、乳香、丁香、麝香、旋復花、菖蒲根、砷石粉等藏藥煉製成的「十六持命」，用手掌碾碎後，撒在了肚腹左右兩處傷口上。

父親說：「你看這個地獄食肉魔，太毒太陰了，就往最軟的地方咬，牠有多長的牙，咬得這麼深。」

尕宇陀若有所思地望著血洞一樣的傷口，一聲不吭。

大格列斜躺在地上，感激地望著父親和尕宇陀，不時地呻吟著。

父親說：「大格列你一定要活著，千萬不要放棄啊！」

大格列撲騰著眼睛，痛苦地齜著牙，淚珠子撲棱棱地滾動著，似乎是說：我要走了，我肯定是活不了的，我活過來就是爲了向你告別。

父親說：「尕宇陀你看呢？」

藏醫喇嘛尕宇陀沉重地搖了搖頭說：「我用上了豹皮藥囊裏最好的藥寶，那是丹增活佛在大藥王琉璃光如來面前加持過的藥寶，要是再不管用，那就是生緣已盡、無計可施了。」他看了看天上稀疏的星光，又說，「藥力正在發揮作用，天一亮我們就知道了：牠要是眼睛閉著，那就是死了；要是眼睛睜著，冒著白光，那就是可以活下去的預兆；要是眼睛瞪著，冒著血光，那你就要動手打死牠吧，牠活著不如死，那個疼痛是你我不知道的，你就給牠個痛快讓牠去吧。」

藏獒生與死

天亮了，父親看到了他最不想看到的，大格列的眼睛既不是睜著的，也不是閉著的，而是瞪著的，瞪著的眼睛裏，冒著兩股懾人的血光，被風一吹，便有了一層慘澹的漣漪，忽地一下明晰了，忽地一下黯淡了，明晰的時候淌著淚珠，暗淡的時候淚珠就斷了。父親蹲在大格列跟前，呆愣著，不知怎麼辦好。

藏醫喇嘛尕宇陀說：「你看牠的眼睛，正在向你乞求一死，動手吧漢扎西，牠現在的每一分鐘就像一年一樣長。」

父親說：「你讓我動手，怎麼動手？我已經動手啦。」說著，把手伸到大格列的下巴後面，輕輕撓著，想用這種辦法安慰牠，減輕牠的痛苦。但大格列一陣猛烈的抽搐，一條拱起來的後腿無助地在空中刨著，刨著，顯得更加痛苦了。

一直陪伴著大格列不斷給牠舔著傷口的美旺雄怒看到夥伴如此難過，自己也難過地叫起來，叫聲就像小狗的聲音，吱吱吱的，悲傷淒婉。秋加哭了，他身邊的七八個孩子也都抽抽搭搭的。他們和父親和美旺雄怒一樣，也是徹夜未眠。

大格列知道人們和美旺雄怒都在為牠哭泣，眼睛持續地明晰血亮著，淚珠滾下來，落在了身下的草葉上，晶瑩晶瑩的。突然淚珠不滾了，一陣疼痛讓牠的整個身子晃了一下，牠想咬緊牙關忍著，卻乏力得怎麼也合不上嘴。

父親說：「大格列，你還不如不活過來，你讓人家乾脆一口咬死就沒有現在的痛苦了，趕緊閉上眼睛吧大格列，你閉上眼睛你就看不見我們哭了，你自己也不會這麼傷心難過了。」

父親撕了撕自己的胸口，想把自己的心痛撕出來，又對尕宇陀說，「你看牠難受的樣子，你能不能把牠的傷轉移到我身上來？你是喇嘛，是藥王，你難道一點點辦法也沒有嗎？」

尕宇陀嘆著氣，搖著頭，又說：「是啊是啊，我沒有辦法，連我這個藥王喇嘛都救不了牠，你還留著牠幹什麼？還是趕快動手吧漢扎西，一個好主人是不會讓他的狗痛不欲生的，你讓牠在將死的苦難中繼續守著你是不仁慈的。」

父親知道尕宇陀的話是對的，但他怎麼能下得了手呢？雖然大格列跟他一起生活的時間只有一年，但一年裏幾乎每天都是親密無間的。在父親看來，一個人和一隻狗在一年中建立的感情，要比人和人在十年中建立的感情還要深厚。但是現在，父親卻要親手打死牠了。

父親看了看自己的手，他還沒有動手，手就已經開始顫抖了。而且顫抖在延伸，延伸到了身體的每一個部位，包括心臟，心的顫抖告訴他：他沒有這個能力，他只能忍受和大格列同樣的疼痛，然後看著牠死去。父親跪倒在地上，流著眼淚說：「大格列，我知道你很難受，可是我不能給你個痛快，原諒我吧，我不能。」

父親蹲下來，擦了一把眼淚，輕輕撫摸著大格列說：「大格列，你真的疼得受不了了嗎？你真的想死、想離開我們嗎？你不要這樣看著我，你要是不想死，就張張嘴喊我一聲。喊啊，喊我一聲。」

父親一連說了幾遍，大格列渾身顫抖著，用雨濛濛的眼睛無限悲涼地望著父親，一絲聲音也沒有發出來。

父親嘆口氣，再次抱住美旺雄怒，推搡著牠離開了大格列。美旺雄怒不情願地服從著父親，衝著鐵棒喇嘛藏扎西咆哮起來。父親一邊流淚，一邊安慰著美旺雄怒，又朝藏扎西無奈地擺了擺手：「動手吧，你最好一下就把牠打死。」說罷，他最後望了一眼大格列，緊緊地閉上了眼睛。

藏扎西朝手心吐了一口唾沫，兩手合攏著摩擦了幾下，握緊了鐵棒，忽地一下掄了起來。大格列把頭歪在地上，眼睛直勾勾地望著父親，依然是無限悲涼的告別的神態。父親的眼睛突然睜開了，又趕緊轉過身去閉上了。

就在這時，就在藏扎西掄起的鐵棒風聲獵獵的時候，大格列叫了一聲，牠衝著父親，用生命的餘熱，戀戀不捨地叫了一聲，聲音很

微弱，微弱得連離牠最近的藏扎西都沒有聽到。但父親聽到了，大格列的夥伴美旺雄怒聽到了，而且聽出這聲音裏充滿了哀求：我能忍啊，再疼我也能忍，我不離開你們，不離開你們。

幾乎在同時，父親和美旺雄怒撲了過去，父親撲向了藏扎西，美旺雄怒撲向了大格列。

「牠要活，牠要活，牠要和我們一起活。」父親的聲音雷鳴一樣打懵了藏扎西，掄起來的鐵棒砰然一聲打在了地上。大格列立刻知道自己沒有被打死，又一次更加微弱地叫了一聲，已經不是哀求，而是感激了。

父親撲到大格列跟前，聲音哽咽著說：「大格列你放心，你不會死，不會離開我們，我們永遠在一起。」

美旺雄怒也哭起來，聲音裏充滿了苦澀和感動，牠跳起來撲向了鐵棒喇嘛藏扎西，不是記了仇的撕咬，而是真摯而樸素的謝忱，牠張嘴就舔，抒情地舔了舔藏扎西的手，更加抒情地舔了舔他手中的鐵棒，然後回來，激動地舔著大格列的傷口和抱著大格列的父親，「哈哈」地叫著，好像死裏逃生的不是大格列，而是牠自己。

秋加和孩子們呼啦一下撲向了大格列，用那種呼喚阿爸阿媽的聲音，無比親切地喊叫著：「大格列，大格列，你沒有死啊，大格列。」

父親來不及擦乾眼淚，留下美旺雄怒守護寄宿學校，騎上大黑馬，奔向藏巴拉索羅神宮，去看望獒王岡日森格了。

獅子吼

禮堂裏，面對四隻魚貫而入的大狼狗，張開大嘴齜出牙的多吉來吧忽地站了起來，「嗖嗖」地吸了幾口冷氣，感覺昨天被漁網拖在地上磨爛的地方突然疼起來，肩膀、屁股、肚子上的創口一起疼起來。牠衝著創口發出了一種剛健有力的叫聲，把一股股白霧般的氣息送了過去，彷彿創口是聽話的，牠一吠叫就能制止它們的疼痛。牠叫著叫著，就把眼光從自己的創口沿著地面慢慢地移向了四隻大狼狗。

正叫著，多吉來吧的眼睛噌地一下亮了，是閃射親切之光、纏綿之色的那種熠亮，叫聲也不由自主地改變了腔調，有點柔婉，有點激切。牠從窗戶玻璃後面的人群裏看到了那個男孩，那個曾給牠餵藥、曾和牠一起在紅衣女孩家度過了一夜的男孩，牠相信男孩的後面一定站著那個女孩，叫著叫著就哭了，一絲孤獨者的留戀、一種苦難的流浪漢在無助中尋找依靠的企盼，針芒一樣刺穿了上方的玻璃。男孩一定是聽明白了，突然抹起了眼淚，向牠招了招手，從窗臺上跳了下去。「咚」的一聲響，男孩不見了，多吉來吧的心碎了。

四隻大狼狗朝前跨了幾步，叫聲也拔高了幾度。從心碎中回過神來的多吉來吧朝後一挫，似乎要跳起來，撲過去，突然又穩住了，來回踱了幾下，一屁股坐下，專心致志地投入到了用聲音抵抗聲音的努力中。

多吉來吧岔開四肢，把身子牢牢固定在地上，脖子前伸著，用自己的唾沫回敬著對方的唾沫，一聲比一聲吼得敞亮。

這樣吼了很長時間，四隻大狼狗驚怪地發現，多吉來吧居然是閉著嘴的，也不知是什麼時候閉上的。但牠的聲音依然響亮，從東牆撞到南牆，從天上撞到地上，最後再撞到牠們身上，撞進牠們的耳朵。爲首的黑脖子狼狗一聲怪叫，四隻大狼狗突然閉了嘴，豎起耳朵聽著，聽著牠們的聲音滑翔在四周，回音疊加著回音，舊雷撞響著新雷，好像聲音一離開口腔，就可以獨立自主，想響多久就能響多久。

滑翔的吼聲漸漸變小了，撞來撞去的回音走向結束，首先消失的是四隻大狼狗的聲音，之後的幾秒鐘裏，多吉來吧野獒之吼的回音還在禮堂內奔走。四隻大狼狗面面相覷：這個來自荒野的傢伙，到底能發出多大的音量啊，這麼持久這麼沉重，似乎連禮堂外面窗臺上的人也感到了振顫，紛紛從玻璃上掉下去了。四隻大狼狗望著窗外，呼哧呼哧的，知道自己又一次落入了下風，便開始醞釀下一輪的吼叫。

但是多吉來吧已經顧不上眼下的吼聲之戰了，牠依靠靈敏的嗅覺，比四隻大狼狗更準確地捕捉到了禮堂外面一些人從窗臺上跳下去的原因：那個男孩又來了，那個女孩也來了，隔著厚厚的牆壁，牠清晰地聞到了他們的味道。

在牆外，男孩帶著女孩，沿著禮堂，跑啊跑啊，跑得氣喘吁吁，大汗淋漓。女孩的紅衣裳在跑動中變成了一條線，圈住了禮堂，綁住了水泥的牆壁。他們跑了一圈又一圈，沒找到一個可以放出大狗的地方，只好停在門前，求幾個守門的人。

多吉來吧暴怒地蹬踏著牆壁，轟隆隆地咆哮著，把肩膀、屁股和肚子上磨爛的傷口咆哮成了嘴巴，噴吐出點點鮮血來。

四隻大狼狗目瞪口呆地望著牠，以為這是牠的一種新戰法，便急急忙忙投入了迎戰。新的一輪吼叫比賽又開始了，黑脖子狼狗帶領牠的同伴，齊聲爆叫起來。這次牠們運足了力氣，叫一聲，中間停一下，然後再運足力氣叫一聲。每一聲都叫得結實硬棒，衝力強勁，如同洶湧的大水進入了高落差的河床，激蕩連接著激蕩，顯得氣勢逼人，胸有成竹。

多吉來吧愣住了，望著四隻大狼狗，才意識到這場吼聲之戰並沒有結束，牠在傷情之餘還必須認真對付敵手的挑釁。牠回過身來，轟轟而叫，叫聲豪壯，粗而不短，也是叫一聲，停一下，運足了力氣再開始叫，而且總是在對方叫的時候牠才叫。野獒之聲轉眼又蓋過了狼狗之吼，壓迫和威逼出現了，多吉來吧用胸腔和腹腔發出的聲音，再一次讓對方感受到了來自荒野的王者之氣、悍拔之風，那是鮮血淋漓的叫聲，是用肩膀、屁股和肚子上磨爛的

傷口發出的拚命之聲。牠沒有發現，傷口大了，越來越大了。

四隻大狼狗中一隻年輕的公狗首先感覺到了摧毀的恐怖，是聲音對心智和膽魄的摧毀，牠突然不叫了，轉身就走。走到門口，看走不出去，就又回來，望著多吉來吧，尖細地呻吟著，癱軟在了地上。牠被多吉來吧用憂傷而暴怒的吼叫打倒了，這不可挽救的軟弱頓時瓦解了同伴的鬥志，為首的黑脖子狼狗就像洩了氣的皮球，嗓子裏嗤嗤地響起來，牠不叫了，狼狗們都不叫了。

禮堂裏只有多吉來吧的怒吼還在轟鳴，就像巨大的鐵錘一下比一下沉重地敲砸著牠們的腦袋。牠們有些慌亂，看到對方的聲音呼呼而來，吹飄了同伴身上的毛，就更有些不知所措了。

黑脖子狼狗強迫自己揚起頭，眼睛繃起來，閃射著最後的怒光，張大了嘴，想要再次發威，但只吼了一聲，便沮喪得連連搖頭。牠圍繞著同伴走了一圈，無可奈何地臥了下來。另外兩隻大狼狗也儘快臥了下來。牠們就像最初被人類馴服了蠻惡的野性那樣，伸直前腿，朝著依然叫囂不止的多吉來吧鞠躬致敬。

多吉來吧勝利了，用自己並不擅長，卻依然保有荒原之野和生命之麗的吼叫，吼垮了四隻大狼狗。

脫困

多吉來吧度過了一個不平常的夜晚。

牠在傷痛的折磨中閉上了眼睛，牠要睡覺，要在睡眠的鬆弛中用最快的速度消化掉滿腹的食物，恢復牠的體力和能力，然後把所有的精神都獻給思念——思念牠的主人、妻子、雪山、草原。

但是牠睡得並不鬆弛，傷痛帶給牠的是比無眠好不了多少的噩夢。牠夢見了黨項大雪山山麓原野上送鬼人達赤的石頭房子，夢見了牠小時候的所有磨難，夢見數不清的血盆大嘴從天邊飛翔而來，一口吃掉了牠。牠憤怒而悲慘地號叫著，突然看到主人漢扎西來了，妻子大黑獒果日來了，他們不理牠，又消失不見了。牠難過得心裏發顫，低聲哭訴起來。

禮堂的門咚咚咚地響著，突然打開了，走進來了紅衣女孩和那個男孩。他們後面還有一個人，胸前掛滿了金光閃閃的東西，手裏攥著一根撬槓。

多吉來吧警惕而懊惱地瞪著他，發現他和兩個孩子說話時面帶親近的笑容，就把懊惱丟在了腦後。兩個孩子抱住了牠，「大狗大狗」地叫著，牠也抱住了兩個孩子，「嗷嗷嗷」地哭著，孩子們的眼淚和牠的眼淚互相交換著，然後牠被兩個孩子和那個滿胸金光閃閃的人帶領著，恍恍惚惚走出了禮堂，走進了如水如波的月光，走過了一座院子，來到了大街上。夜晚的大街上，一輛汽車急速駛過。

多吉來吧這才意識到已經不是夢境了，兩個孩子和一個陌生的大人，把牠從困厄中救了出來，牠自由了，再也用不著去迎接那些莫名其妙的打鬥了。牠佇立著，認真地看著兩個孩子正在和滿胸像章的人告別——孩子們說：「謝謝了叔叔。」

滿胸像章的人摸著女孩的頭說：「謝你們自己吧，妳一說大狗是妳爸爸，我就知道牠對你們多重要，快點離開這裏，不要再落到他們手裏。」滿胸像章的人給多吉來吧招了招手，提著撬槓走了。

多吉來吧深情地目送著他，也目送著撬開了禮堂門的撬槓，突然扭過頭來，猜測而憂傷地盯上了紅衣女孩的臉。

牠的猜測和憂傷很快被紅衣女孩說了出來：「大狗你說怎麼辦啊？你不能去我家了，我媽媽不喜歡你。」

男孩也說：「我爸爸那個狗日的，他要扒了你的皮，吃了你的肉。」

多吉來吧眨巴著眼睛，好像聽懂了，又好像沒聽懂，但稀稀落落夜行的汽車幫了牠的忙，那種在夜深人靜時格外誇張的轟隆隆的聲音喚醒了牠對城市的憎惡，牠的心明亮起來：自己不是要跟著兩個小孩去的，而是要離開，離開，離開城市，目標是草原故鄉、主人妻子，是向著草原覆蓋去的亢奮的人臊和伴生的危難，是預感中的需要——西結古草原的需要、寄宿學校的需要。牠告別似的舔了舔女孩的臉，又舔了舔男孩的臉，慢慢地轉身，慢慢地走了。

「大狗，大狗。」女孩叫著，男孩也叫著。女孩哭了，男孩也哭了。

男孩呼喊著追了過去。多吉來吧跑起來，他追出去二十步，又趕緊回到越哭越傷心的女孩身邊。

兩個孩子站在那裏哭了很長時間，他們不知道他們的大狗又拐回來了。多吉來吧站在不遠處黑暗的樹蔭下，發癡地望著他們，看他們朝女孩家的方向走去，就悄悄地跟在了後面。牠知道城市的夜晚和荒原的夜晚一樣潛藏著更多的凶險，尤其是對孩子。牠要是就此一走了之，就算不上是一隻至情至性的藏獒了。

男孩離開了那裏，走到闃寂無人的街上，又回到女孩家的門口，靠著門框坐了下來。這裏畢竟背靠著熟人的家，心理上不至於特別空落害怕。本來打算送孩子到家後就離去的多吉來吧不走了，牠坐下來，遠遠地守護著，看到男孩歪著身子漸漸進入了夢鄉，又悄悄走了過去。

多吉來吧臥在了男孩身邊。牠知道儘管是夏天，但這座高原古城的夜晚還是涼風颼颼的，牠把自己的長毛蓋在了男孩的腳上、腿上，又用帶傷的身體擠靠著他，

讓體溫就像一床棉被一樣絲絲縷縷地傳了過去。明天再走吧，無論離開城市、撲向主人和妻子的願望多麼迫切，牠都必須在這一夜把自己交給孩子，以一隻草原藏獒與生俱來的責任，保證孩子在安全和溫暖中睡去。男孩睜了一下眼，把臉埋進大狗的鬣毛，又睡死過去了。

男孩實在太累了，他睡到太陽升高後才被開門出來的女孩叫醒。他站起來揉著眼睛對女孩說：「大狗呢，大狗呢？大狗在和我睡覺。」

紅衣女孩搖搖頭說：「沒看見，你在做夢吧？」

男孩撓撓後腦勺：「我在做夢？哈哈哈，我在做夢。」

這時女孩發現：男孩的脖子和臉上，黏著好幾根長長的獒毛。再一看，腿上腳上也有。他們兩個同時喊起來：「不是做夢。」他們把大狗的長毛一根一根集中起來，攥在了手心裏。

他們攥著獒毛儘量遠地看著街道，心裏頭酸酸的，又一次眼淚汪汪了。憑著孩子的直覺，他們知道大狗再也不會出現在他們面前，在最後陪伴了他們一夜之後，牠已經遠遠地離去了。

逆流而上

離開女孩和男孩的多吉來吧走一陣，跑一陣，從早晨到下午，在橫七豎八的街道裏穿行著，始終沒有走出城市去。好幾次牠似乎來到了城市的邊緣，但發現前去的路上並沒有草原的氣息，就又折回去了。

很快就是黑夜了，房子和燈火組成的溝谷似乎比白天更多了，多得讓牠絕望。牠漸漸累了，想找一個地方休息，但哪兒都不安靜，哪兒都有危險的存在，找了差不多兩個小時，才給自己找到了一個燈火熠亮、旗幟飄揚、畫像高聳的地方。

這兒的燈火是小小的一串兒一串兒的，環繞著酷似佛像的毛主席畫像，好比西結古寺大經堂裏酥油燈的閃爍，這兒的旗幟是連成片的，就像草原上鋪滿山坡的經幡箭垛風馬旗陣。牠望著燈火、畫像、旗幟，感到它們是安全的，是沒有敵意、可以信任的。更讓牠放心的是，牠看到了一些朝著畫像跪著說話的人，如同西結古草原那些面對佛像或者活佛和喇嘛祈請福佑的牧民。

多吉來吧臥了下來，就臥在了燈火通明處、全身畫像的腳下，閉上眼睛睡著了。

不知睡了多長時間，一絲溫馨而愜意的味道走進了多吉來吧的夢鄉，告訴牠你該醒醒了。牠迷迷糊糊睜開眼睛，看到還有人在跪著說話，就又閉上了眼睛。但這次牠沒有閉實，牠怎麼也閉不實了，那溫馨而愜意的味道變成了一種帶著草原氣息的堅硬有力的襲擊，讓牠睡意全無。牠倏地站起來，幾乎是不由自主的，用眼光也是用鼻子指引著自己，走向了二十步之外那些跪著說話的人。

一陣驚叫，那些人紛紛跳起，轉身就跑。多吉來吧也很吃驚，停下來望著他們：這些和草原人一樣跪著說話的人怎麼害怕起牠來了？真正的草原人是不會這樣的，他們一看牠的表情，就知道牠是去打架的，還是去親近的。讓多吉來吧欣慰的是，還有一個人跪在那裏一點兒也沒挪動，牠最初的動機就是要走向那個人的。

牠繼續邁步，來到那個人身邊，伸出舌頭舔著，舔了臉和耳朵，又去舔手。那個人抱住牠說：「多吉來吧，你怎麼在這裏？你是跑出來的吧？我知道你在動物園裏，很想去看你，但我沒有機會。」說著吧嗒吧嗒流下了淚。

苦難中的邂逅，來不及喜悅，就又要分手了。梅朵拉姆長嘆一聲說：「多吉來吧，你不要跟著我，一旦他們把你抓起來，你還不如在動物園裏。我知道你以後會天天來這兒等我，但是我不會再來了，明天我就要和父母一起被隔離審查了。你現在就走吧，千萬千萬別跟著我，走吧多吉來吧，保重啊！」

多吉來吧一路狂奔，居然就逃離了城區，到了湟水河的河灘裏。牠喝了一些水，在一個掏挖砂石的坑窩裏躺了下來，想睡一會兒，眼光卻被漂過河面的一些木頭吸引了過去。牠看著那些木頭，突然站了起來，牠想起了故鄉的野驢河，經常也會漂過一些爛木頭的野驢河是從西往東流的，無論你在什麼地方，只要沿著河邊逆流而行，就會回到西結古草原。牠興奮起來，望著城市，再次悲傷地想了想梅朵拉姆，步履滯重地邁開了步子。

作爲喜馬拉雅獒種的藏獒，天生的智慧又一次成全了牠，事實證明牠做對了，儘管沿著湟水河牠不可能走到一千二百多公里以外的西結古草原，但至少方向是對的。牠朝著西邊跑去，跑出了城市，跑向了湟水河的上游。視野一下子開闊了，亢奮的人臊更加濃烈，正在從身後的城市向上游瀰漫，想像中的西結古草原、預感中的危難、寄宿學校的狼災，就要驚心動魄地變成現實了。

牠跑啊，跑啊，思念是動力，使命更是動力，雙重的動力讓牠正在無意識中超越了自己。

狼歡

兩股狼群的較量開始了。

紅額斑狼群悄悄地從三面靠近，一出現就對白蘭狼群形成了圍打局面。牠們仗著狼多勢眾，把白蘭狼群分割成了十幾個單元，再分出一部分機動狼來，在單元與單元之間穿插奔跑，讓牙刀於飛行之中橫豎切割。咆哮與慘叫將響成一片，紫豔豔的狼血將紛至遝來。

草原突然變了，有許多外來的人在縱馬奔馳，有許多外來的藏獒在飛揚跋扈，藏巴拉索羅神宮前藏獒的擂臺廝殺正在進行，專門咬殺藏獒的地獄食肉魔又出現了。那些在夏天分散開去的小股狼群和家族狼群，紛紛跑來向牠傳遞了所見所聞以及牠們的驚悚不安。人性變了，獒性也變了，草原會不會遭遇危機？狼群會不會遭遇危機？在這瘋狂的時候，紅額斑頭狼提醒自己，一定要克制，要忍讓，藏獒之間的自相殘殺已經失去分寸的時候，狼群之間的互相競爭卻不能瘋狂。讓牠們走，只要牠們不在野驢河流域滋生是非，就應該保證黑命主狼王的健全和白蘭狼群的一個不死。

黑命主狼王咆哮著，衝開一條路子，首先跑出了包圍圈，又在圈外焦急地嗥叫起來。白蘭狼群朝著狼王簇擁而去，牠們沒有不受傷的，但逃跑的四肢卻都還健全如舊。草原上騰起了一股亡命的塵煙。

紅額斑頭狼帶著狼群追了過去，追上一座草岡，停下來集體嗥叫，警告白蘭狼群：滾回老家去，野驢河流域不是你們耀武揚威的地方。但是紅額斑頭狼立刻意識到，警告沒有起到作用，塵煙不再騰起，說明白蘭狼群停下了。牠們停下來幹什麼？抱了等著瞧的態度，繼續窺伺這邊的動靜？

紅額斑頭狼回過頭去，觀察了一下藏獒對藏獒的咬殺場面，命令狼群停止嗥叫，然後帶著狼群跑向下風的地方，以詭譎的姿影，悄悄地走了過去。

西結古草原，索朗旺堆生產隊，循著刺鼻的獒臊味兒，跑來阻擊勁敵、表現威武的八隻看家藏獒沒有料到，僅僅一眨眼的工夫，就有兩隻從來沒有在野獸面前、在外來的藏獒面前失敗過的夥伴，倒在了地上。死亡發生得既突然又容易，好像一出場一撲咬，接著就是死，速度快得連負傷流血的痛苦也省略了。

黑命主狼王帶著狼群來到一座高岡上，四下裏眺望著，望到了幾頂草浪中漂流的帳房，聽到了幾聲藏獒的叫聲，一個報復紅額斑狼群的主意便悄然而生：去有人家的地方偷襲畜群，然後一走了之，嫁禍於人們熟悉的紅額斑頭狼的狼群。

黑命主狼王立刻帶領狼群奔向了索朗旺堆生產隊，剛剛失去了八隻看家大藏獒，沒有什麼能夠威脅和阻擋狼群的撕咬，帳房周圍的牲

畜遭到了空前殘酷的洗劫，一百多隻羊瞬間死亡。

西結古寺裏，腥風吹來，血雨淋頭，地獄食肉魔面對十六隻寺院狗的打鬥突然爆發了。

紅額斑頭狼沒有帶著狼群跟到西結古寺，對狼群來說，碉房山是絕對不能上的，牠們從來不上，因爲牠們和人類一樣，從靈魂深處敬畏西結古寺的神聖和莊嚴。

紅額斑頭狼回頭看了看遠處，白蘭狼群就在地平線的那邊。紅額斑頭狼帶著狼群衝了過去，一眨眼的工夫，白蘭狼群便成了一個狼狽逃跑的集體。紅額斑狼群以數倍於對方的實力，很快把追攆演繹成了殺伐，當三具狼屍成爲侵入他人領地的懲罰時，白蘭狼群的逃跑就變成了抱頭鼠竄。

但紅額斑頭狼仍然是克制的，牠們只咬死了三匹白蘭狼，然後就不咬了，也不追了，只是不停地嗥叫以示恐嚇。

白蘭狼群逃跑的前方有父親的寄宿學校。

救死

獒王岡日森格走了，牠是來休息和療傷的，但現在，休息和療傷都已經不可能了。牠從現場的遺留和大格列身上聞到了地獄食肉魔的強盜氣息，也從鼻子的抽搐和渾身的抖動中聽懂了大格列的話。其實用不著大格列提醒，岡日森格一看一聞就什麼都明白了：不是暴戾恣睢到極致的傢伙，留不下如此腥臊不堪、經久不散的味道。面對這樣的味道，牠唯一的選擇就是出發，去尋找，去復仇，牠是獒王，獒王的存在就是和平寧靜的存在，現在和平沒有了，寧靜消失了，牠不得不用連續不斷的廝殺和戰鬥來挽救草原的碎裂，儘管牠老了，已經承擔不起那份過於沉重的責任了。

父親追了過去：「岡日森格，你要去幹什麼？回來，你回來。」

岡日森格不聽恩人的，牠知道恩人的心就像棉花一樣柔軟，但柔軟的心對藏獒是不適用的，尤其是獒王。牠跑起來，想用儘量矯健的跑姿讓操心自己的恩人放心：我好著呢，你瞧瞧。牠越跑越快，很快跑出了恩人的視野。

父親是瞭解岡日森格的，牠越是神氣十足他就越不放心。他回頭喊道：「美旺雄怒，美旺雄怒。」美旺雄怒過來了。他比劃著手勢說：「我知道岡日森格要去幹什麼了，你跟著牠去吧，遇到危險你幫幫牠，幫不了就趕緊跑回來叫我。」火焰紅的美旺雄怒飛身追了過去。

一離開父親的視野，岡日森格就慢了下來，牠需要在慢行中恢復體力，做好迎接惡戰的準備，更需要穩住自己的心，仔細地判斷，耐心地搜索。正走著，看到美旺雄怒追了上來，便停下來吼了一聲，明確表示了牠的不願意。美旺雄怒不聽牠的，繼續靠近著。岡日森格吼聲更大了，牠知道美旺雄怒一離開，恩人漢扎西身邊就沒有一隻能夠保護他的藏獒，就堅決要把美旺雄怒趕回去。

美旺雄怒爲難了，牠吼叫著告訴獒王，自己必須聽從主人的，看到獒王惱怒得就要撲過來，只好不再解釋，轉身朝回跑去。

父親一見美旺雄怒，就知道是岡日森格讓牠回來的，生氣地說：「你聽我的，還是聽牠的？去，快去跟著岡日森格，你不去我就不理你了。」美旺雄怒又追了過去。這次牠沒有被趕回來。牠理解主人的心，也理解獒王的心，就遠遠地偷偷地跟著岡日森格，又不斷地回頭聞著來自寄宿學校的味道，隨時準備跑回去。

整個上午，在寄宿學校的草地上，在藏醫喇嘛尕宇陀和父親持續不斷的經聲佛語中，那些橫七豎八、傷勢嚴重的藏獒一個個都醒過來了，都被灌了一碗醇厚的牛奶。除了兩隻西結古的藏獒，牠們沒有醒，沒有醒就是死了，牠們堅韌強悍的力量終於還是沒有拽住生命的遠去，早早地托生轉世去了。

父親長舒一口氣，疲倦地站了起來。突然意識到這裏一片安靜，四下看了看，才發現孩子們睡著了，藏醫喇嘛尕宇陀也睡著了，牛糞牆圍起來的草地上，橫七豎八躺著的已經不是傷勢嚴重的藏獒而是人了。他也躺了下來，閉上眼睛，很快進入了夢鄉，等他醒來的時候，已經是午夜了。

是奔跑而來的美旺雄怒叫醒了父親。他睡眼惺忪地抱著美旺雄怒的頭問道：「美旺雄怒，你怎麼回來了？」

美旺雄怒的回答就是不斷舔舐自己的前腿。父親翻了個身，湊近了看看牠的腿，不禁驚叫一聲：「怎麼了，出什麼事了？」月光下，美旺雄怒前腿上的傷口就像一朵血紅的花。

父親站起來，又問了一句：「你說呀，快說呀，出什麼事了？」但是馬上父親就明白，其實美旺雄怒已經告訴了他，所有的語言都在那一朵傷口上，那不是任何敵手咬傷的，是牠自己咬傷的。美旺雄怒知道事情緊急，聲音的語言和身形的語言都說不清楚，就咬傷了自己，用滴血的傷口告訴主人：血腥的事情發生了，趕快去救命哪。在西結古草原，包括美旺雄怒在內的許多藏獒，都會在緊急情況下用咬傷自己的辦法給人報信。

「秋加，秋加。」父親喊起來。

父親喊醒了秋加和孩子們，安排他們看好學校，看好那些受傷的藏獒。再尋找藏醫喇嘛尕宇陀時，發現不知什麼時候尕宇陀已經離去了。

父親埋怨道：「你是西結古草原唯一的醫生，這兒是唯一的戰地救護所，你怎麼說走就走了？沒有藥寶不要緊，沒有藥寶可以念經啊，經聲是真正的法寶，你這個藥王喇嘛，連這個都不知道。」父親大步走向大黑馬，備好鞍韉，跳上了馬背。

美旺雄怒立刻跑起來，牠要在前面帶路，只有牠知道，到底在什麼地方，到底發生了什麼事。

西奔

多吉來吧藏匿在路邊的蒿草叢裏，一眼不眨地瞪著三條路面，瞪了一個小時，機會終於按照牠的願望出現了，那是一抹在腦海中閃電般來去的略帶亮色的記憶，是一輛牠在集鎮的飯館對面看到的笨頭笨腦的軍用卡車。牠一躍而起，撲了過去，沿著那條卡車選擇的路，鑽進了車輪掀起的飛揚的塵土。疾馳開始了，牠的目的是追上卡車，絕不放過卡車，直到卡車停下。

記憶越來越清晰，再也不是閃電般來去了。牠想起多年前第一次離開主人漢扎西時的情形：主人給牠套上鐵鏈子，把牠拉上卡車的車廂，推進了鐵籠子，那一刻，牠就像一個孩子，委屈得哭了。牠沒有反抗，知道主人讓牠幹什麼牠就得幹什麼。牠大張著嘴，吐出舌頭，一眼不眨地望著主人，任憑眼淚嘩啦啦地流在了車廂裏。就是這輛卡車的車廂，絕對沒有錯，儘管牠的眼淚早已經乾涸，氣息也已經消散，但牠還是聞出了車廂的味道。更何況開車的也是軍人，雖然不是多年前的那個軍人。

在青果阿媽州州府所在地多獼鎮的監獄，牠待了兩個月，天天都能看到軍人。後來牠跑了，牠咬斷了拴著牠的粗鐵鏈子，咬傷了看管牠的軍人，跑回了西結古草原漢扎西的寄宿學校。現在，牠知道只要跟著卡車，就有希望找到多獮鎮，找到那所監獄，牠就知道路了，就能穿過多獮草原，再穿越狼道峽，回到西結古草原，就像第一次牠跑回主人身邊那樣。

天已經黑透了。多吉來吧拚命奔跑著，牠被裹在塵土裏，什麼也看不見，但是牠知道卡車一直離牠只有十米遠，也就是說，牠的速度和卡車是一樣的。後來牠就離開塵土了。牠氣喘吁吁，知道自己不行了，無論如何追不上了。牠慢下來，聞著地上和空氣中的氣息，跟了過去。

牠覺得自己走了很長時間，走過了黃昏，走進了黑夜，不能再走了，儘管有路，但牠只相信太陽，沒有太陽的天空會讓牠迷失方向。牠走出公路，來到河邊喝了幾口水，感覺餓了，正發愁沒有東西吃，就見黑黝黝的淺水灣裏，幾隻大魚正在游動。牠撲了過去，咬住了一條甩到岸上。正吃著，就聽公路上一陣汽車的轟隆聲。仰頭一看，就見那輛笨頭笨腦的軍用卡車從自己面前疾馳而過。牠吃驚地吼了一聲，跳起來就追，恍然明白：原來卡車並沒有到達目的地，剛才只不過是休息，就像藏獒，就像人，卡車也需要休息。

多吉來吧又一次鑽進了卡車後面飛揚的塵土，用恢復過來的精力，瘋狂地奔跑著。塵土好像空前厚實，牠看不見前面的卡車，也看不到兩邊的景色，只能感覺到灰塵的微粒一團一團地鑽進了牠的鼻子，嗆進了牠的肺腑，牠克制著難受，一再地告誡自己：追上去，追上去，更近更緊地跟上卡車，就像追逐野獸那樣，始終處在一撲就能咬住對方的地步。牠成功了，一步不落。

這時候，剛剛修好的卡車又壞了，是方向盤的問題，司機害怕栽進河裏去，一腳踩住了剎車。只聽一陣刺耳的摩擦聲，車停下了，黑暗中的多吉來吧、被塵土裹纏著的多吉來吧，一頭撞了過去。「咚」的一聲響，卡車搖晃了一下，牠被彈了起來，彈出去了十米，轟然落地之後便什麼也不知道了。幾個軍人下車拐到後面來，打著手電筒在車廂下面照了照，沒發現什麼，罵了一句這輛老掉牙的車，就去前面打開車頭修起來。

天正在放亮，多吉來吧在一陣汽車的發動聲中醒了過來。牠恍恍惚惚地觀察著身邊，發現自己躺在一片灌木叢裏，前爪上有血，舔了舔才知道不是爪子爛了，是頭上的血流下去了。牠忿忿地看著前面的卡車，不知道沒被撞死已經是不幸中的大幸，要不是恰好撞到平放在車廂下面的備用輪胎上，就不僅是頭皮開裂，早已經骨頭粉碎了。

多吉來吧站了起來，走了幾步，又試著跑了幾步，然後就朝著笨頭笨腦的軍用卡車小跑著追了過去。追了一段就栽倒了，爬起來再追。卡車走得很慢，司機害怕方向盤再次失靈，不敢快跑，這倒方便了多吉來吧。牠遠遠地跟著，雖然距離越拉越大，但畢竟能看見卡車，也能聞到卡車。兩個小時後，卡車突然加速了，很快消失在多吉來吧的視線外。多吉來吧不得不跑起來，跑著跑著又栽倒了。牠憤怒地吼了一聲，一口咬在自己的前腿上，似乎是說：你怎麼這麼不爭氣啊！

多吉來吧趴在地上，心中一片絕望。山風吹來，牠感覺到了風中的人臊，就是西寧城的紙牆邊扭打的那些人身上的臊味，就是小鎮飯館裏牠撕咬過的那些外來人身上的臊味。現在，這些人臊已經無處不在，瀰漫在牠經過的所有山坡所有草原。顯然，人臊已經超越牠，在牠前邊，很可能早已經漫過了西結古草原，漢扎西、妻子果日、寄宿學校，說不定已經遭遇了危難。

想到故鄉草原的危難，多吉來吧又有了力量，正艱難地向前爬行，忽然又聽見了汽車的聲音，而且聞到了那輛軍用卡車的氣息。多吉來吧大吃一驚，難道它又開回來了？原來峽谷已經結束，路開始順著山坡下跌，用一個個連起來的「之」字形朝著草原鋪排而去。車況的不佳使卡車在多吉來吧的下方繞彎。牠望著卡車，毫不猶豫沿著路和路之間的草坡溜下去。

這是牠的本能，在牠最早開始追逐野獸、撲咬敵手的時候，牠就知道直線比曲線更便捷、更容易得手。牠在草坡上連爬帶滾，很快接近了卡車，牠在上面，卡車就在兩米外的下面。牠知道卡車一走下山坡，走過這些「之」字形的路面，就再也追不上了。牠無助地坐下來，滿眼惆悵地望了望遠方的草原。似乎一望就有了靈感，牠那仍然眩暈脹痛著的腦袋突然輕鬆了一下：爲什麼不能讓下面這輛可惡的卡車拉著牠到達青果阿媽草原的多獼鎮呢？

牠倏地站起，順著山勢，對準車廂裏那些紮成捆的犯人穿的藍色棉大衣，跳了下去。

現在，多吉來吧面對著草原。

這就是牠的草原，牠的故鄉西結古草原，就是主人漢扎西的草原，妻子大黑獒果日的草原。

多吉來吧看到了雨後的彩虹，看到了藍色晴日中的金色太陽。太陽照耀著雪山，把無量無邊的冰白之光散射到了視線之內所有的地方。一切都是熟悉的，遠景和近景、天空和地面、氣息和陣風，都以原來的模樣，親切無比地歡迎著牠。牠哭起來，多吉來吧哭了起來。牠渾身乏力，四肢酸軟，再也無法支撐自己沉重的身體了，「撲通」一聲栽倒在地。多吉來吧哭起來，牠舔著淚雨浸濕的土地，牠像羊和牛一樣啃咬牧草，咀嚼著牧草，讓滿嘴馨香而苦澀的綠色汁液順著嘴角流淌而出。

多吉來吧靜靜地躺著，盡情地感受故鄉草原的氣息，身下的土地溫濕舒坦，給牠的身體注入生命的活力。牠安詳坦然地趴著，像是睡著了。突然，牠搖搖晃晃地站了起來，朝著碉房山的方向走去，那兒有主人漢扎西的寄宿學校，有妻子大黑獒果日的領地狗群。走著走著牠便逼迫自己跑起來，牠渴望以最快的速度出現在主人和妻子面前。

跑不多遠牠就停下了，詫異地四下裏看著：不錯，就是記憶中的故鄉，就是牠熟悉的一切，但是風中的氣息怎麼和剛才不一樣了呢？遠遠近近有那麼多陌生的味道攪混在一起：外來的藏獒、外來的狼群、外來的人，怎麼都是外來的？而且都混合有亢奮的人臊。牠立刻躁動起來，那種曾經主宰了牠的憤懣、焦慮、悲傷的情緒，像坍塌的大山一樣砸傷了牠。牠朝空氣吼起來，吼了幾聲，就聽到一陣奔跑的聲音如浪而來，隨著忽強忽弱的風一陣高一陣低。

——是狼，是狼群的奔跑，而且是外來的狼群。

多吉來吧瞪起眼睛，停止吼叫，原地轉了一圈，四肢繃得鐵硬，靜靜等待著。

雪獒戰死

鹿目天女谷裏，到處都是白唇鹿吉祥而膽小的身影。牠們一個小時前看到多獼騎手和多獼藏獒偷偷溜進了山谷，後來又看到魁偉高大、長髮披肩的勒格紅衛帶著地獄食肉魔偷偷溜進了山谷，再後來就看到了追蹤他們而來的西結古獒王岡日森格，現在又看到這麼多的人和狗走進了牠們安靜詳和的領地。牠們飛快地集中到谷地兩邊的山坡上，驚訝地矚望著，然後轟轟隆隆朝著隱秘的谷地縱深地帶跑去。

隨著白唇鹿奔跑的煙塵消失，一片四圍緩緩傾斜、中間平凹的草地漸漸清晰了，好像一個天造地設的打鬥場，把四面八方的鬥士吸引到了這裏。

最先佔領打鬥場的是多獼騎手和十九隻多獼藏獒，但他們並不知道這兒就是接下來的打鬥場，還以爲下馬休息一會兒，再給藏獒們餵點吃的，就可以繼續深入山谷尋找麥書記和藏巴拉索羅了。正要啓程的時候，突然看到一隻魁偉高大、長髮披肩的藏獒和一匹赤騮馬橫擋在他們前去的路上，赤騮馬的背上馱著一隻黑色大藏獒。一個同樣魁偉高大、長髮披肩的黑臉漢子躲藏在赤騮馬的後面。

多獼騎手的首領扎雅「哦喲」了一聲，表示對地獄食肉魔的驚嘆，但也沒有把牠放在心上，覺得他們已經見識過了西結古草原的獒王岡日森格，就不可能再有更厲害的藏獒了。

十九隻多獮藏獒的想法跟扎雅大概是一樣的，也沒有表示出特別的警惕和仇恨。而在地獄食肉魔看來，這些多獮藏獒簡直是不配自己仇恨的，聽到了勒格紅衛讓牠出擊的命令後，牠幾乎是笑著走了過來，表情和肌肉以及走動的姿態都顯得放鬆而懶散。這樣的放鬆當然不是爲了麻痹對方，地獄食肉魔用不著麻痹，牠除了輕視，還是輕視，輕視到不屑於主動出擊。

多獮藏獒中的一隻金獒首先撲了過去，速度快得連多獮騎手都沒有看清楚。就在金獒以爲牠可以一口咬住對方的時候，突然聽到一聲慘叫，居然是自己發出來的。金獒實在搞不明白牠爲什麼會拿自己的脖子去撞擊對方的牙齒。金獒躺下了，多獮藏獒一個接一個地撲過來，一個接一個地倒下。多獮騎手們一次比一次驚訝地喊叫著：「魔主，魔主，牠是魔主，是厲鬼王。」突然聽到身後又有了藏獒的吼聲，趕緊回頭，看到不知什麼時候，西結古獒王岡日森格出現在了綠得流油的草坡上。

岡日森格最初是沈默的，以牠的智慧，牠當然希望多獮藏獒和地獄食肉魔一直打下去，最好靠著多獮藏獒的輪番上陣，就能消滅這隻雄野到極頂的魔鬼。但眼看著被消滅的只能是一隻隻多獮藏獒，牠突然沈默不下去了，用吼聲宣告了自己的存在。

岡日森格挑釁似的吼叫著，儘量讓自己老邁的嗓音充滿雄壯鏗鏘的威懾。對面的地獄食肉魔立刻停止了對多獮藏獒的屠殺，瞪著岡日森格，顯得既憤怒又吃驚：好一個雄偉的藏獒，怎麼這個時候才出現？

地獄食肉魔的傲慢延緩了時間，讓本來即刻就要發生的打鬥推遲了，就在這瞬間的推遲之後，岡日森格突然不準備打鬥了，牠納悶的是，這個地獄食肉魔的氣息是似曾相識的，到底是誰啊？牠見過嗎？沒見過面怎麼氣息是熟悉的？

這時，岡日森格突然看到了躲藏在赤騮馬後面的勒格紅衛，打了個愣怔，就把地獄食肉魔的氣息暫時抛在腦後了。牠很激動，畢竟勒格紅衛曾經是「七個上阿媽的孩子」中的一個，而「七個上阿媽的孩子」又是牠過去的主人。牠親熱地「汪汪」了幾聲，牠帶著奇怪的神情，搖著尾巴跑向了勒格紅衛。

地獄食肉魔迎面截住，一頭撞翻了岡日森格。岡日森格爬起來，生氣地吼叫著。

岡日森格後退了幾步，疑慮重重地看了看牠一路追蹤的地獄食肉魔和綁在馬背上的大黑獒果日，聞了聞藏在勒格紅衛胸兜裏的尼瑪和達娃的味道，多少有點醒悟了：這個主人已經背叛了西結古草原，他和所有外來的騎手一樣，成了危害西結古人的對頭。現在牠應該怎麼辦？牠是西結古草原的獒王，是帶領西結古領地狗群履行保衛職責的首領，絕不能容忍西結古人的對頭綁架大黑獒果日以及尼瑪和達娃，但如果是曾經的主人要這樣做呢？牠天生就是忠於主人的走狗，難道會把撕咬主人和主人的藏獒作爲忠於職守的代價？

忠於主人和忠於職守都是牠的天性，牠在天性與天性之間選擇，結果發現，牠根本就無法做出選擇，主人是神聖的，職守是偉大的，牠除了忠於，還是忠於。

還有一種迷惑始終困擾著牠，那就是地獄食肉魔的氣息。經過剛才肉體與肉體的廝撞，牠發現對方的氣息不僅是熟悉的，還是親切的，親切得就跟自己的氣息、就跟過世了的妻子大黑獒那日的氣息一樣。牠搖頭晃腦，疑慮重重：莫非牠是一個跟自己有著血緣關係的後代？自己的後代怎麼會變成這個樣子呢？

岡日森格不知道，牠永遠都不會知道，多少年前，正是牠曾經的主人勒格在被丹增活佛趕出西結古寺後，偷走了領地狗群裏的兩隻小藏獒，公獒是牠岡日森格和大黑獒那日的最後一代，母獒是多吉來吧和大黑獒果日最初的愛情果實。地獄食肉魔就是這隻公獒和這隻母獒的孩子，是牠岡日森格的孫子。牠的孫子正在實現主人勒格的願望：那就是超越岡日森格和多吉來吧，更超越大黑獒果日和大黑獒那日，讓雄霸走向極頂，讓橫暴達到空前，然後按照「大遍入」法門的理想和「橫掃一切牛鬼蛇神」的要求：報仇，報仇，流血，流血。爲了實現他的理想，他做到了使用「大遍入」讓他的地獄食肉魔喪失記憶，然後六親不認。

不知道原因的岡日森格卻知道如何解決面前這個複雜的問題。牠又一次後退了幾步，揚起頭顱激切而緊張地吼起來。這是吼給西結古騎手和領地狗群聽的：快來啊，快來啊，快來營救大黑獒果日，快來營救尼瑪和達娃。岡日森格想：我曾經的主人我不能撕咬，散發著親緣氣息、很可能是我的後代的這隻惡霸藏獒我也不能撕咬，但不等於別的領地狗不能撕咬，在自己無法赴湯蹈火的時候，讓自己的同伴做出捨生忘死的努力就是必須的選擇了。

岡日森格吼來了西結古領地狗群，也吼來了一個牠原本不想看到的局面，那就是在地獄食肉魔沒有被牠拖疲拖垮的時候，雪獒各姿各雅就來到這裏，撲了過去。

雪獒各姿各雅和地獄食肉魔一對一的打鬥眨眼就開始了。

各姿各雅依然把靦腆和溫順掛在臉上，做出一副憨厚怯懦的樣子，剛撲到跟前，又退了回來，張開大嘴，抱歉地哈哈著，假裝被嚇得不輕。牠知道對方非同小可，不等到徹底消除對方的警惕，絕不能輕舉妄動。地獄食肉魔後退著，用屁股靠近著牠，似乎想進一步試探牠承受侮辱的能力。各姿各雅乾脆趴下了。

地獄食肉魔用屁股撞了撞各姿各雅的鼻子，看牠一點反應也沒有，就突然吼了一聲，慢騰騰地走向了西結古獒王岡日森格。既然我用屁股撞你，你都可以忍受，那就說明你已經被我用氣勢打敗，用不著再去費勁對付了，要對付的應該是下一個目標。雪獒各姿各雅偷眼看著地獄食肉魔，覺得時機已到，一躍而起，用比眨眼還要快的速度，撲向了對方的喉嚨。

但是從來沒有失誤過的各姿各雅，這次卻不可挽回地失誤了。牠連對方的一根毛都沒有咬到，就被對方一牙刀撕破了臉頰。

雪獒各姿各雅一連躲閃了三四下之後，感到喉嚨上有了一陣奇異的冰涼，一下子涼透了牠的心，接著就是仆倒。牠被地獄食肉魔壓住了，牢固得就像長出了根。牠知道自己的悲劇已經發生，死亡在所難免，便慘烈地叫了一聲。

地獄食肉魔憤怒至極，進入西結古草原後，還沒有遇到過一隻讓牠戰勝起來如此費勁的藏獒。牠咬穿了各姿各雅的喉嚨，又挑斷了對方脖子上的大血管，然後一口撕破了對方的肚子。牠不是在戰鬥，而是在虐殺，完全是氣急敗壞的。牠把自己的震怒像大山一樣聳立起來，然後像地震一樣坍塌而去，轉眼摧毀了雪獒各姿各雅年輕的生命。

靦腆而溫順的各姿各雅死了，大勇若怯、大智若愚的各姿各雅死了，潔白如雪、身形如鷹的各姿各雅就這樣飛快地死去了。

只有帶著美旺雄怒來到這裏的父親不認爲各姿各雅已經死去，他跑了過去，一點也不在乎地獄食肉魔的存在：「各姿各雅，各姿各雅。」

危險馬上出現了，傲慢地站在各姿各雅屍體旁的地獄食肉魔怎麼知道父親不是撲向牠，不是撲向自己身後的主人勒格紅衛和馱著大黑獒果日的赤騮馬呢？牠跳了起來，撲向了父親。

與同此時，父親身後，岡日森格和美旺雄怒從不同的方向也跳起來撲了過去，牠們是去保護父親的。牠們都看出地獄食肉魔是一隻無法理喻的藏獒，毫不遲疑地把自己的生命當成了阻止進攻的屏障。

美旺雄怒不愧是一隻出類拔萃的藏獒，當主人需要牠去救命的時候，牠採取了一種最爲便捷有效的方法，那就是首先撲向奔跑的父親。在撞倒父親、阻止了他的奔跑之後，牠一躍而起，亮出虎牙，超過岡日森格，搶先來到了地獄食肉魔跟前。

地獄食肉魔張嘴就咬，一口咬在了美旺雄怒的耳朵上，不禁勃然大怒：居然沒有讓我一口咬住你的喉嚨，你的本事也太大了。正要送上第二口，忽見一股金色的罡風從身邊嘯然而過，立刻意識到身後的主人勒格紅衛和赤騮馬已經十分危險，身子一頓，來了一個一百八十度的大轉彎，飛撲而去，從側後一頭撞翻了岡日森格。

跑去營救大黑獒果日以及尼瑪和達娃的岡日森格迅速立住，對著這隻氣息讓牠備感親切的藏獒「剛剛剛」地吼叫著，卻沒有做出撕咬的舉動，迷茫地後退了。地獄食肉魔生怕別的藏獒威脅到主人，也不戀戰，跳起來，訇然堵擋在了主人面前。岡日森格牽掛著恩人漢扎西，邊吼邊退去。

父親爬起來，撲向了雪獒各姿各雅：「各姿各雅，各姿各雅。」他搖晃著牠，又想抱起牠，發現牠根本就不配合自己的摟抱，才意識到牠已經死了，雄風卓越的雪獒各姿各雅已經不在了，牠在展示著能力、最有希望成爲西結古草原新獒王的時候，突然被命運擊倒了。

父親內心一片冰涼，欲哭無淚地走向了打鬥場的邊緣。他身邊一左一右是西結古獒王岡日森格和赭石一樣通體焰火的美旺雄怒。牠們護衛著父親，警惕地回望著，生怕地獄食肉魔從後面突襲父親。而父親想到的卻是：我怎麼這麼無能啊，怎麼讓藏獒一個個都死了呢？好像他是藏獒的天然保護神，所有藏獒的死亡都是因為他沒有盡到責任。

父親越是自責，打鬥就越是殘酷。他看到地獄食肉魔走了過來，站在打鬥場的中央，衝著岡日森格轟隆隆地吼起來。

父親朝前跨了一步，喊道：「岡日森格，你不要理牠，過來，跟我在一起。」

岡日森格聽話地來到父親身邊。父親揪住牠的鬣毛不讓牠離開，然後一手扠腰，盯著前面躲藏在赤騮馬後面的勒格紅衛，大聲說：

「勒格，勒格你給我過來，你不認識我了嗎，勒格？我是漢扎西，是你的老師，你想幹什麼勒格？你讓你的藏獒殺死了這麼多西結古藏獒，你是有罪的，懲罰就在前面等著你，你知道嗎？虧你還當過喇嘛，你那些『吽嘛呢唄咪吽』白念了嗎？」

勒格紅衛不露面，也沒有任何聲息。

父親又說：「忘恩負義的勒格啊，你為什麼要這樣？你忘了岡日森格救過你的命，忘了我這個漢扎西用生命保護過你，忘了在你無家可歸的時候是西結古草原收養了你，你忘了，把什麼都忘了，就記住了仇恨，你為什麼要仇恨？你仇恨誰就去報復誰，你不要亂咬亂殺好不好？」父親揉著眼睛哭了。

勒格紅衛說：「漢扎西老師，你不要說了，我現在不是勒格，我是勒格紅衛，我要『橫掃一切牛鬼蛇神』你知道嗎？我不可能聽你的話，我就聽『大遍入』法門的話。」勒格紅衛說罷，再次躲到了赤騮馬的後面，不管父親怎麼懇求、規勸和詛咒，他都一聲不吭。

父親衝了過去，他已經顧不得自己了，只想把勒格從赤騮馬後面揪出來，阻止接下來的打鬥。地獄食肉魔哪裡會允許父親靠近牠的主人，撲過來，張嘴就咬，咬到的卻是岡日森格的肩膀。岡日森格同樣也不會允許任何敵手傷害到父親，但牠只想保護，不想進攻，就只好把自己的肉體主動送入對方的大嘴。死亡瞬間就會發生，岡日森格用身子擋住父親，聽天由命地閉上了眼睛。地獄食肉魔看第一口沒有致命，立馬又來了一口。

勒格紅衛老鷹一樣刷地撲過來，一邊抱住地獄食肉魔使勁朝後推著，一邊焦急地揮手喊著：「退回去，岡日森格退回去，不要現在就來送死，等我心裏不難受了再讓你死。」

勒格紅衛的喊聲提醒了父親，他覺得自己可以不怕死，可以用生命爲代價讓勒格紅衛放棄廝殺打鬥的念頭，但他不能牽連岡日森格。岡日森格不是一隻見死不救的藏獒，不等他死，岡日森格就會先死。

父親退了回去，岡日森格跟著退了回去。勒格紅衛拽著地獄食肉魔也退了回去。

父親大聲說：「勒格你聽著，我最後再說一遍，我是你的老師，岡日森格是你的藏獒，我們都救過你的命，你要是還有良心，就給我老老實實的，不要再殺了，再打了。」

勒格紅衛聲音淒慘地說：「我的藏獒死了，我的狼死了，我的明妃死了，連我的大鵬血神也死了，我被趕出了西結古寺，誰對我講過良心啊？」

圍觀的騎手和藏獒全都望著父親和岡日森格，他們奇怪父親居然會不要命地衝過去，也奇怪面對挑戰的西結古獒王岡日森格居然是一副主動挨打的樣子。

西結古騎手的頭領班瑪多吉走過來，惱火地對父親說：「你撲什麼撲？讓人家把你咬死怎麼辦？勒格已經變成魔鬼啦，已經不是你的學生啦，你還是讓岡日森格給我上。」又摸摸岡日森格的頭說，「岡日森格聽我的，關鍵的時刻來到了，不要害怕，你從來沒有輸過，這次也不會輸。上，給我上，咬死勒格的藏獒，也咬死勒格，不要客氣，他早就不是你的主人啦，他連西結古草原的人都算不上。」

父親瞪著班瑪多吉說：「我算是看出來了，你不讓岡日森格死掉是不甘心的。我告訴你，班瑪書記，我是勒格的老師，他就得聽我的。我今天豁出去了，我就是不讓岡日森格上，就是要看看勒格有沒有膽量縱狗咬死我。以往每次都是岡日森格保護我們，今天我要保護岡日森格一次。你過來，抱住牠，不要讓牠跟著我朝前撲，要撲我撲，我是藏獒，我是獒王岡日森格。」

但是，很快父親就發現，勒格和他的地獄食肉魔已經不在了。父親吃驚地想，他們爲什麼會離開這裏？是良心發現了，無法面對自己的老師漢扎西和救過自己命的恩狗岡日森格，還是意識到這裏人多藏獒多，大黑獒果日以及尼瑪和達娃很可能會被解救而去？反正勒格走了，在黑夜的掩護下，他牽著赤騮馬，帶著地獄食肉魔，悄悄離開了這裏。

狼恩

雖然在別人的領地上有些心虛膽怯，上阿媽狼群並不打算輕易離開，牠們彎來彎去沒有直接跑出西結古草原，招惹得紅額斑狼群一直都在追攆。兩股狼群在逃命與追命之間周旋著，持續了一個夜晚。

天亮時，兩股狼群慢下來，都把警惕的眼光掃向了遠方。遠方有一個小小的黑點，狼們都在想：哪裡來的藏獒，怎麼會在這裏，牠孤零零地立在狼群面前想幹什麼？

上阿媽狼群衝了過去。大家都想繞開多吉來吧，狼群中間譁然出現了一道裂痕。多吉來吧左看看，撲向了左邊；右看看，撲向了右邊。疲憊和傷痛拖累著牠，牠還是咬傷了兩匹狼，等牠撲向第三匹狼——一匹衝牠齜牙瞪眼的少年狼時，遭到了少年狼所屬的整個狼家族的同時攻擊，五匹成年狼從不同的方向撲過來咬住了牠。

多吉來吧暴跳如雷，好像是說我才離開了多久，外來的侵略者居然猖狂到這種地步了。牠狂吼狂咬著，雖然一口也沒有咬住狼，兩隻前爪卻比利牙還要迅捷地掏向了狼胸狼腹。那是永不鬆軟的鋼鐵，所到之處，皮開肉綻。一陣混撲亂打之後，狼毛和獒毛變成旋風飛上了天，隨著旋風上天的，還有三匹狼不甘就死的氣息。

多吉來吧再撲再咬，圍過來廝打的狼越來越多了。上阿媽狼群似乎也意識到，這裏只有一隻藏獒，只要狼群同心協力，就沒有打不過、咬不死的道理。

坐山觀虎鬥的紅額斑狼群悄悄靠近著。突然一聲嗥叫，所有紅額斑狼群的成員都愣了，牠們不明白，爲什麼牠們的頭狼會在這個時候發出這樣一聲嗥叫。嗥叫之後，上阿媽狼群突然放棄對多吉來吧的圍攻，潰退而去。

多吉來吧用爪子拖帶著狼腸狼血追了過去。

上阿媽狼群被攆進狼道峽口的時候，多吉來吧「撲通」一聲臥倒在地，舔著自己身上可以舔到的傷口，片刻之後，身子搖晃著站起來，碩大而沉重的獒頭掉轉了方向，面對牠身後的紅額斑狼群。

多吉來吧陰鬱而傷感地望著紅額斑狼群，突然意識到，剛才對上阿媽狼群的追擊消耗的是牠最後的力量。牠不遠千里奔回自己的草原，不僅沒有機會休息，也沒有機會活命了。見到主人漢扎西和妻子大黑獒果日的千般努力，也許就要功敗垂成。

多吉來吧安靜下來，巍然聳立，如同冰山。紅額斑狼群就在四十米之外，一大片狼眼一起射向多吉來吧，也是不嗥不叫，冷靜得就像寒冬。

沈默之中，雙方的眼光變得深邃遙遠。多吉來吧想起了九年前的那場搏殺，大雪飄揚的日子，三股狼群圍住寄宿學校，咬死了十個孩子，也幾乎咬死牠。就是因爲牠沒有被咬死，揮之不去的恥辱讓牠差一點離開主人，成爲一隻野狗。當年咬死十個孩子的狼，只要活著的，就都在面前這股狼群裏，包括紅額斑頭狼。紅額斑頭狼當時雖然還不是頭狼，卻是一匹比頭狼還要勇敢聰明的戰狼。多吉來吧盯著當年的戰狼如今的頭狼，心想上天給了自己一個復仇的機會吧，只恐怕自己是力不從心了！

而在紅額斑頭狼記憶深處，是更加深刻慘烈。十個孩子的血肉和幾十匹壯狼的血肉，依然在眼前橫飛。這隻名叫多吉來吧的藏獒，牠山呼海嘯般的猛惡，曾讓鋪天蓋地的狼一個個心驚膽寒。留在牠腦海裏的不可磨滅的印象，已經不是恐懼，而是敬畏。

紅額斑頭狼渾身抖了一下，帶著狼群，再一次朝前移動。現在，多吉來吧和紅額斑狼群的距離只有二十米了。空氣是透明的，卻又是熊熊燃燒的，白色的燃燒裏，湧動著白色的恐怖。

眾多的狼心和一顆獒心在無聲而激烈的對抗中比賽著堅硬和氣魄。

沈默。

紅額斑頭狼終於忍不住咆哮了一聲，所有的狼都開始咆哮。多吉來吧昂然挺立，依然用天生的輕蔑不吭不哈地面對著狼群，緩緩地朝前走了一步，又一步。

紅額斑頭狼後退了一步，突然一聲嗥叫。這是號令，不是進攻的號令，而是撤退的號令。號令還沒有落地，牠就搶先轉過身去，撒腿就跑。狼群跟上了牠，牠們其實早就想跑了，所以逃跑的動作協調如水，比進攻還要自然流暢。

多吉來吧沒有追趕，儘管追趕是藏獒對狼的本能反應，儘管九年前的仇恨還耿耿於懷，儘管十個孩子的音容笑貌就在眼前，栩栩如生，牠也不能追趕。牠聞到另外一股狼的氣息，而且來自寄宿學校方向。

牠不禁埋怨起來：西結古的領地狗群，獒王岡日森格，你們幹什麼去了？怎麼一進入草原，到處都是耀武揚威的狼群，而不見你們的影子呢？

巴俄秋珠帶領上阿媽騎手超越西結古騎手，跑向了前面，沒發現什麼值得追逐的目標，又往回跑，跑著跑著，突然勒馬停下了。他身後的騎手和領地狗來不及刹住，跑出去又紛紛折回來，用眼睛問道：「爲什麼要停下？」

巴俄秋珠舉起馬鞭指了指左前方說：「看見了吧，那是什麼？」

騎手們說：「早就看見了，不過是一隻沒有主人的藏獒。」

巴俄秋珠說：「那好像是多吉來吧，多吉來吧可不是一般的藏獒，牠是當年的飲血王黨項羅刹。我聽說牠被漢扎西賣到了西寧城，怎麼又回來了？」

巴俄秋珠吆喝著自己的人和狗，縱馬跑了過去。

多吉來吧正從上阿媽騎手的側翼插過，按照習慣，牠應該撲向這些外來的騎手和藏獒，但牠沒有，寄宿學校的狼群、命在旦夕的孩子們比什麼都重要，任何事情都不值得牠去浪費時間。牠想迴避上阿媽騎手和領地狗群，卻沒想到他們跑過來橫擋在了自己面前。牠不高不低、氣息平穩地吼了一聲，態度幾乎是和藹的，意思是：請你們讓開，我要過去。上阿媽領地狗們理解了，互相看了看，並沒有對著吼起來。

巴俄秋珠大聲說：「多吉來吧你在這裏幹什麼？是不是也要去鹿目天女谷？我們聽說麥書記在那裏，你能帶我們去嗎？」

多吉來吧沒有聽懂，以爲對方的意思是擋著牠不讓牠走，便用一種只有面對狼群時才會有的黑暗寒冷的眼光，針芒一樣扎向巴俄秋珠。

巴俄秋珠很氣憤：「別忘了我曾經也是西結古草原的人，你不服從我，就不是一隻好藏獒。」

多吉來吧的回答是一聲剛猛的吼叫，告訴對方牠才不管他曾經的身分，只知道他現在的身分：來自上阿媽草原的侵略者。

巴俄秋珠冷笑一聲說：「你的態度其實我們已經猜到了，但是你沒有猜到我們的態度。你知道你今天爲什麼碰到我們嗎？因爲你的死期已經到了。」說著從背上取下了槍，喊道，「騎手們，快快瞄準這傢伙，我們的藏獒沒有一隻能打過牠。」

騎手們紛紛取槍在手。多吉來吧蹦跳而起，巴俄秋珠以爲牠要撲過來，正要端槍射擊，卻見牠轉身就跑。

「追。」巴俄秋珠狂叫一聲。上阿媽騎手和上阿媽領地狗瘋追而去。

西結古草原上，剛剛還是狼群的逃命，轉眼又是一代悍獒多吉來吧的逃命了。多吉來吧拚命地逃著，上阿媽騎手和領地狗群拚命地追著，馬本來就比藏獒跑得快，加上多吉來吧越來越倦怠的體力，距離漸漸縮小了。

多吉來吧回頭看了一眼，突然朝右拐去，跑上了一座馬鞍形的草岡。馬的速度頓時受到了限制，距離又拉開了。

巴俄秋珠朝著多吉來吧開了一槍，看沒有打著，喊道：「快啊，快啊。」然後揚鞭催馬，跑上了馬鞍形草岡的低凹處，一看前面還是草岡，憤怒地叫著：「獒多吉，獒多吉。」催促上阿媽領地狗追上去堵住多吉來吧。上阿媽領地狗箭鏃一樣「嗖嗖嗖」地衝向了前方。

多吉來吧是機智的，牠把上阿媽騎手引到了一個草岡連著草岡的地方，這樣的地方抑制了馬的奔跑，使牠暫時擺脫了槍的威脅，至於追上來的上阿媽領地狗群，牠是不怕的，不就是牙刀和爪子嘛，不就是力量和速度嘛，牠多吉來吧從來不懼怕，也從來不缺乏。而上阿媽領地狗群似乎也不想給多吉來吧造成致命的威脅，所有的上阿媽領地狗都是追而不近、近而不咬的。

但是上阿媽領地狗的客氣並沒有給多吉來吧帶來好運，很快就是無路可逃——狼群出現了。

草岡連著草岡的地形對多吉來吧是有利的，對狼也是有利的，多吉來吧逃亡的地方，也正好是被牠嚇退的紅額斑狼群逃亡的地方。牠翻過了一座草岡，又翻過了一座草岡，第六座草岡剛剛翻過去，就看到這股少說也有一百五十匹狼的大狼群，密密匝匝地

堵擋在牠面前。多吉來吧停下了，牠只能停下，牠已經失去了剛才那種山呼海嘯、勢不可擋的威猛氣勢，一副抱頭鼠竄、見縫就鑽的可憐樣子。這個樣子的藏獒，一旦闖進狼群，立刻就是肉糜。

多吉來吧呆愣著，巴俄秋珠帶著騎手追過來，端起了一桿桿叉子槍。

多吉來吧前有狼群，後有叉子槍，心中一片絕望。狼群包圍了寄宿學校，孩子們就要死去，主人漢扎西還沒有見上一面，妻子大黑獒果日更不知凶吉如何，牠的生命就要終結了。牠千里奔波，回援故鄉，到頭來卻是一事無成，就爲了做槍的活靶、狼的美味？

多吉來吧走向上阿媽騎手，牠寧可讓人打死，也不能讓狼群咬死。

巴俄秋珠緊張地看看自己兩邊的騎手，大聲說：「我喊一二三，大家一起開槍。」騎手們應和著，一個個閉上眼睛，扣住了扳機。

但是狼群沒有讓巴俄秋珠喊出「一二三」來，牠們撲過去了，首先是紅額斑頭狼，帶著一股迅疾的罡風撲過去了。多吉來吧以爲是撲向自己的，回身要咬，卻看到狼們一匹匹從自己身邊飛馳而過，撲向了槍口，撲向了上阿媽騎手。槍聲啪啦啦的，就像是對骨頭斷裂的模仿，兩匹狼頓時栽倒在地。

狼群趕緊後撤，順著草岡一路狂馳，跑上了另一座草岡，停下來再看多吉來吧時，發現牠已經離開那裏，奔向了一處窪地。

巴俄秋珠和上阿媽騎手們遠遠地注視多吉來吧和紅額斑狼群，驚奇勝過恐懼：狼群救了多吉來吧！

後來，狼群救了多吉來吧，成了草原多年的傳說，更成了父親固執的嘮叨。父親用這個故事說明，很多時候人不如畜生，不如野獸，說明天地有靈。卻說不出狼爲什麼要救多吉來吧。

父親說不出，草原上別的人也說不出。也許，不是說不出，而是不願說。沒有人願意接受一個簡單的解釋：狼群不是救多吉來吧，是救牠們自己。牠們只看到騎手的槍口朝向，沒看出槍口瞄準的只是多吉來吧。

作爲狼，怎麼會相信人的槍口瞄準的不是狼，而是永遠忠誠於他們的藏獒？

草窪風雲

勒格紅衛曾經是西結古寺的喇嘛，他對西結古寺的熟悉就是對娘家的熟悉。當「大遍入」法門的本尊神啟示他，在數百個空行母日夜守護的西結古寺，一個巨大的彩繪圓筒裏，沉睡著藏巴拉索羅時，他就知道這實際上也是自己的猜測：大經堂中那根繪著格薩爾降伏魔國圖的柱子裏，一定藏匿著格薩爾寶劍。

現在的問題是，他如何潛入大經堂，如何獨自靠近那根空心柱。他把自己搶奪來的一匹灰騍馬拴在了碉房山下的灌木林裏，讓地獄食肉魔看著牠，自己步行上山，邊走邊想，等走進西結古寺的時候，主意也就有了。他繞過照壁似的嘛呢石經牆，停在父親曾經住過的那間僧舍前，探頭朝裏看了看，看到裏面沒有人，便隱身而入。他從僧舍的櫃子裏找出一塊酥油，在門板上厚厚抹了一層，從腰裏解下火鐮，再拿出一撮引燃的苞草，打著後插在了門板上。

他走出僧舍，沿著僧舍後面曲曲扭扭的狹道，飛快地走向護法神殿的白色山牆，踩著祭台，爬進了一個半人高的佛龕。

大經堂的門前，鐵棒喇嘛藏扎西驚叫起來：「著火了，著火了。」喇嘛們紛紛跑向了火災現場，大經堂內外頓時空空蕩蕩。勒格紅衛跳下佛龕，貓腰來到大經堂，直奔目標。

勒格紅衛圍繞著空心柱，緊張地用手指敲打著，然後拿出藏刀，在格薩爾降伏魔國圖的邊沿使勁一撬，一扇門便輕輕打開了。他站起來朝上瞅，上面黝黑一片，什麼也看不見，又轉著圈摸了摸柱子四壁，沒摸到什麼，正納悶的時候，就見門扇也就是格薩爾降伏魔國圖的背後，插著一個明光閃閃的東西。

勒格紅衛愣了，那不是他要找的東西是什麼？格薩爾的寶劍，萬戶王的象徵，青果阿媽草原權力的象徵、唯一的主宰，人人都想得到的藏巴拉索羅，他已經是它的主人了。

他看到那寶劍跟他想像得一樣華麗，有金銀的裝飾，有寶石的鑲嵌，只是短了點，只有一尺多長。勒格紅衛一把抓住劍柄，搖了幾下才拿到手，飛快地從胸兜裏面插進腰際，鑽出空心柱，仔細關好格薩爾降伏魔國圖的門，朝大經堂外面快步走去。

喇嘛們已經撲滅了火，都在那裏議論：到底是怎麼著火的？是人幹的，還是鬼的行動？哪裏來的人或鬼，敢於在神佛仙居的西結古寺放火燒房？勒格紅衛沒有原路返回，而是朝上走過西結古寺最高處的密宗札倉明王殿的遺址，走到了降閻魔洞前的岔路口，順著那條通向草原的小路，繞來繞去來到碉房山下灰騾馬和地獄食肉魔藏身的灌木林裏，然後騎馬一溜煙地消失了。

藍馬雞草窪人影幢幢，先是上阿媽騎手和領地狗走來，接著又出現了東結古騎手和領地狗、多獼騎手和多獼藏獒。這些人還沒走到跟前，就傳來了地獄食肉魔的吼叫。

父親和班瑪多吉看出獒王岡日森格想把各路外來的騎手堵擋在這裏，不禁有些詫異：爲什麼是這裏？難道麥書記和藏巴拉索羅就在附近？

地獄食肉魔一轉眼來到了離西結古領地狗群十多米的地方，衝著岡日森格發出了一陣挑戰似的咆哮。獒王岡日森格無奈地擺出了應戰的架勢。牠已經聞到身後不遠處就是麥書記和丹增活佛的味道，必須在這裏擋住所有的危險。牠朝著地獄食肉魔走去，也朝著不幸走去。不幸的原因還是牠那靈敏的嗅覺和超凡的記憶，牠更加切實地感覺到，地獄食肉魔的氣息不僅是熟悉的，更是親切的，親切得就像自己的氣息、就像妻子大黑獒那日的氣息。牠疑慮重重地朝前走了幾步，坐下來，輕輕搖著尾巴。

而喪失了記憶的地獄食肉魔永遠是簡單的，在牠看來，搖尾就是屈從，屈從就是死亡，牠活著就是爲了讓別的藏獒死亡。牠按照勒格紅衛灌注在牠骨血裏的仇恨與毀滅的法則，猛惡地撲向了岡日森格。

岡日森格的喉嚨很容易就被血嘴利牙噙住了，但是地獄食肉魔沒有立即咬合，牠有些詫異：這隻外表高拔強悍得堪與自己媲美的藏獒，死到臨頭了，怎麼還不反抗？不反抗是牠害怕了，既然害怕，爲什麼又不躲閃？詫異讓地獄食肉魔放鬆了進攻，沒有用最快的速度咬死岡日森格。

面對敵手歷來都是冷酷殘暴的岡日森格，這時候拿出了老爺爺的溫情和寬厚，即使感到了喉嚨的疼痛，也沒有做出任何回擊的舉動。

死亡即刻就會發生。父親尖叫著：「岡日森格，你怎麼了？」

西結古騎手的頭班瑪多吉嘆道：「完了完了，連岡日森格也完了，我們現在靠誰去戰鬥？」

匆匆趕來的勒格紅衛看到地獄食肉魔已經咬住了岡日森格的喉嚨，驚訝地「啊」了一聲，接著又陰險地放起了冷箭：「咬死牠，牠就是獒王岡日森格，就是丹增活佛。」

勒格紅衛的聲音讓岡日森格淚眼朦朧，發現這位昔日的主人已經模糊，關於往事的記憶也已經模糊，清晰呈現的只有天塌地陷的危機。牠不顧一切地掉轉了身子，一頭頂開地獄食肉魔，「轟轟」大叫，彷彿突然之間，牠就不再惦記勒格紅衛是牠曾經的主人，也不再顧忌地獄食肉魔跟牠的親緣關係了。

地獄食肉魔後退了一步，意識到岡日森格居然頂撞了自己，就暴怒地一連跳了好幾下，好像是說：死定了，死定了，你今天死定了。

岡日森格發出了一陣「嗚嗚」聲，牠為自己必須和親人決鬥而悲痛不已。

班瑪多吉朝牠有力地揮著手，聲嘶力竭地喊道：「岡日森格，拿出獒王的威風來。」只有父親的聲音是溫暖而體貼的：「岡日森格，你老了，你就認輸吧，不要再打了。」

岡日森格瞇上眼睛，仰望空中最遙遠的明亮，喟然一聲長嘯，把一隻老獒王滿腹滿胸的惆悵和歷經滄桑的悲涼呼了出去，然後像一個孩子一樣，撲騰著淚眼，好奇而審慎地走向了牠的親緣後代地獄食肉魔。這一刻，牠的內心突然豪烈起來，已經不僅僅是為許許多多被地獄食肉魔咬死的藏獒報仇了，也不僅僅是為了聽命於西結古人的意志，服從於西結古人的需要。

岡日森格用蒼老的身軀支撐著勇毅者的尊嚴和一個獒王的神聖職責，坦然冷靜地走上了血性之路、廝殺之路。

血戰故鄉

白蘭狼群餓了，掠食的欲望愈加強烈，而由欲望產生的膽量和力量，也跟著機會同時出現在眼前。機會不是一兩個孩子離開寄宿學校朝牠們走來，而是風的轉向。原來的風是迎面而來的，狼群能聞到藏獒的味道，藏獒聞不到狼群的味道，現在的風突然倒刮而去，只讓藏獒聞到了狼群的味道，狼群卻聞不到藏獒的味道。立刻有藏獒叫起來，這一叫就暴露了牠們的實力：趴臥在寄宿學校帳房前的幾隻大藏獒不是全部都叫，能叫的藏獒也不是吼聲如雷、氣衝牛斗，而是虛弱不堪、有氣無力。黑命主狼王立刻明白過來，懊悔得連連刨著後爪：白白地窺伺和忍耐了這麼久，原來這些藏獒都是毫無戰鬥力的，大概是老者，或者是傷者和病者。

黑命主狼王一躍而出，站在草岡的最高端，放肆地嗥叫了一聲。狼們紛紛跳出了隱蔽的草叢和土丘，也像黑命主狼王一樣嗥叫起來。

「狼來了。」十多個孩子喊叫著。這裏沒有大人，只有孩子，孩子們的頭是秋加。秋加先是帶著孩子們跑向了幾隻藏獒，像是去尋求保護的，馬上意識到現在只能由人來保護這些藏獒，就大人似的對孩子們說：「你們守著牠們，我去看看狼，少了扒少的狼皮，多了扒多的狼皮。」說罷，甩著膀子，大步走到了牛糞牆前，往前一看：「哎喲阿媽呀，這麼多的狼。」

一大片狼的湧動就像一大片雲彩的投影，在秋加的眼裏半個草原都黑了。他轉身就跑，膀子再也甩不起來，到了孩子們跟前就哆哆嗦嗦地說：「我們回帳房吧，快回帳房吧。」

孩子們朝著帳房跑去，沒跑幾步秋加就喊道：「藏獒怎麼辦？」趕緊又帶著孩子們跑回來。

藏獒們都站起來了，包括差一點死掉的父親的藏獒大格列。大格列也不知哪兒來的力量，站起來後居然還朝前走了一步。但牠也只能走這一步，再要往前時，就「撲通」一聲栽倒了。牠掙扎著，卻再也沒有挺起身子來。

狼群的包圍圈很快就縮小了，離藏獒最近的狼只有三米了，離孩子們最近的狼只有五米了。

狼群的步驟顯然是先咬死藏獒，再吃掉孩子們。十多個孩子發出了同一種聲音，那就是哭聲，邊哭邊叫：「漢扎西老師，漢扎西老師。」

多吉來吧奔跑著，一頭栽倒了，爬起來又跑。牠已經看到了寄宿學校，「荒荒荒」地喊叫著：漢扎西，我來了！又一頭栽倒了，還是爬起來又跑，「荒荒荒」地喊叫著：孩子們，我來了。

多吉來吧奔跑著，腹肋間、胸腔裏、嗓子中好像正在燃燒，就要爆炸。一次次栽倒，一次次爬起，不管是栽倒還是爬起，牠都會「轟轟轟」地喊叫：我來了，我來了。牠已經看到了狼群，看到狼群正在圍住孩子並開始撕咬，牠吞咽著滿嘴的唾液，捲起舌頭，眼球都要噴出血來了。

聽到了多吉來吧的聲音，狼群撲咬藏獒和孩子們的精力突然就不集中了，都回過頭來看著這隻毛髮披紛的藏獒。這給了十多個孩子和四隻病傷在身的藏獒一線生機。多吉來吧踉踉蹌蹌衝到狼群的後面，而狼群的後面都是老狼和狼崽，從來不欺負弱小的多吉來吧這一次衝過去，一口咬住了一匹狼崽，並讓狼崽發出了一陣「吱吱吱」的尖叫。黑命主狼王愣了一下，咆哮著跑了過去。

多吉來吧大頭使勁一甩，把狼崽甩出去老遠。狼崽的父母跑向了狼崽，發現狼崽已經死了，悲痛地嗥叫。黑命主狼王聽到牠們的嗥叫，自己也嗥叫起來，這一聲嗥叫就把所有狼的注意力吸引到這邊來了。而這也正是多吉來吧的目的，牠成功地轉移了狼群的注意，又用成功地激發了狼群的仇恨。牠跑起來，想牽引著狼群離開這裏儘量遠一點。

白蘭狼群不知道牠們遇到的是大名鼎鼎的多吉來吧。牠們雖然也屬於西結古草原，卻幾乎不來野驢河流域活動，只聽說過多吉來吧，卻沒有見過。在牠們猶豫不決的時候，多吉來吧不吼不叫，不怒不躁，只用一種不經意的眼光瞟著黑命主狼

王。牠已經看出來了，狼群的心臟就是這匹狼。

而在黑命主狼王看來，越是平靜安詳的藏獒，越具有潛在的威懾，就越要小心提防。牠派出去了好幾匹狼，佔領了四面八方的高地，想看看這隻奇壯無比的藏獒是不是誘餌，是不是有更多的藏獒正在朝這裏奔襲而來。十幾分鐘後，派出去的狼都開始嗥叫，那是回應：沒有，沒有別的奔襲者。

黑命主狼王就更奇怪了：既然就這麼一隻藏獒，牠爲什麼要這樣？牠可以遠遠地離去，也可以去守著孩子們，就是沒有理由一動不動地趴臥在這裏。這樣的疑問讓黑命主狼王一直沒有發出撲咬的命令。

時間就這樣過去了，多吉來吧的喘息漸漸平靜，奔跑帶來的腹肋、胸腔、嗓子裏燃燒和爆炸的感覺已經沒有了，力量正在一絲絲地聚集。牠試著揚了揚頭，又一次臥了下來。

黑命主狼王詫異地撮起鼻子，咆哮著朝前撲去，幾乎撲到了多吉來吧身上。多吉來吧不僅沒有驚慌，反而閉上眼睛，舒舒服服地把獒頭靠在了伸直的前腿上。黑命主狼王趕緊退回來，正要再次撲過去時，就見多吉來吧忽地飛了起來，朝著狼影遮罩而去。黑命主狼王朝後蹦跳而起，一閃身躲到一邊去了，卻把死亡的機會讓給了一匹毫無防備的大公狼。大公狼還沒有搞清楚怎麼回事兒，喉嚨就被獒牙牢牢鉗住了。狼命在獒牙之間遊蕩，嘶嘶地響了幾聲後就倏然消失。

似乎多吉來吧的戰鬥這才真正開始。牠拿出剛剛恢復過來的全部體力，衝進騷動的狼群，抖散渾身拖地的獒毛，如同一股揚塵的風，撲啦啦地迷亂了狼眼。牠奔撲跳躍，撲倒一匹狼，不管咬在什麼地方，都不會停下來再咬第二口。牠知道停下來是危險的，狼群會鋪天蓋地而來，把幾十張大嘴同時對準牠。牠想起了九年前的那場搏戰、那種狼群在牠身上摞成山的情形，那樣的情形如果再出現，帶給牠的就一定是死亡。

黑命主狼王彷彿看透了多吉來吧的心思，牠要做的就是儘快制止對方的奔撲跳躍，儘快給自己創造一個群起而攻之的機會。牠迅速離開多吉來吧的撲咬範圍，召集一些大狼壯狼來到自己身邊，靜靜地等待著，只要多吉來吧衝過來，牠們就會一擁而上，用狼牙齊心協力埋葬牠。

多吉來吧一看，大吼一聲，氣勢洶洶地衝了過去。

沒等到多吉來吧衝到跟前，那些靜立不動的狼就突然攪起了一陣旋風，前後左右地躥動著，包圍了多吉來吧。多吉來吧發現情況不妙，獒毛一扇，忽地跳了起來。黑命主狼王邊叫邊撲，所有的狼都跟著撲了過去，硬是從前後左右咬住多吉來吧的獒毛，把牠從空中拽了下來。

多吉來吧被壓住了，開始牠還能站著，還能搖晃著身子試圖甩掉那些狼，後來就沒有力氣了，覆蓋而來的狼不斷增加，重得牠無法承受，只好側著身子趴下來。好在牠的上面是狼摞狼的，摞上去的狼不一定咬住牠。牠把下巴緊貼在脖子上，齜出利牙保護著喉嚨，然後憑藉狼的撕拽，仰面朝天，冒著自己的肚腹被狼咬破踩爛的危險，強勁有力地搗出了前爪和後爪。

讓多吉來吧沒有想到的是，想置牠於死地的黑命主狼王，這時候又成了牠的救星。黑命主狼王也被壓在下面了，窒息的感覺和被壓死的危險同樣沒有放過牠。牠這才意識到：自己光想到了壓死對手，卻沒想到同時也會壓死自己和別的狼。牠嗥起來，牠身邊的狼和牠上面的狼也都嗥起來，一個意思：走開，走開，讓我們出去。狼們一層一層地離開了，空氣飄了回來，呼吸舒暢了。黑命主狼王和壓在多吉來吧身上的狼一個個站了起來。幾乎在同時，多吉來吧丟開抱在懷裏的死狼，打了一個滾兒，搖搖擺擺地挺起了身子。

多吉來吧滿頭是血，是狼牙撕咬的痕跡。牠抖動著獒毛，抖落了渾身的塵土草屑，巡視似的轉了一圈，四腿一蹦，呼地撲了過去。牠撲向了黑命主狼王，看到對方已經躲開，就又撲向另一匹公狼，一口咬住了對方的脖子。牠憤然一撕，讓大血管的開裂帶出了一聲死神的歌吟，然後激跳而去，再次撲向了黑命主狼王。

黑命主狼王又一次躲開了，又一次把身後的一匹公狼亮給了多吉來吧。多吉來吧在咬住這匹公狼的同時，一爪伸過去，蹬踏在了另一匹公狼的腰窩裏。

但就是這一殺性過於貪婪的蹬踏，讓多吉來吧失去了平衡，牠歪倒在地，放開了那匹本來可以咬死的公狼。那公狼回頭就咬，咬在了多吉來吧的前腿上，讓多吉來吧的起身慢了至少五秒鐘，而這五秒鐘，恰好就是黑命主狼王撲過來咬牠一口的時間。

黑命主狼王咬在了多吉來吧的脖子上，差一點把大血管挑破，然後又奮力後退著嗥叫起來。

多吉來吧吼喘著衝了出去，衝到了一面坡坎前，局勢立刻變得對牠有利了。牠回過頭來，在後面和兩側沒有敵手威脅的情況下，面對追過來的狼群，一次次地撲咬著。牠撲咬的是狼群的邊沿，狼群再多，前面的也會擋住後面的，牠左晃右閃，聲東擊西，一咬一處豔麗的傷痕，一咬一股噴湧的血泉。

這時，黑命主狼王繞著狼群跑過來，想從側面偷襲多吉來吧。多吉來吧假裝沒發現，等牠到了跟前，突然轉身，炸吼一聲，撲了過去。黑命主狼王比別的狼多一種本領，那就是朝後奔躍，牠讓牠幸運地躲過了死亡，卻沒有躲過傷殘。牠的皮肉開裂了，從脖子一直開裂到肩膀。

牠一連朝後奔躍了四次，才完全擺脫多吉來吧的撕咬，驚魂未定地跑到了狼群後面。黑命主狼王忍著傷痛，揚起脖子，悲哀地長嗥了一聲，眼光朝遠處不經意地一閃，看到了牛糞牆裏十多個孩子和四隻傷殘的藏獒，心裏就有些懊悔：爲什麼非要和這隻霸悍無比的藏獒糾纏不休呢？黑命主狼王用招呼同伴的聲調嗥叫了幾聲，搶先衝向了孩子們。

孩子們驚叫起來。多吉來吧沙啞地吼了一聲，丟開正在和自己糾纏的一匹公狼，拚命跑了過去。

黑命主狼王只來得及咬住秋加的衣袍把他拽倒在地，多吉來吧就趕到了，牠趕緊鬆開秋加，一個漂亮的朝後奔躍，躲開了多吉來吧的撕咬。

「多吉來吧，多吉來吧。」孩子們早就看到了多吉來吧，早就歡呼過了，但等牠到了跟前，可以和他們互相觸摸、緊緊廝守的時候，還是爆發出了一片歡呼。好像只要多吉來吧來到跟前，危險和恐懼就會煙消雲散。孩子們爭爭搶搶地和多吉來吧擁抱著。多吉來吧氣喘吁吁地舔了這個，又舔那個，讓每個孩子紅撲撲的臉蛋都變得水靈靈的。他們似乎忘了狼群，忘了殘酷的打鬥還在繼續，只剩下重逢的喜悅，用情深意長的表現，否定了所有的不安和不幸。

多吉來吧走過牛糞牆，走向了狼群。牠走到七八米的地方突然臥下，用陰森森、紅閃閃的眼光盯著黑命主狼王。孩子們再也不害怕了，舉著拳頭喊起來：「咬死狼，咬死狼。」

多吉來吧回頭看了看孩子們，打哈欠似的張了張嘴，像是說：放心吧，等我休息夠了，面前這些狼就都得死掉。

多吉來吧只休息了不到十分鐘，就被狼群催逼起來了。狼群知道不能讓牠休息，一點一點靠近著，不斷用咆哮挑釁著牠。多吉來吧吃力地站起來，恨恨地吹著粗氣，走向了一匹離牠最近的大公狼。大公狼趕緊朝後退去，退到了黑命主狼王身邊，好像是去商量的：到底怎麼打，一起撲還是分開撲？

多吉來吧繼續靠近著，做出撲咬的樣子，用刀子一樣的眼光在兩匹狼身上掃來掃去，掃得大公狼和黑命主

狼王心裏直發毛：到底對方會撲向誰呢？多吉來吧突然停下了，從胸腔裏發出一陣吼聲，好像是最後通牒：你們誰不後退，我就咬死誰。吼了幾聲，多吉來吧縱身一跳，撲了過去。

與此同時，黑命主狼王朝後奔躍而去，唰一下躍出了多吉來吧的撲咬範圍。大公狼沒有這等本事，只能轉身逃跑，剛把頭掉過去，就被多吉來吧牢牢壓在了身體下面。

完蛋了，狼們都以爲大公狼命已休矣，全然沒想到多吉來吧會從大公狼身上跳下來，看都沒看牠一眼，就又走向了黑命主狼王。

多吉來吧加緊了追咬，拿出最後的體力，再也沒有給黑命主狼王停下來的機會。無處可躲也無狼幫助的黑命主狼王只好跑離了寄宿學校，跑上了兩百多米外的一座草岡。多吉來吧沒有追過去，牠知道自己的力氣正在耗盡，就臥在離孩子們十米遠的地方，緊張地觀察著狼群的下一步行動。牠感到渾身的傷口就在這個時候一起疼起來，大概是掙裂了吧，怎麼一下子全部掙裂了？

黑命主狼王嗥叫起來，是召集狼群來到自己身邊的聲音。狼群過去了，在草岡上待了一會兒，便又跟著黑命主狼王走了回來。大概是受到了黑命主狼王的訓示吧，牠們顯然沒有放棄咬死孩子的目的，新的一輪進攻正在醞釀之中。

多吉來吧站起來，步履滯重地走向了寄宿學校的帳房。牠從帳房門口叼起主人漢扎西洗衣服用的一個馬口鐵盆子，拖到了孩子們面前，又往返幾趟，從帳房裏叼來了孩子們用的三個搪瓷洗臉盆。牠用爪子對著洗臉盆的盆底拍起來，拍一下，叫一聲，著急地望著孩子們。

秋加首先明白了，學著多吉來吧的樣子，用自己的巴掌拍響了盆底，拍了幾下覺得不夠響亮，便撿起一塊石頭敲起來。

轉眼之間，馬口鐵洗衣盆和三個搪瓷洗臉盆都被孩子們敲起來了。草原上的人都非常愛惜器皿，尤其是外來的鐵質的器皿，從來沒有人如此敲打過，狼自然也就從來沒有聽到過。牠們不知道這是什麼東西在響，還以爲是爆炸，驚愣在三十米之外不知如何是好。多吉來吧衝過去了，就在這種亙古未聞的鐵器的戰叫聲中，牠蹣蹣跚跚地衝向了黑命主狼王。

黑命主狼王轉身就跑，牠一跑，狼們就都跟著跑起來。多吉來吧追了幾步，突然停下來，身子一歪，倒了下去。不行了，不行了，牠感到渾身的傷痛如同亂錐扎身，一點力氣也拼擠不出來了。牠艱難跋涉、奮力廝殺一千二百多公里，回到西結古草原後，依然是艱難的奔逐廝殺，牠就是金剛身軀，也已經散架了。牠一聲比一聲氣短地叫起來，看到白蘭狼群還在奔逃，看到一種更大的威脅悄然出現在寄宿學校的南邊，就把孤憤難已的叫聲變成了一聲嘆息：我不行了，孩子們、幾隻傷殘的藏獒們，就要變成狼食了。

最後決戰

藍馬雞草窪裏，走上血路的西結古獒王岡日森格首先撲了過去。

岡日森格獒頭朝前使勁一抵，一口咬在了對方的肩膀上，只覺得牙根生疼，嘴巴震盪，就跟咬在了橡皮上，對方的皮肉咬前是什麼樣子，咬完後還是什麼樣子。牠趕緊鬆口，退回到原地，吃驚地尋思：能咬破所有獸皮的牙齒，竟然沒有咬破對方，是我的牙齒不行了，還是對方的皮肉有著出乎意料的堅韌？

地獄食肉魔抖了抖被岡日森格咬亂的黑色獒毛，抖出了一片耀眼的油光閃亮，悍氣十足地望著對方，朝前走了幾步，走得虎虎有威，浩浩有氣，好像是說：來啊，有本事再來啊。

岡日森格略微有些遲疑，牠知道自己必須撲上去，也知道這一次撲咬肯定無法奏效，卻又希望不至於徹底無效。牠從嗓子眼裏發出一陣呼嚕嚕的聲音，突然意識到：從來沒有絕對的無效，此刻無效的撲咬也許是最正確的舉動。牠撲了過去，就在對方閃開的同時，突然停下，狂吼一聲，按照牠預測到的結果，第三次撲了過去。

地獄食肉魔輕鬆閃開了。岡日森格氣急敗壞地原地蹦跳，頭顱亂晃，身形亂扭，四肢亂刨，眼光亂飛，幾乎成了破綻的化身，從哪個角度進攻，都是可以一擊斃命的。地獄食肉魔一瞥之下，知道機會到了，心裏冷笑著，掀起一股風撲了過去。岡日森格瞬間被撲倒，卻又跳起來溜開了。地獄食肉魔再掀一股風撲了過去，又撲倒了對方，對方又一次跳起來溜開了。地獄食肉魔第三次掀風而去，第三次撲倒了對方，對方第三次跳起來溜出了致命的撕咬。

地獄食肉魔大吃一驚：原來對方氣急敗壞的原地蹦跳是裝出來的。更讓牠吃驚的是，岡日森格的躲閃速度和技巧是牠從來沒有遇到過的。沒有老，這隻表面上老去的藏獒原來沒有老。

地獄食肉魔突然不動了，定定地望著岡日森格，醞釀著志在必得的第四撲。

岡日森格早有準備，牠本能地躲閃著，當地獄食肉魔一口咬住牠的脖子後，牠又本能地反抗著。

岡日森格站了起來，金黃的鬣毛就像風中走浪的牧草，依然自由而放鬆地起伏著。牠等待著對方的撲咬，鼻子一抽，突然有空前迷茫的悲哀。牠的嗅覺在不該發揮作用的時候離奇地敏銳精確起來，那個一直都很朦朧的親緣關係漸漸清晰了：是正宗的後代，是牠岡日森格與大黑獒那日的兒子的兒子，是親得不能再親的親孫子。啊親孫子，這個和自己殊死搏鬥的原來是自己的親孫子！牠吼了一聲，又吼了一聲，一聲比一聲親切溫存，似乎想告訴地獄食肉魔：你是我的親孫子，我是你的親爺爺，難道你沒有聞出來？

遺憾的是地獄食肉魔聽不懂，牠一看對方又一次活著離開了自己，暴怒不止地吼叫著，懲罰自己似的一頭撞在了地上，然後用前爪狠狠地打著地面：我怎麼還沒有咬死牠？這個威儀不凡的老獅頭金獒，居然敢用不死來挑戰我。牠惡狠狠地幾乎咬爛自己的舌頭，再次撲了過去。

岡日森格知道自己逃不脫了，也不管喉嚨有恙無恙，身子一展，不僅沒有躲閃，反而把自己的喉嚨湊了上去。地獄食肉魔看到喉嚨自己來到了跟前，趕緊咬合，卻發現嵌進自己大嘴的，不光是喉嚨，還有半個脖子。也就是說，可以置對方於死地的喉嚨已經越過突出在外邊的利牙，進到嘴裏邊去了，裏邊是舌頭，舌頭的舔舐只能是消毒，而不是殺戮。

地獄食肉魔趕緊縮頭，想把利牙挪到對方的喉嚨上。岡日森格卻使勁把脖子朝牠嘴裏塞著，好像不讓牠咬斷脖子不罷休似的，與此同時，牠抬起一隻前爪，朝著雖然看不見卻能估計到的地方，猛然打了出去。

岡日森格打中了，打中了對方的一隻眼睛，雖然不是致命的，卻是最具有摧毀力的。眼睛爛了，地獄食肉魔的左眼流血了，不管左眼以後會不會瞎，至少現在看不見了。

地獄食肉魔覺得事情不妙，大幅度甩動著獒頭，撕裂了岡日森格的脖子，然後風快地向左轉了一個圈。左邊是牠從來沒有見過的黑暗，牠發現用急速轉圈的方式可以使黑暗消失，

但只要停下來，黑暗就又會出現。牠煩躁地喊起來，似乎想喊來主人幫忙，把左眼的光明復原給牠。

主人勒格紅衛沒有過來，只是焦急而惡毒地喊著：「咬啊，往死裏咬啊，快一點，你耽擱什麼？」在勒格紅衛看來，他的地獄食肉魔之所以到現在還沒有咬死對方，並不是牠不能，而是牠不想。

地獄食肉魔聽明白了，又向右轉著圈，用一隻眼睛對準了岡日森格，才發現對方已經後退到五米之外，正在一邊喘息一邊流淚。不，不能給牠喘息的機會，地獄食肉魔一躍而起，用一隻眼睛噴吐著更加強烈的王霸之氣、雄烈之風，撲向了這個世界上唯一一個傷害了牠的藏獒——西結古獒王岡日森格。

岡日森格後退了幾步，往右邊一跳，又往右邊一跳。地獄食肉魔趕緊向左，一再地向左。就在這個時候，岡日森格突然改變了跳躍的方向，猛地靠向了自己的左邊、對方的右邊，然後大水決堤似的撲了過來。

地獄食肉魔沒想到對方的撲咬並沒有選擇自己的弱點，趕緊把注意力集中到右邊，但已經晚了，在牠防禦的牙齒撕住岡日森格的肩膀時，岡日森格進攻的牙齒已經提前插進了牠的脖頸，開始猛烈撕咬。

地獄食肉魔第一次感覺到自己受了重傷，好像有點奇怪：被牙齒咬傷的樣子居然是這樣的不舒服。牠搖晃著頭顱，想看到脖頸受傷的地方，可是牠看不到，又伸出舌頭，想舔一舔傷口，怎麼使勁也舔不上，於是瞋目而視，怒吼著撲了過去。

牠的撲咬神速而準確，沒等岡日森格做出躲到右邊還是左邊的選擇，就被牠一口咬在了脖子上。岡日森格伸出爪子，打向對方的右眼，想讓所有的光明都離開對方。地獄食肉魔趕緊鬆口，後退一步，晃開牠的爪子，突然跳起來，試圖用沉重的身子把對方死死摁在地上。岡日森格閃開了，閃進了地獄食肉魔一隻眼睛看不見的地方，迅速拉開距離，張嘴吐舌地大喘了一口氣。

岡日森格喘息已定，傲然而立，似乎已經不再蒼老了。牠以年輕人的姿態開始了接下來的打鬥。牠撲向了地獄食肉魔，飛翔的速度，鷹鷲俯衝的速度，好像青春回來了，雪山獅子回來了。

岡日森格的俯衝是充滿了迷惑的，當地獄食肉魔判斷著左邊還是右邊的時候，牠卻從上邊崩塌而下。但地獄食肉魔做出了一個讓岡日森格措手不及的舉動，那就是原地跳起，用自己平闊的脊背迎接岡日森格的踩踏。

已經來不及躲開了，岡日森格是飛翔的，也是失重

的，踩住對方脊背的一剎那，牠就失去了平衡，被對方掀翻在了地上。僥倖的是，地獄食肉魔忘了自己的左眼已經看不見，當牠把岡日森格掀翻到自己左邊的時候，也就失去了一個一刀送命的機會。牠撲了過去，卻只是憑著感覺撲向了岡日森格的喉嚨。

而岡日森格的老辣，就在於牠完全預知了對方的舉動，翻倒在地的時候，牠強迫自己側身背對著地獄食肉魔。

地獄食肉魔張嘴就咬，然後甩動頭顱，一陣猛烈的撕扯，撕扯出了一股鮮血和一地金色獒毛，這才意識到自己咬住的根本就不是喉嚨，而是後腦。岡日森格的後腦是堅固的，就算對方的利牙是鋼鐵鑄就，也無法頃刻洞穿骨頭。地獄食肉魔憤激而失去理智地蹬了岡日森格一爪子。岡日森格借力一滾，滾出了撕咬範圍，忽地站起來，晃了晃頭，把後腦上的鮮血晃得四下飛濺。

地獄食肉魔惡狠狠地吼叫著，朝前撲去，發現對方像影子一樣閃向了自己看不見的左邊，突然又改變主意，身子朝左一擺，拔腿奔跑起來。牠跑了一圈，然後跑向了岡日森格。

岡日森格突然意識到，地獄食肉魔既然斜著身子消除了左眼看不見的弱點，那就不可避免地把整個腰腹暴露給了牠，接下來的廝打中，不管地獄食肉魔的牙齒咬在牠的什麼地方，牠都有可能把自己的牙齒或者前爪捅向地獄食肉魔的要害處。岡日森格坦然做好了用死亡換取死亡的準備，看到地獄食肉魔倏忽而來，猛然伸出了自己的前爪。

事情果然就像岡日森格預想的那樣發生了，地獄食肉魔咬住了岡日森格的脖子，岡日森格用前爪捅向了對方的上腹。皮肉瞬間破裂了，是岡日森格的皮肉，也是地獄食肉魔的皮肉。但破裂並沒有深入下去，也沒有擴大開來。地獄食肉魔從來不準備同歸於盡，牠只想讓對方死，不想讓自己再受任何致命的傷害。牠立馬鬆口了，一鬆口，對方的前爪也立馬離開了牠的上腹。牠狂吼一聲，連連後退，又奔撲而去，看到岡日森格已經躲開，便四肢蹭著地面，驀地停下，然後又跳起來，以鋪天蓋地的氣勢，齜出蠻惡的牙刀瞄準了對方的喉嚨，伸出酷虐的四爪瞄準了對方的肚腹。

岡日森格本能地躲了一下，發現躲閃是更快的死亡，趕緊又不動了。不，不是不動，而是原地翻倒，主動把已經受傷的喉嚨亮給了對方的牙刀，把薄軟透明的肚腹亮給了對方的堅爪，然後朝上舉起了自己的四肢。又是一次自殺性抵抗，岡日森格期待在自己猝然死去的時候，也用自己並沒有老化的爪子，掏出對方的腸子。

鮮血，鮮血，牠已經忘記了地獄食肉魔是自己的親孫子，牠渴望看到對方的鮮血，渴望自己的生命在最後的時刻掙扎出最有光彩的血性和陽剛。牠的四隻爪子直挺挺地翹起著，明白地告訴對方：你就成全了我吧，讓我老當益壯一回，讓我耄馬嘶風一次。

地獄食肉魔立刻看懂了，哪裡會有成全之心，在空中縮起身子，歪斜了一下，躲開對方的四肢，卻伸直了自己的四肢。牠知道落地的時候，自己的後爪會捅入對方的肚腹，前爪會踩住對方的胸脯，而牙刀的指向必然是喉嚨。

能量和智慧出來了，岡日森格居然用蜷起的後腿擋住了對方的後腿，用蜷起的一隻前爪護住了自己的喉嚨，就在地獄食肉魔踩住胸脯的刹那，岡日森格把另一隻前爪伸了出去，似乎是無意識的舒展，卻舒展出了藏獒生命的全部強悍。

奏效了，岡日森格又一次把前爪準確搗向了地獄食肉魔的眼睛，這一次是右眼，右邊的眼珠頓時凹了進去，血從眼皮底下滲出來。白晝瞬間消失，彷彿地獄食肉魔一口咬住的不是敵手而是黑暗。黑暗牢牢黏住了牠，即使牠有力拔山河氣蓋世的能量也擺脫不掉了。

地獄食肉魔一直在急速旋轉，朝左轉幾圈，再朝右轉幾圈，以爲這樣轉來轉去，光明就會出現。牠瞎了，兩隻眼睛都瞎了，而在牠的概念裏，卻沒有瞎眼這一說。牠不理解這到底怎麼了，使勁用鼻子嗅著，想嗅到主人的氣息，然後走過去，問問他：我到底怎麼了？快幫幫我。但牠沒料到的是，牠聽到了主人的罵聲：「咬啊咬啊！你這個沒用的東西，你去咬啊！」

牠感覺到了主人的腳尖在踢，踢在牠的傷口上。牠感覺到疼痛，比岡日森格撕咬時更疼痛，這是牠從來沒有體會過的連心的疼痛。牠轉身尋找岡日森格的氣息，牠準備服從主人的命令做最後一次撲咬。牠知道一定是最後一次，失去生命的只能是牠自己。

地獄食肉魔仰天一聲長嘯，岡日森格和所有的領地狗和所有的人，都感覺到牠虎落平陽的悲涼。

地獄食肉魔渾身繃緊的肌肉忽然鬆懈下來，牠豎起耳朵努力傾聽什麼。所有旁觀的人和狗也都跟隨牠傾聽，但什麼都沒聽見，除了草原上流動的風，甚至草葉上跳盪的陽光。

地獄食肉魔流血的眼睛裏忽然有了眼淚，牠聽見了主人的哭聲。那哭聲不在空氣中，而在主人的胸腔裏。這個世界上，就只有牠熟悉主人的胸腔，就只有牠能夠在主人的胸腔裏聽出和冷漠的表情截然不同的心思。那是一個情感豐富的深處，卻從來不會呈現在主人的臉上。牠知道，主人的臉上，永遠只需要一種表情：冷漠無情。

地獄食肉魔丟下岡日森格，緩緩走過去，靠近勒格紅衛，趴下身子，臥倒在勒格紅衛身邊，把泣血的頭埋在主人腿間。牠輕輕舔舐主人的腳面。牠感覺到主人的手掌落在自己後腦上，無聲傳遞著主人的指令：去吧。

地獄食肉魔站起身，忽然仰天狂叫。所有的人和狗都驚詫不已，因爲這狂叫聲的基調已不是悲涼，恍惚中，似乎有欣喜，彷彿地獄食肉魔得到了豐厚的獎賞。沒有誰能夠明白地獄食肉魔的心境，因爲沒有誰能從牠主人冷酷的臉上看出勒格紅衛的心聲。

地獄食肉魔義無反顧地向前撲去，撲向岡日森格，撲向死亡。伴隨地獄食肉魔赴死的是勒格紅衛的號啕大哭。那是這世上，只有地獄食肉魔才能聽見的哭聲。

地獄食肉魔臨死前的最後一瞬間，突然產生一絲疑惑。牠在主人的哭聲之外，還聽到了另一聲哭泣，這哭泣居然來自咬死自己的岡日森格。而且，牠在岡日森格的哭泣中，突然感受到一股熟悉的親切。一線光明在心底豁然閃亮，牠忽然明白，岡日森格是自己的親人！

巍峨的雪山

出現在寄宿學校南邊的是一股精神抖擻的大狼群。因爲有了牠們，白蘭狼群才放棄了覬覦已久的食物奔逃而去。也因爲牠們，多吉來吧心生更深的絕望：寄宿學校的孩子們沒救了，牠再也不能保護他們了。死神就在頭頂打轉，讓孩子們死，也讓多吉來吧死。

多吉來吧勉強站起來，走到牛糞牆跟前，面對著新來的狼群臥下了。

狼群太強大了，牠們帶著黨項大雪山的氣息，帶著萬分險惡的預謀和蓄積已久的兇狠，借著藏獒之間互相殘殺的機會，乘虛而來。牠們已經看出了多吉來吧的垂死，看出牠的臥倒不是胸有成竹，而是認命。牠們不緊不慢地靠近著，搖頭擺尾，大大咧咧，好像不是來打鬥，而是來觀光的。

多吉來吧吼了一聲，又吼了一聲。聲音喑啞，不像吼叫，像是呻吟。

多吉來吧不吼了，牠用四肢使勁蹬踏著地面，緩緩地站了起來，不，是升了起來，就像一座黑山一樣升了起來。黑山上到處都在流淌，所有的傷口都在流淌，包括西寧城裏漁網拖拉的傷口，包括一路上汽車撞翻、槍彈擊中的傷口，包括無數狗牙和狼牙肆虐的傷口，都在流淌殷紅的鮮血。彷彿牠是鮮血的披掛，是瀑布的披掛，而渾身的獒毛不過是浮游在瀑流血浪之上的青青牧草。

多吉來吧昂然升起，比牠的身量升起得要高，高多了，那是氣勢的升起，是靈魂的升起；狼眼看到的，不是一隻垂死的藏獒，而是一座巍峨的雪山。

前面的狼停了下來，牠們都感受到無形的壓迫，讓牠們呼吸急促。牠們回望頭狼，頭狼緩緩向前。牠們紛紛後退，給頭狼閃開一條道。牠們看見頭狼一臉莊重和肅穆，就跟著莊嚴肅穆起來。牠們看見頭狼站住了，又蹲下了，就跟著蹲下了。

牠們彷彿在等待，等待這隻藏獒的死。只有牠死了，轟然倒下了，牠們才能越過牠，攻擊牠身後的學校。如果牠一天不倒下，牠們就一天不越過。如果牠永遠不倒下，牠們就永遠不越過。

多吉來吧默默佇立著，也讓自己的神情有了莊重肅穆。但牠不是對著狼群，而是對著天空。在牠的眼裏，已經沒有了狼群，也沒有了凶險，更沒有了死亡。恍惚之中，牠感覺自己立成了一道山呼海嘯的景色、一個氣吞山河的象徵、一種不朽的精神、一個不死的靈魂、一尊憤怒的神。

神問

草原靜靜的，天地凝固了。

行刑台上，班瑪多吉派騎手去西結古寺取來一面銀鏡、一面銅鏡和一黑一白兩方經綢。丹增活佛用黑經綢包住了銀鏡，用白經綢包住了銅鏡，把它們放在了木案上。他用一種唱歌似的聲音念了一句蓮花生大師心咒，然後對行刑台下騎馬並排而立的巴俄秋珠、班瑪多吉、帕嘉和扎雅說：

「就不要水碗了，也不要我的指甲蓋了，一銀一銅的鏡子是護法神殿吉祥天母和威武秘密主前的寶供，沒有比它們更靈驗的。雙鏡同照的圓光占卜是不能有嘈雜的，你們一定要安靜，千萬不要出聲，免得擋住了神靈的腳步，干擾了占卜結果的顯現。」

丹增活佛盤腿坐在了木案上，對著兩面鏡子，看了看天，又看了看四周氾濫著寂寞的原野，並沒有立刻入定觀想，而是念了許多咒語，然後誦經一樣絮絮叨叨說起來：

「最早的時候，格薩爾寶劍成了藏巴拉索羅的神變，它代表了和平吉祥、幸福圓滿，是利益眾生和尊貴權力的象徵。草原上的佛和人把格薩爾寶劍獻給了統領青果阿媽草原的萬戶王，對他說：『你篤信佛教你才有權力和吉祥，也才能擁有這把威力無邊的格薩爾寶劍。』

那是因爲所有寺院的圓光占卜中，都顯現了格薩爾寶劍。後來世世代代的草原之王都得到了象徵地位和權力的格薩爾寶劍，也是因爲圓光的顯現。

再後來，我們把格薩爾寶劍獻給了麥書記，更是因爲我們聽從了圓光占卜的啓示，啓示告訴我們，麥書記是個守護生靈、福佑草原的人。但是現在，一切都不一樣了，和過去所有的時光都不一樣了，被守護的生靈要攻擊守護者，被福佑的草原要摧殘福佑者。我們的圓光占卜啊，又輪到你來指引我們選擇未來的時候了，請顯示菩薩的恩惠，讓我們這些失去了依止的人重新找到依止。我祈請三世佛、五方佛、八方怙主、一切本尊、四十二護法、五十八飲血、憤怒極勝、吉祥天母、蓮花語眾神、真實意眾神、金剛橛眾神、甘露藥眾神、上師持明眾神、時間供贊眾神、猛厲詛咒眾神、女鬼差遣眾神，還有光榮的怖德龔嘉山神、尊敬的雅拉香波山神、偉大的念青唐古喇山神、高貴的阿尼瑪卿山神、英雄的巴顏喀拉山神、博拉（祖父）一樣可親可敬的昂拉山神、嫫拉（祖母）一樣慈祥和藹的礱寶山神，都來照臨我們的頭頂，護送我們走過艱難的時光。」

絮叨漸漸消隱，丹增活佛進入了觀想。

原野裝滿了安靜，極致的無聲裏，能聽見靈識的腳步沙沙走去，又沙沙走來。那是法界佛天之上，丹增活佛正在交通神明：「你好啊，你好啊。」

西結古騎手的首領班瑪多吉首先跪下了，接著東結古騎手的首領帕嘉跪了下來，上阿媽騎手的首領巴俄秋珠跪了下來，最後跪下的是多獼騎手的首領扎雅。所有的騎手都跪在了草地上。各方藏獒也都不出聲息地臥在了各自的騎手身邊，除了西結古獒王岡日森格。

岡日森格沒有臥，牠站在麥書記身前，站在父親身邊。父親幾次用力摁著牠，要牠臥下來休息，牠都拒絕了，好像牠已經預感到了什麼，牠必須站著，時刻保持警惕。父親發現，牠的眼光一直盯著勒格紅衛。勒格紅衛騎馬而立，手裏依然攥著那把明光閃閃的寶劍，冷峻得如同雕像。

誰也不知道過了多長時間，突然聽到丹增活佛喊起來：「誰來啊，你們誰來看圓光結果。」

騎手們這才看到丹增活佛已經出定，紛紛起身，熙熙攘攘地湧向行刑台。走在最前面自然是各方騎手的首領。

丹增活佛說：「人太多了，不是每一雙眼睛都能看到的，你們選個人過來，要乾淨的、純良的、誠實的、公正的、心裏時刻裝著佛菩薩的。」

班瑪多吉要過去，被帕嘉一把拽住了。帕嘉要過去，又被扎雅拽住了。巴俄秋珠跳到跟前，推搡著他們，喊道：「我來看，我來看，你們看了我不信。」

班瑪多吉說：「你看了我們也不信。」

帕嘉說：「那就大家一起看。」

扎雅說：「大家是乾淨的嗎？純良的嗎？誠實的嗎？還是我來看，我一定公正。」

巴俄秋珠一手晃著背上的槍，一手揪住扎雅說：「我們這裏就數你不乾淨，你們多獮人連藏巴拉索羅神宮都沒有祭祀，有什麼資格代表我們看圓光顯示。」

丹增活佛說：「不要爭了，我舉薦一個人。」

大家都把眼光投向了丹增活佛：「誰啊？」
丹增活佛抬起手指了過去。大家一看是父親。
沒有人表示反對。巴俄秋珠張張嘴，想說什麼又沒說。
父親說：「我？我來看圓光？爲什麼？」
丹增活佛說：「你不爭搶什麼，你反對所有的打鬥，你愛護任何一方的藏獒。你的心就是一顆佛菩薩的心。你還是聽他們說吧，他們是相信你的。」
巴俄秋珠說：「我們就不說了，你自己說吧漢扎西，你向佛父佛母、天地神靈保證，如果你說了假話，你遭殃，麥書記遭殃，丹增活佛遭殃，岡日森格遭殃，西結古草原上所有的藏獒都遭殃。」
這是最能保證誠實、公信的毒誓，巴俄秋珠算是摸準了父親的脈搏，尤其是讓「岡日森格遭殃，西結古草原上所有的藏獒都遭殃」這兩條，絕對是約束父親的鐵律。父親不寒而慄，徵詢地望著丹增活佛。丹增活佛深深地點了點頭。
父親望著稍遠一點的勒格紅衛，望著行刑台下的各路騎手，就像宣誓那樣，一字一頓地說：「如果我說了假話，我遭殃，麥書記遭殃，丹增活佛遭殃，岡日森格遭殃，西結古草原上所有的藏獒都遭殃。」
丹增活佛虔誠地雙膝跪地，生怕自己先於父親看見，閉上眼睛，摸索著從木案上拿起銀鏡，解開了黑經綢，輕輕放下，又拿起銅鏡，解開了白經綢，輕輕放下。

父親輕手輕腳地走了過去，看了一眼銀鏡，又看了一眼銅鏡，愣怔了一下，一臉緊張。他揉了揉眼睛，再次看了看銀鏡，看了看銅鏡，神情更加不安了。他把兩面鏡子輪番端起來，轉著圈，對著不同方向的光線，仔細看著，看著，然後又抬頭看了看行刑台下的人和狗。所有騎手的眼睛都望著他，所有藏獒的眼睛都望著他。

父親收回眼光，看了看丹增活佛，發現丹增活佛依然閉著眼，就又盯住了麥書記。誰也不知道父親爲什麼要盯住麥書記。

寂靜。寂靜得都能聽到草地上螞蟻的腳步聲和天空中雲彩的爬行。

突然一聲響，銀鏡掉到地上了，突然又是一聲響，銅鏡也掉到地上了。瞪大眼睛看著的騎手們好一會兒才意識到兩面鏡子不是掉到地上的，而是被父親摔到地上的。父親摔掉了鏡子，然後又拚命用腳踩，先是銀鏡變了形，後是銅鏡變了形，接著銅鏡乾脆裂開了一道口子，嗡嗡地響。

丹增活佛睜開眼睛驚訝地看著父親。行刑台下，所有的騎手都驚訝莫名地看著父親。依然是寂靜，騎手們驚訝得連叫聲都沒有了。倒是藏獒的反應比人要快，站在麥書記和父親之間的岡日森格首先叫了一聲。緊接著，行刑台下，西結古領地狗群裏，父親的藏獒美旺雄怒衝了過來，牠敏感地捕捉到了接下來發生的事情，衝上行刑台，和岡日森格一起保護著父親，面對那些就要撲過來的騎手。

各路騎手這才發出一陣驚叫。上阿媽騎手的首領巴俄秋珠狼一樣

嗥叫著，撲了過來。西結古騎手的首領班瑪多吉獅子一樣吼叫著，撲了過來。東結古騎手的首領帕嘉豹子一樣咆哮著，撲了過來。多獮騎手的首領扎雅不倫不類地怪叫著，撲了過來。

父親還在踩踏，他生怕鏡面上還有影像，就恨不得踩個稀巴爛。兩面神聖的用於圓光占卜的寶鏡遭到如此摧殘，怎麼可能還會留下佛菩薩顯示的圓光結果呢？再說還有時間，顯現的時間已經過去，就是寶鏡完好無損，騎手們也看不見了。再說還有岡日森格和美旺雄怒，就是鏡面上還留有占卜的結果，暴怒的騎手們也衝不到跟前來了。

除了班瑪多吉，班瑪多吉衝上了行刑台，對父親吼道：「你看到了什麼？」

父親把兩面破鏡子摞起來，一屁股坐了上去。

巴俄秋珠喊起來：「漢扎西！你已經向佛父佛母、天地神靈保證過了，如果你說了假話，你遭殃，麥書記遭殃，丹增活佛遭殃，西結古草原遭殃，青果阿媽草原上所有的藏獒都遭殃。你說，快說呀，你看到了什麼？」

父親還是沈默。他只保證了他不說假話，但沒有保證他必須說話。

所有的騎手都議論紛紛。巴俄秋珠從背上取下了槍，平端在懷裏，對準了父親。父親抬頭望著槍口，仍然一聲不吭。岡日森格和美旺雄怒幾乎同時吼叫著跳了過來，牠們絕不允許任何人用槍對著父親。巴俄秋珠馬上意識到怎樣才能逼迫父親開口，掉轉槍口，對準了岡日森格。他身後，所有帶槍的上阿媽騎手都把槍口對準了西結古獒王岡日森格。

巴俄秋珠喊道：「你要是堅決不說，我們就打死岡日森格。」

西結古騎手的首領班瑪多吉催逼著：「爲什麼不說？快說呀，你不能眼看著岡日森格被亂槍打死。」

東結古騎手的首領帕嘉和多獼騎手的首領扎雅也用同樣的話催逼著，那麼多騎手、那麼多藏獒都用聲音催逼著。連麥書記和丹增活佛也開始勸他了。

麥書記說：「漢扎西，你就說出來吧，不要緊的，一切我都可以承擔。」

丹增活佛說：「漢扎西你能不能告訴我，讓我斟酌一下，看是不是一定不能說。」

父親依然沈默，感覺自己掉進了無底的深淵。

父親聽見巴俄秋珠又一聲喊叫：「漢扎西，原來你也沒良心，天上的菩薩地下的鬼神不要恨我，害死獒王岡日森格的不是我，是這個沒良心的漢扎西啊！」

父親抱住了岡日森格的頭，把眼淚滴在那親切而碩大的獒頭上。

父親終於說話了：「巴俄秋珠，要打死岡日森格的怎麼是你啊？你忘了十多年前，岡日森格剛剛來到西結古草原的情形？你忘了你光脊梁奔跑在西結古草原的情形？沒有岡日森格，哪有你的活命！沒有岡日森格，哪有你和梅朵拉姆的愛情！」

巴俄秋珠不再吼叫，聲音淒涼：「可是，沒有藏巴拉索羅，我又怎麼找回梅朵拉姆？」

父親搖頭說：「你要是作惡多端，藏巴拉索羅怎麼會保佑你找回梅朵拉姆？你又有什麼臉面去見梅朵拉姆？梅朵拉姆又怎麼肯原諒一個雙手沾滿藏獒鮮血的人？又怎麼會原諒打死岡日森格的人！」

巴俄秋珠說：「我知道梅朵拉姆是藏獒的親人，是岡日森格的親人，我知道打死了岡日森格，她不會原諒我。但是，漢扎西你告訴我，我還有什麼別的辦法找回梅朵拉姆？我得到了藏巴拉索羅，我就乞求藏巴拉索羅。我把藏巴拉索羅獻給北京城的文殊菩薩，我就乞求文殊菩薩。只要北京城的文殊菩薩揮揮手點點頭，這天上的鬼神地下的活佛，誰敢懲罰我？梅朵拉姆又怎麼會怪罪我？」

父親無話可說了，巴俄秋珠抬出北京城的文殊菩薩，他還能說什麼！

父親抱了抱岡日森格，忽然撒手，朝著巴俄秋珠，朝著所有舉槍瞄準的上阿媽騎手，「撲通」一聲跪下了。

父親說：「你們就打死我吧。」

獒王歸天

就在父親朝槍口跪下的時候，岡日森格怒吼了。

高山澎湃的岡日森格，竭智盡忠的西結古獒王岡日森格，昂揚起歲月斫砍、草原鍛造的擎天之軀，用冰刀一樣寒光閃閃的眼睛，瞪著巴俄秋珠和上阿媽騎手以及那些裝飾華麗的叉子槍，怒吼了。

巴俄秋珠雙手抖了。

岡日森格的吼叫更加宏大了，那是一種能把耳膜震碎的無形擊打，是一種能讓所有對手恐怖怯懦的威風表演。草原獵人的叉子槍，能讓騎手威武剽悍的叉子槍，就在人的恐怖怯懦時發出了狼一般的嗥叫，是巴俄秋珠的槍首先發出了嗥叫。

岡日森格從行刑台上跳了起來，直撲巴俄秋珠嗥叫的槍口。

接著，所有上阿媽騎手的槍口都發出了狼一般的嗥叫。十五桿叉子槍飛射而出的十五顆子彈，無一脫靶地落在了岡日森格身上。

岡日森格長嘯一聲，從空中隕落而下，蒼鷹落地一般重重地砸向了地面。

西結古草原彷彿搖晃了一下。青果阿媽草原彷彿搖晃了一下。遠處的昂拉雪山、礱寶雪山、黨項大雪山和近處的碉房山真的搖晃了一下。天上地下，所有的飛禽走獸都在驚叫：岡日森格，岡日森格。

遠處突然有了一陣顫顫巍巍的狼嗥，先是一聲，接著就是此起彼伏的群嗥，不知是歡呼，還是悲鳴。

騎手們紛紛後退，滿臉驚恐無度。上阿媽騎手後退，東結古騎手後退，多獼騎手後退。只有巴俄秋珠站在原地驚愣，彷彿他不相信倒在他槍口下的西結古草原的獒王岡日森格真的死了。

西結古騎手呆愣著。他們在班瑪多吉的帶領下，集體呆愣著。

同樣呆愣著的還有勒格紅衛，他看著岡日森格的身體，奇怪自己怎麼沒有復仇的快意。更奇怪自己居然感覺到疼痛，就像西結古騎手和父親一樣感覺到疼痛，就像地獄食肉魔倒下時感覺到的疼痛。

父親和丹增活佛撲下了行刑台，斷了一條腿的麥書記也掙扎著撲下了行刑台。他們撲向他們的老獒王。十五顆子彈打出了十五個窟窿，十五個窟窿冒出了十五股鮮血。一身黃色軍裝的麥書記趴在血泊裏，染紅了自己；一身袈裟的丹增活佛趴在血泊裏，染紅了袈裟。父親趴在血泊裏，染紅了他的眼淚。

岡日森格是死不瞑目的，望著恩人漢扎西的眼睛裏，依舊貯滿了熱烘烘的親切、清澈如水的依戀、智慧而勇敢的星光般的璀璨。

班瑪多吉跳下馬，撲向了父親，掄起巴掌，一個耳光扇了過去：「漢扎西你看到了什麼？你爲什麼不說？你這個叛徒，你害死了岡日森格，你活著還有什麼用，你死去吧，快死去吧。」

父親的臉紅了，腫了，兩邊都是清晰的指印。血從嘴角和鼻子流了出來，眼淚也流了出來。他跪在地上，朝著岡日森格磕頭，朝著班瑪多吉和西結古騎手磕頭，一遍遍地說著：「對不起啊，對不起啊。」

西結古騎手中有人哭著說：「說對不起有什麼用，岡日森格已經死了，被你害死了。」

西結古領地狗走過來，圍攏著自己的獒王岡日森格，聞著，舔著。終於相信獒王已經去了，突然就「嗚嗚嗚」地哭起來，哭得天昏地暗。

父親的藏獒美旺雄怒沒有哭，牠繞著獒王岡日森格走了一圈又一圈，用牠自己的方式表達著牠對岡日森格的尊敬和哀悼。突然停下了，把寒夜一樣懾人的眼睛瞪起來，巡視著上阿媽騎手，漸漸把眼光聚焦在了巴俄秋珠身上。

美旺雄怒朝前走了幾步，前腿蹬了一下，身子朝後一坐，就要撲過去。

父親看到了，大喊一聲：「美旺雄怒。」連滾帶爬地過去抱住了牠：「你不要去，千萬不要去，他們有槍，他們會打死你的。」

美旺雄怒沒有再撲，並不是父親有足夠的力氣抱住牠，而是牠聞出巴俄秋珠身上有西結古草原的味道。對味道熟悉的人，哪怕他是壞人，牠都得嘴下留情。這是主人漢扎西教會牠的守則，牠任何時候都不想違背。

哭聲更大了。上阿媽領地狗、東結古領地狗和多獼藏獒也加入了悲傷悼念的行列。牠們不在乎主人們對西結古獒王岡日森格的仇恨，只在乎自己的表達——爲了一隻偉大藏獒的死去。

父親、麥書記和丹增活佛的眼淚以及藏獒們的哭聲，證明了西結古獒王岡日森格的確已經死亡，騎手們大著膽子撲過來了，上阿媽騎手、東結古騎手、多獼騎手都撲過來了，想在最近的地方，看看這隻神勇無比的老獒王。

丹增活佛和父親以及麥書記被擠到了一邊，悲哀地靜坐著。

趁著這個機會，丹增活佛問道：「你現在可以告訴我了吧，漢扎西，你在銀鏡和銅鏡裏到底看到了什麼？」

父親扭過臉去，也扭走了話題：「岡日森格死了，我也想死了。」

丹增活佛說：「佛法裏面其實是沒有死的，不生不滅，不垢不淨，不增不減，沒有生老病死，沒有怨憎愛憐，沒有欲求不得，沒有苦集滅道。」

父親說：「這樣的經我也念過，既然本來什麼都沒有，你爲什麼還要爲牠們流淚呢？」

丹增活佛說：「是啊，是啊，佛對輪迴世界是厭離而無牽掛的，是不應該有悲傷的。草原上的人，都想丟掉悲傷，都願成佛，可我這個佛，有時候又想做一個人。」

父親揩了一把眼淚說：「魔鬼正在無法無天地毒害著草原，草原上已經沒有人了，只有藏獒。丹增活佛，我知道你們佛想轉世成什麼，就能轉世成什麼，你轉世成一隻藏獒吧，轉世成一隻岡日森格一樣的藏獒。」

丹增活佛認真而誠懇地說：「好吧，我答應你，再轉世的時候，我就做一隻藏獒，我的名字就叫岡日森格，我也是來自阿尼瑪卿的雪山獅子，也是草原的獒王。」說著，一代聖僧的臉上又一次滾落了兩串世俗的眼淚。

父親說：「你不能光管你自己，你也要負責把我轉世成一隻藏獒。」

丹增活佛說：「一定，一定。」

父親摸了摸朝自己靠過來的美旺雄怒以及小兄妹藏獒尼瑪和達娃，說：「還有岡日森格，還有遠方的多吉來吧，還有大格列，還有美旺雄怒，還有尼瑪和達娃，還有許許多多的藏獒，你也要負責牠們的轉世。」

丹增活佛說：「我負責，我一定負責。」

父親說：「岡日森格轉世後，還會是藏獒嗎？」

丹增活佛說：「不是了，岡日森格轉世後是人，是一個名叫漢扎西的人。」

父親說：「那他就會和我們在一起了，是嗎？」

丹增活佛說：「是啊，是啊。」說著，擦了一把眼淚又說，「不要再有悔恨了漢扎西，你應該這樣想：死就是搬家，你把一間房子住破了，要搬到另一間房子裏去，這就是死。死也是換皮袍，把一件穿髒穿破的皮袍丟掉，找一件新皮袍再穿上，就這麼簡單。所以說，真正的死是沒有的，人和藏獒，一切生命，都一樣，岡日森格不是死了，而是暫時離開我們了。」

父親說：「那就趕快轉世吧，讓所有跟岡日森格共同擁有的日子，都到來世去吧。」

上阿媽騎手的首領巴俄秋珠又站在了父親身前，對父親說：「漢扎西，你害死了岡日森格，還想害死西結古所有的藏獒？」

沉浸在來世的父親沒聽明白。巴俄秋珠又說：「你要是還不說出藏巴拉索羅是什麼，我們就像打死岡日森格一樣，打死西結古草原所有的藏獒！」

回答他的不是父親的聲音，而是班瑪多吉的吼叫。西結古騎手們望著肆無忌憚的上阿媽騎手，突然意識到，不該怨恨父親，導致獒王岡日森格慘死的是自己的無能。班瑪多吉吼叫著撲向巴俄秋珠，所有的西結古騎手都撲向上阿媽騎手。

忽然一聲槍響。

然後是一陣槍響。

活佛涅槃

迷離恍惚中，一縷熟悉而溫暖的馨香走進了多吉來吧的鼻孔、牠的胸腔，然後動力似的響起來，鼓舞著牠的血脈，熱了，熱了，想冷卻一會兒的情緒突然又熱了。牠聽見了主人漢扎西的召喚，還有妻子大黑獒果日的召喚，牠要追尋召喚而去了。牠覺得自己騰空而起，越過靜穆的狼群，邁著細碎的步伐朝主人和妻子走去。

牠就要見到主人和妻子了，猛然聽身後一陣稚嫩哭喊，是寄宿學校的孩子們的哭喊。牠回過頭去，卻沒看見孩子們，也沒看見寄宿學校。一股嗆鼻的人臊忽然呈現鮮紅的色彩，正鋪天蓋地席捲而來。

牠看見了主人漢扎西，傻子一樣的漢扎西，日思夜想著多吉來吧的漢扎西。他卻沒有認出牠。牠的變化太大了，目光已不再炯炯，毛髮已不再黑亮，一團一團的花白、疲憊不堪的神情、傷痕累累的形貌，讓漢扎西若有所思。

牠用深藏的激動望著漢扎西，極力克制著自己，沒有撲上去。牠要等一等，等到主人認出牠來的那一刻，再撲上去，擁抱，舔舐，哭訴衷腸。

漢扎西蹲在地上說：「你是哪裡來的藏獒？你很像我的多吉來吧。鼻子太像了，看人的樣子也太像了。還有耳朵，還有尾巴……」

突然，牠跳了起來，幾乎在同時，漢扎西也跳了起來。他們中間隔著大黑獒果日，牠跳了過去，漢扎西跳了過來。他們交錯跳過，擁抱推遲了。

牠又跳了過來，漢扎西又跳了過去，擁抱又一次推遲了。

「多吉來吧，多吉來吧，你真的是我的多吉來吧？」

漢扎西第三次跳了過去，牠第三次跳了過來，擁抱第三次推遲了。

「你怎麼在這裏啊多吉來吧？你什麼時候回來的多吉來吧？」漢扎西張開雙臂，等待著牠的撲來，牠人立而起，等待著漢扎西的撲來，擁抱第四次推遲了。

漢扎西淚流滿面地說：「過來呀，過來呀，多吉來吧，我不動了，我等著你過來。」

擁抱終於發生了，他們滾翻在地，互相碰著，抓著，踢打著。牠一口咬住了漢扎西的脖子，蠕動著牙齒，好像是說：真想把你吞下去啊，變成我的一部分。漢扎西心領神會，喊著：「咬啊，咬啊，你怎麼不咬啊？你把我吃掉算了，多吉來吧，你把我吃到你的肚子裏去算了。」說著，把自己的頭使勁朝牠的大嘴裏送去。

牠拚命張大了嘴，儘量不讓自己的牙齒碰到漢扎西的頭皮，然後彎起舌頭，舔著，舔著，舔得漢扎西滿頭是水。漢扎西號啕大哭，牠也是號啕大哭。漢扎西說：「從西寧城到西結古草原，一千二百多公里啊！」

神一樣屹立的多吉來吧依然鐵鑄石雕，巍然不動。牠空茫的眼中有淚光閃亮，表明牠生命猶存，英魂不散。

在牠面前，狼群依舊肅然靜穆。

父親心中，有草原，有藏獒，沒有西結古、東結古、多獼上阿媽之分。吉祥如意的藏巴拉索羅，是草原的神器，它保佑的是整個草原。它在誰的手上都不重要。父親搖頭，是說勒格紅衛看錯他了，歪曲他了，完全不懂他那顆柔軟的心。

勒格紅衛高聲喊道：「還有誰能說格薩爾寶劍不是藏巴拉索羅？」

一片肅靜。

勒格紅衛又喊道：「誰要想得到格薩爾寶劍，誰就打死西結古藏獒，誰打死多，我就給誰！」

巴俄秋珠喊起來：「勒格紅衛你別跑，你看著，我們的槍法不會讓你失望，藏巴拉索羅一定是我們的。」

巴俄秋珠扣動槍機，淒厲的槍聲劃破天空，一隻西結古藏獒倒下了。

緊跟著，上阿媽騎手們都端起了槍，眼看就將是一群西結古藏獒的死亡，一種轟然爆炸的聲音響起，吸引了所有人的注意，那是坎芭拉草燃燒起來的聲音。

誰也沒有看到木案後面堆積如山的坎芭拉草是如何燃燒起來的，沒看到打響的火鐮，沒看到誰來點燃。火勢一燒起來就很盛大，等聽到轟響、再看草堆的燃燒時，就已經是烈焰熊熊、沖天瀰漫了。偌

大的火舌乘風搖擺，驅趕著人群和狗群紛紛後退。

父親和班瑪多吉跑過去，把行刑台下掙扎著往前爬的麥書記抬到了烈焰烘烤不到的地方。

什麼也看不見了，除了火，半邊天空都是火。藏獒們轟轟大叫，撲向了行刑台，又被熱浪逼退了。只有父親的藏獒美旺雄怒一直在往前衝，獒毛燎焦了，身上著火了，牠還在往火裏衝。

父親追了過去：「美旺雄怒，你傻了嗎，會燒死你的，快回來。」追過去的父親頭髮立刻冒起了黑煙，但他還是不管不顧地往前滾著，直到一把抱住美旺雄怒。

美旺雄怒向著火焰吼叫著，掙扎著，用不怕死的倔強讓父親突然明白過來：火焰裏有人。他回頭大叫起來：「你們看看誰沒有了？」沒有誰聽清他的話，只有他自己聽清了，也回答了。

他喊起來：「丹增活佛，丹增活佛。」

父親的呼喚聲中，勒格紅衛呆若木雞，他聽見自己和丹增活佛剛才的對話在天空中迴盪，那是只有他才聽得見的聲音。

丹增活佛問：「有沒有一種辦法可以消除你的心魔對藏獒的仇恨？」

他答：「那就是你死，現在就死。」

丹增活佛死了，不是死，是坐化，是圓寂，是涅槃。

父親喊叫著，要撲向火陣，要去營救丹增活佛。熱浪和火焰如山如牆地保衛著丹增活佛，讓他在大火中安靜地成灰化煙、升天入地。

美旺雄怒停止了前衝，所有的藏獒都怵然而立，悄悄地沒有了聲音。牠們已經聞不到丹增活佛的氣息了。火勢再一次強盛起來，堆積如山的坎芭拉草，油性大得燃燒起來就像潑了汽油的坎芭拉草，牧民們祭祀山神的坎芭拉草，完全按照丹增活佛的心願，完成了作為生物的使命：燃燒。

勒格紅衛呆立著，很長時間都是一棵僵硬的樹。他沒有撲，沒有想到應該去救，他知道救命是徒勞的，丹增活佛的離去是活佛自己和天上神靈共同的決定，營救才是違背佛意的。他在想：既然丹增活佛已經死了，完全按照他勒格紅衛的願望死了，他心中的仇恨是否消解了呢？

彷彿就這麼一想，火勢頓時小了下來。風不吹了，草沒有了，火焰由沖天而鋪地，開始是房子高的，後來就人高、半人高、一尺高，很快就是渺小如豆了。丹增活佛已經杳然不存，連較為完整的骨殖都沒有了。一股粗碩的青煙，一片白花花的灰燼，中間閃爍著一隻黑亮黑亮的眼睛。人人都知道那不是丹增活佛的眼睛，那是丹增活佛得道成佛的證明——珍貴無比的舍利子。

剎那間，大家驚呆了，那一種驚愕帶著來自內心的莊嚴和肅穆，帶著信仰的力量讓人們、讓藏獒們暫時安定了。

騎手們跪下來，朝著舍利子磕頭。各種各樣的祈禱如潮如湧。很多人哭了，真摯的情感讓眼淚閃爍一片，讓哭聲變成了一支支沈悶的號角。

救贖

只有勒格紅衛在舍利子顯現的時候沒有跪下來磕頭，他內心莊嚴而又茫然。冥冥之中，丹增活佛的舍利子牽扯著他的腳步。他木然上前，把手伸向黑亮黑亮的舍利子，彷彿那是丹增活佛留給他的誓言，他用雙手去迎接。

他感覺舍利子黏連在一個沉甸甸的東西上，他抓起東西，燙得他一陣吸溜，又扔進了灰堆。

灰粉揚起來，撲向他的眼睛。他眨眨眼，再次抓起了那東西。這次他沒有鬆手，他看清楚和舍利子黏連在一起的沉甸甸的東西了，那是一把劍。

他盯著劍，兩眼茫然。

這才是寶劍，這才是格薩爾寶劍。一把烙印著「藏巴拉索羅」古藏文字樣的真正的格薩爾寶劍。真正的格薩爾寶劍原來穩穩當當揣在丹增活佛的懷抱裏。

真正的格薩爾寶劍沒有金銀的鑲嵌，沒有珠寶的裝飾，甚至連劍鞘都不需要。它古樸天然，彷彿不是人工的鍛造，而是自然生成的天物。草原牧民世世代代的敬畏和祝願附著在沒有鏽色的寶光裏，給了它金銀寶石無法媲美的明亮，至高無上的權力和遙遠幽深的傳說滲透在鋼鐵中，給了它不可比擬的神聖。

勒格紅衛雙手捧著格薩爾寶劍，木然站立。

勒格紅衛將格薩爾寶劍反插進了自己的肚子。古老的寶劍、英雄的寶劍、神聖的寶劍，在成爲自殺工具的時候，依然具有削鐵如泥的神威。他很用力，讓自己的肚腹湮沒了整個劍身。

勒格紅衛高高站立，環顧四周，對著所有的騎手微笑。他高聲說：「你們還惦記格薩爾寶劍？還相信它就是吉祥的藏巴拉索羅？你們要還是執迷不悟，我就把這個神變的凶器給你們！」

說完，勒格紅衛奮力拔出格薩爾寶劍，扔向上阿媽騎手群。

格薩爾寶劍帶著勒格紅衛的鮮血在空中劃出一道豔麗的弧線，於是，所有的人都看見血腥殺戮的西結古草原上空，架起了一道彩虹。

行刑台前的殺戮終止的時候，父親聽到遠處有藏獒的吼叫。父親聽出是美旺雄怒的聲音，霎時間，殘存的西結古藏獒們都湧動起來，牠們都不約而同地望一眼父親，然後向前跑去。父親看牠們奔跑的方向，正朝著寄宿學校，心中一驚，奔向自己的大黑馬。

黃昏正在出現，那一片火燒雲就像血色的塗抹，從天邊一直塗抹到了草原。草原是紅色的，是那種天造地設、人工無法調配的緣紅色。父親奮力縱馬跑到藏獒前邊，遠遠地望見了寄宿學校那片原野。父親忽然勒馬，大黑馬前蹄高高揚起，身子人立，差點把父親摔下馬來。

父親身後，所有的藏獒也都急停，駐步遠望。

父親和大黑馬和所有的西結古藏獒，都看見了一個奇特的景象。他們都被驚呆了，卻沒敢發出驚恐的喊叫。籠罩著他們的是巨大無邊的肅穆，讓他們不敢出聲。

他們看見一群狼匍匐在寄宿學校前方，靜默無聲，那種情景，不像是埋伏，也不像是圍困，更沒有攻擊。牠們的身形像是在聽經，像是在磕長頭，像是在膜拜。就好像牠們的前方不是牠們世世代代的天敵，不是牠們命中注定要侵擾禍害的人類，不是牠們難得尋覓到的弱小，而是一尊天神。

父親和大黑馬還有西結古藏獒們的眼光越過狼群。父親的眼睛潮濕了，透過淚光，他看見了縈繞在寄宿學校上空的祥雲，看見了閃耀原野上的光芒。然後，父親看見了那尊巍然屹立的天神。

永別了，藏獒

幾天後，父親從西結古草原的四面八方找來了獒王岡日森格原來的主人：「七個上阿媽的孩子」中的六個人。他們個個都已經是身強力壯的牧民了，他們和父親一起去天葬場和岡日森格已經升天的魂靈告別。回想起十幾年前和岡日森格流落到西結古草原的日子，他們把眼淚流成了野驢河。

岡日森格死後，西結古草原再也沒有出現新的獒王。牠成了最後一代獒王，成了草原把藏獒時代推向輝煌又迅速寂滅的象徵。牠的死，送走了人與自然的和諧，送走了心靈對慈悲的開放和生命對安詳的需要。喜悅、光明、溫馨、和平，轉眼不存在了，草原悲傷地走向退化，是人性的退化、風情的退化，也是植被和雪山的退化，更是生命的物質形態和精神形態的嚴重退化。

帶著疲憊和悔恨離開西結古草原的外來騎手，回到自己家鄉草原，立即就被革命風暴席捲了。上阿媽騎手輕蔑地拋棄了對藏巴拉索羅的信奉和追逐，激進派靠著叉子槍的威力，奪取了整個結古阿媽藏族自治縣革命委員會的大權後，用古老的部落風格和復仇習慣，對膽敢繼續以他們爲敵的西結古領地狗和所有的看家狗、牧羊狗，進行了一次大清洗。

這是利用權力進行的一次更大規模的殺戮。一隊基幹民兵打著「草原風暴捍衛隊」的旗幟，來到了西結古草原，把藏獒當做了練習射擊的活靶子。

就在這場清洗中，那些威猛高大、智慧過人的純種藏獒，那些獒王岡日森格和大黑獒那日的後代、多吉來吧和大黑獒果日的後代、所有偉大的獒父獒母的後代，那些深藏在牧民家裏、還原了喜馬拉雅古老獒種的黑獒、雪獒、灰獒、金獒、紅獒、鐵包金藏獒，那些獅頭虎腦、熊心豹膽、銅頭鐵額、方嘴吊眼、體高勢大、雄偉壯麗的藏獒，一隻接一隻地消失了。

父親在那段日子裏成了一個專司送葬的人，他帶著寄宿學校的學生，天葬了所有被清洗的領地狗，同時也天葬了西結古寺專門給領地狗拋灑食物的老喇嘛頓嘎。那麼多領地狗一死，老喇嘛頓嘎也死了。鐵棒喇嘛藏扎西說：「老喇嘛頓嘎是屬狗的，他找狗去了，以狗魂爲伴去了。」

清洗的過程中，父親冒著激射的子彈，抱住了幾隻具有岡日森格血統和多吉來吧血統的藏獒。他朝那些實施清洗的基幹民兵跪下，向他們磕頭。他把額頭磕出大包，磕出濃血，才使西結古草原的藏獒沒有絕種，也才使今天當我們進入青果阿媽草原、來到西結古草原時，還能看到一些真正的屬於喜馬拉雅獒種的藏獒。

父親從槍彈中救下來的，還有大黑獒果日。父親跪著用身子擋住了大黑獒果日，一跪就是整整一天一夜。

領地狗群遭到清洗以後，外來的狼就氾濫了。每天都有死羊死牛。那些作爲看家狗和牧羊狗的藏獒，那些倖免於難的領地狗，疲於奔命地撲殺著，一天比一天無能爲力了。無能爲力的時候，所剩不多的藏獒就像商量好了一樣，突然停止了對狼群的撕咬追殺。

藏獒們一隻隻病倒了，開始是四肢乏力、無精打采、不吃不喝，接著從眼睛、鼻子、嘴巴、耳朵裏流出了濃稠的黏液，很快就發展成了全身褪毛、牙齒脫落。有經驗的人都知道，不可抗拒的狗瘟來臨了。

患了狗瘟的所有藏獒，那些作爲看家狗和牧羊狗的藏獒，那些倖免於清洗的領地狗，就像牠們的祖先那樣離別了西結古草原。這是走向死亡的集體大離別，慘痛到天雨淅瀝，野驢河哽咽。

牧民們知道這樣的死別已經無可挽回，老奶奶和老爺爺們在跪著送別，青年和壯年們在站著送別，男孩和女孩們在跑著送別。都哭了，聲音是潮濕的，人是潮濕的，天空和草原都是潮濕的。悲壯、慘烈、深情似海的大離別持續了整整一個星期，最後離開草原的，是父親的藏獒。

父親的藏獒火焰紅的美旺雄怒也要走了，同時離去的，還有父親從死亡線上召喚到人間的大格列，牠們都患了狗瘟，都要走了。

父親知道牠們不能留下來，留下來會把瘟病傳染給多吉來吧和大黑獒果日，傳染給他捨命救下的具有岡日森格血統和多吉來吧血統的藏獒以及小兄妹藏獒尼瑪和達娃。父親和牠們擁抱送別，人和藏獒都淚流滿面。

患病的藏獒們陸陸續續走進了昂拉雪山，走進了密靈谷，這是一個所有狼群和所有狼種都必然光顧的地方。藏獒們在聞味而來的狼群面前一個個倒下了，死去了。

躲藏在密靈洞裏修行的喇嘛看到了藏獒死去的場景，就在鐵棒喇嘛藏扎西的帶領下，天天祭祀著藏獒，超度著牠們的忠勇之魂。喇嘛們祭祀著藏獒，藏獒也增加著他們的功德，功德的體現就是他們一個個都變成了丹增活佛。很多牧民都說，他們看到丹增活佛又復活了，就在密靈洞裏悄悄修行呢。

祭祀獒魂的半個月裏，狼群以世代積累的仇恨和不可遏止的貪婪，不斷啃咬著藏獒的屍體，很快就把厄運帶給了自己。所有吃了藏獒肉、喝了藏獒血的狼以及和這些狼有著親近關係的狼，都無一例外地傳染上了狗瘟。傳染上狗瘟的狼比藏獒死得還要快，狼群對牛群羊群的肆虐驟然減少了，很快消弭了。藏獒用痛苦的離別、用生命的代價，履行了牠們保衛牛羊，忠於草原的天職。

然後就是寂靜。藏獒沒有了，遼闊的草原上，此起彼伏的狗吠獒叫已經隨風而去，再也聽不到了。接著消失的是人的聲音——那些嘈雜，那些彼此鬥爭的話語。

有一天，父親走出寄宿學校，想去牧民的帳房裏爲他的藏獒和他的學生討要一些吃的，驚奇地發現：有人面朝著昂拉雪山，在曠野裏燃起了柏枝和坎芭拉草，煨起了桑煙，點起了酥油燈。香霧瀰漫，天光和燈影灼灼煌煌，很高很高的天上都有了青煙，和雲彩連在一起，吉祥地飄蕩著，就像飛來了許多美麗的空行母。

這是祭祀藏獒的獻供，而祭祀藏獒的獻供居然是一貫橫行霸道的上阿媽人擺起來的。他們是上阿媽的基幹民兵，是一些「造反」的人，是掌握了縣革命委員會大權的「草原風暴捍衛隊」。祭祀之後，「草原風暴捍衛隊」就走了，回到上阿媽草原去了。

原來，從不傳染人的狗瘟突然傳染給了上阿媽人，被迫還俗而成赤腳醫生的尕宇陀束手無策，陸續有人死去了。還有一個人得了狂犬病，他是「草原風暴捍衛隊」的大隊長，他多次用叉子槍對準了西結古的藏獒，有一隻藏獒做了屈死前的最後一次反抗，撲過去咬傷了他的耳朵。大隊長死前很可怕，會發出狼嗥和豺叫，同時撲上去咬人，包括他的親人。

上阿媽人惶恐無度，意識到自己犯下了不可饒恕的罪孽，報應不期而至了。不想讓自己也遭到報應的人給飄蕩在草原上的獒魂跪下，祈求原諒，然後匆匆離去，再也沒有捲土重來。

在父親的記憶裏，上阿媽人祭祀西結古獒魂的這一天，就是西結古草原「文化大革命」結束的日子。它比別處來得晚，一九六七年才開始，又比別處結束得早，至少提前了五年。父親說，還是藏獒的功勞，如果沒有牠們罹患瘟病，集體走向死亡，草原的和平還不知道是哪年哪月的事情。藏獒用幾乎絕種的犧牲換來了人的覺醒，止息了殘酷的鬥爭。牠們走了，永遠地走了，升到天上去了，即使走了，那傲岸而不朽的獒魂依然爲廣闊的草原貢獻著吉祥與幸福。

多吉來吧沒有死在寄宿學校的牛糞牆前。爲了躲避人的追殺，父親把牠送到黨項大雪山山麓原野上送鬼人達赤的石頭房子裏藏了起來。

多吉來吧死的時候，大黑獒果日沒有哭，也沒有叫，只是呆癡地望著丈夫，一直守候到春天來臨，溫暖的氣流催生出滿地的綠色。就在整個冬天都覬覦不休的禿鷲覆蓋了多吉來吧屍體的一刻，大黑獒果日終於哭了。

大黑獒果日死於一九七二年。牠是老死的，算是父親的藏獒裏，唯一一個壽終正寢的藏獒。

天葬了大黑獒果日後，父親對自己說：「我不能待在沒有領地狗群、藏獒稀少的草原，我要走了。我有妻子，還有孩子，他們在西寧城裏，我應該去和他們團圓了。」

父親悄悄地告別著——騎著已經十分老邁的大黑馬，告別了昂拉雪山、礱寶雪山、黨項大雪山，告別了野驢河流域、碉房山、西結古寺、白蘭草原，告別了所有的牧人，告別了草原的一切一切。

他的告別是無聲的，沒有向任何人說明。牧民都不知道他是最後一次走進他們的帳房，喝最後一碗奶茶，舔最後一口糌粑，吃最後一口手抓羊肉，最後一次抱起他們的孩子，最後一次對他們說：「我要是佛，就保佑你們過上世界上最好的日子，保佑你們每家都有幾隻岡日森格和多吉來吧那樣的公獒、大黑獒果日和大黑獒那日那樣的母獒。」

父親在寄宿學校上了最後一堂課，完了告訴學生：「放假啦，這是一個長長的假，什麼時候回來呢？等你們有了自己的孩子再回來，那時候你們就是老師啦。」

孩子們以爲漢扎西老師在說笑話，一個個都笑了，然後結伴而行，蹦蹦跳跳地走向了回家看望阿爸阿媽的草原小路。父親一如既往地送他們回家。

「這是最後一次送你們了，菩薩保佑你們以後所有的日子。」父親在心裏默念著，轉身走回寄宿學校的時候，眼睛一直是濕潤的，滿胸腔都是酸楚。

第二天，父親騎馬來到了狼道峽口，他下馬解開了大黑馬的韁繩。他知道大黑馬就要老死了，那就讓牠死在故鄉的草原上吧。

父親把大黑馬趕走以後，就「撲通」一聲跪下了，向著自己生活了二十多年的西結古草原，向著天天遙望著他的遠遠近近的雪山，重重地磕了三個頭，磕第一個頭的時候他說：「別了，藏獒，謝謝你們了，藏獒。」磕第二個頭的時候他說：「別了，牧民，謝謝你們了，牧民。」磕第三個頭的時候他說：「別了，草原，謝謝你們了，草原。」

感恩和傷別共同主宰了父親的靈魂。

父親沉甸甸地站了起來，發現天空正在翠藍，一道巨大的彩虹突然凌虛而起，五彩的祥光慈悲地籠罩著視野之中一切永恆的地物：青草、山巒、冰峰、雪谷。父親愣怔之下，情不自禁地喜悅了，看到彩虹之根插入大地的時候，大地的歌舞在清風朗氣中已是翩翩有聲，看到彩虹之頂架過高天的時候，所有的雲彩都變成了卓瑪的衣裙、空行母的飄帶。他知道那是自己對草原的祝福，是他的心願變成了美好的預示：草原，我的青果阿媽草原，我的西結古草原啊，永遠都是彩虹的家鄉、吉祥的故土、幸福的源頭。

父親佇立了很久，直到彩虹消失，直到西天邊際隱隱地出現了一陣雷鳴和電閃。父親想起了那隻追逐雷電、撕咬雷電、試圖吞掉雷電而死的藏獒，那隻為了給主人報仇而和主人一樣被雷電殛殺的藏獒。牠的名字叫德吉彭措，德吉彭措是幸福圓滿的意思，幸福和圓滿追逐雷電而去了，雷電彷彿變成了幸福圓滿的象徵——哪裡有雷電，哪裡就會有幸福，有圓滿。

父親揹著行李，轉身走進了狼道峽口，沒走多遠，就吃驚地看到，鐵棒喇嘛藏扎西正在微笑，正在路邊等著他。藏扎西身邊，是一群藏獒。

藏扎西給父親帶來了送別的禮物，那是一公一母兩隻小藏獒。兩隻小藏獒是父親救下來的具有岡日森格血統和多吉來吧血統的藏獒的後代。藏扎西說：「我知道，沒有藏獒，就沒有你的生活，沒有你的心情，帶回去養著吧，牠們是你的一個紀念，當你想念西結古草原、想念我們的時候，就看看牠們。」

父親堅決不要，這是何等珍貴的禮物，他怎麼能隨便接受呢：「不行啊，藏扎西，牠們是藏巴拉索羅，是草原的希望，是未來的吉祥，我怎麼能把草原的希望帶走呢。」

藏扎西指著身邊的一群藏獒，懇切地說：「希望還有，希望還有，這是多出來的，你就帶走吧。」

父親把兩隻小藏獒摟進了懷裏。

父親轉身走去。他高高地翹起下巴，眼光掃視著天空，不敢低下來，他知道低下來就完了，就要和藏扎西身邊的那一群藏獒對視了。父親假裝沒看見牠們，假裝看見了不理睬牠們，假裝對牠們根本就無所謂，假裝走的時候一點留戀、一點悲傷都沒有，嘴裏胡亂哼哼著，彷彿唱著高興的歌。

但是一切都躲不過藏獒們的眼睛，牠們對著父親的脊背，就能看到父親已是滿臉熱淚，看到父親心裏的悲酸早就是夏季雪山奔騰的融水了。牠們默默地跟在父親身後，一點聲音也沒有，連腳步聲、連哽咽聲、連彼此身體的摩擦聲都被牠們制止了。牠們一程一程地送啊送，一直送出了狼道峽。

父親沒有回頭，他吞咽著眼淚始終沒有回頭。

藏扎西停了下來，送別父親的所有藏獒都停了下來。不能再往前了，再往前就是別人的領地了。已經成爲大藏獒的尼瑪和達娃控制不住地放聲痛哭，所有的藏獒都控制不住地放聲痛哭，先是站著哭，後來一個個臥倒在地，準備長期哭下去了。

父親的身影消失在地平線上以後，藏獒們在狼道峽口守望了一天一夜，才在藏扎西的催促下走上回家的路。藏扎西見藏獒中沒有尼瑪和達娃，就知道牠們要按照一隻藏獒最普通的守則來安排自己的命運。

尼瑪和達娃留在了狼道峽口，一直守望。兩天過後，藏扎西再次騎馬送來鮮牛肺，牠們不吃。一個星期之後，藏扎西又來了，又帶來了一些鮮牛肺，牠們還是不吃。半個月之後，藏扎西帶著鮮牛肺再次來時，看到的是牠們不倒的屍體。

藏扎西沒有悲傷，他說：「我知道你們會這樣，你們不死在這裏，也會死在別處，你們是漢扎西的藏獒，漢扎西已經把你們的靈魂帶走了。」藏扎西一遍又一遍地念叨著，「尼瑪和達娃，尼瑪和達娃，多吉祥的名字啊，一個是太陽，一個是月亮，如今太陽落山了，月亮隱沒了。」

讓藏扎西奇怪的是，尼瑪和達娃死後，狼道峽裏的狼群並沒有吃掉牠們的屍體，好像狼群也知道牠們爲守望父親而死，也被深深感動了，把那吃肉喝血的本能欲望完全丟棄了。

漢扎西的故事

西結古草原的牧民們不相信父親就這樣走了，匆匆忙忙從黨項草原、礱寶澤草原、野驢河流域草原、白蘭草原來到了碉房山下、寄宿學校。他們趕來了最肥的羊、最壯的牛，牽來了最好的馬，這些都是送給父親的禮物。他們以爲父親到了西寧城，還能騎著馬到處走動，還能趕著牛羊到處放牧。牧民們還帶來了最好的糌粑、最好的酥油、最好的奶皮子和潔白的哈達，把這些東西放在了寄宿學校的院子裏。他們相信即使父親走了，也會很快回來，拿走這些東西。因爲這是他們的心，而漢扎西是最懂得藏民的心的。

很長一段時間過去了，父親的學生——畢業的和還沒有畢業的學生來到了學校，怎麼也不肯離去，一直都在眼巴巴地等待著他們的漢扎西老師。這些心和藏獒一樣誠懇的牧民們，總覺得那個愛藏獒就像愛自己的眼睛一樣的父親，那個無數次挽救了藏獒的性命、和藏獒心心相印的父親，那個和牧民相濡以沫、生死與共的父親，那個在大草原的寄宿學校裏讓一屆又一屆的孩子學到了文化的父親，還會來，就會來。

還會來、就會來的父親卻再也沒有來。時間過去很久很久了，但很久很久的時間並不妨礙西結古草原的牧民對父親的懷念，他們對父親的感情表達給所有能見到的漢人。一旦有漢人來到西結古草原，他們就會敞開門戶，燒起奶茶，端上糌粑和手抓，就像對待父親那樣對待他們，男男女女、大人小孩都會說：「住下來吧，這裏就是你的家，就是你的家。」

牧民們把漢扎西的故事變成了傳說，一代一代地傳了下來。直到今天，還在娓娓傳說，就像野驢河的水還在汩汩流淌一樣：「哦，讓我們說說漢扎西的故事吧。」

遼闊而美麗的西結古草原，永遠流傳著藏獒與漢扎西的故事。

狼圖騰【全球暢銷破千萬紀念版】

文/ 姜戎

與生俱來的狼性　寧死不屈的血性　貪婪愚昧的人性

是人類馴服了牠，還是牠征服了人類？
最震撼的狼族精神，最原味的游牧風情
回不去的草原生態，忘不了的人狼奇緣

榮獲首屆「亞洲文學獎」桂冠，一生必讀神作之一
誠品、金石堂、博客來暢銷排行，年度百大名人推薦

《狼圖騰》是一部張揚自由獨立和頑強進取精神的作品。《狼圖騰》又是一部在追述歷史的同時，深切關注現實生態的小說，甫一出版即造成轟動，狂掃各大書市，更以26種語言席捲暢銷書排行榜，並掀起一股狼圖騰風暴，至今不衰！

60年代末內蒙古草原人民的全盛期，百年來文化與傳統的平衡，依賴游牧民放養牲畜和在曠野遊走的野狼維繫。北京的知識分子陳陣自願前往偏僻的內蒙與外蒙邊界過著和牧民一樣的生活。一次放羊的時候，意外發現狼窩，因為好奇心作祟，便趁母狼不在，將窩內的小狼偷走帶回馴養。小狼在人類的豢養下，會忘記狼性變得人性嗎？而母狼發現小狼不見之後，又會展開什麼樣的尋子行動？為什麼中國馬背上的民族，從古至今不崇拜馬圖騰而信奉狼圖騰？書中真實呈現大自然與人、人與動物間的互動與關係，原汁原味，令人欲罷不能……

白山黑水【三部曲系列】

文/ 張永軍

狼狗〔新修版〕
鷹圖騰（原名：鷹王海東青）
虎兒（原名：黃金老虎）

全套共3冊
單書9折
套書85折優惠

作家張永軍一向以東北人物及背景為故事題材，他的故事中，帶有濃厚的鄉土氣息，更將東北兒女血性愛恨的一面描寫得淋漓盡致，勾人心弦。尤其是動物與人之間的關係，更令人回味不已。

◎白山黑水三部曲之一：狼狗

忠狗與主人至死不渝的感情，男人與女人糾纏不清的愛情。

一隻叫青上衛的東北狼狗，被一個東北獵人收養之後，從此開始了牠與他揪心感人的故事。一場意外，鐵七成為青上衛的新主人，從此，牠跟隨鐵七展開了一場相知相惜的驚險奇遇。故事中出現的人物，個個都充滿了東北兒女粗獷豪放及愛恨分明的性格，而故事中狼狗個性的描寫，更是生動鮮活，彷彿躍然紙上。

◎白山黑水三部曲之二：鷹圖騰

俠骨柔情的東北兒女，快意情仇的國族血恨。

一九三一年春，在吉林通化縣城，四個日本刀手欲強買停在佟九臂上的白海東青，遭到拒絕後，竟拔刀圍攻佟九。危急時刻，已飛走的白海東青又突然出現，流星般朝一個刀手飛撞而去。刀手的頭碎了，白海東青也粉身碎骨，憤怒的佟九與妻子奮起殺掉剩下的刀手，隨即開始逃亡生活。時隔不久，「海東青殺人事件」在日本人中間陸續發生，一時恐慌瀰漫……

◎白山黑水三部曲之三：虎兒

出身富豪世家的魯十七，來到關外後與淪落為妓的金葉子相戀，然而，婚後金葉子忽然不告而別，魯十七傷心之餘，投身以苦力掙錢、隨時有生命危險的木幫。之後為迴避幫內的權力傾軋，帶著與他形影不離的青毛大狼狗進入深山，擔任倉庫守衛。正在此時，他於深山中救下一隻被母虎遺棄、嗷嗷待哺的幼虎。不久，傳來金葉子的消息。原來，當初金葉子的父親賭輸巨款，手段殘戾的日本豪強金銅山強迫她充任姬妾，她生怕魯十七為此罹禍，悄悄離去，不留音訊。對於強占他妻子及長白山礦產，又捉走虎兒子的日本浪人，魯十七決定用自己的方式，奪回一切屬於自己的東西……

活佛・藏獒：藏獒3書精華版

作者：楊志軍
發行人：陳曉林
出版所：風雲時代出版股份有限公司
地址：10576台北市民生東路五段178號7樓之3
電話：(02) 2756-0949
傳真：(02) 2765-3799
執行主編：朱墨菲
美術設計：吳宗潔
行銷企劃：林安莉
業務總監：張瑋鳳

初版換封：2021年11月
版權授權：人民文學出版社
ISBN：978-986-5589-52-3

風雲書網：http://www.eastbooks.com.tw
官方部落格：http://eastbooks.pixnet.net/blog
Facebook：http://www.facebook.com/h7560949
E-mail：h7560949@ms15.hinet.net
劃撥帳號：12043291
戶名：風雲時代出版股份有限公司

風雲發行所：33373桃園市龜山區公西村2鄰復興街304巷96號
電話：(03) 318-1378
傳真：(03) 318-1378
法律顧問：永然法律事務所 李永然律師
北辰著作權事務所 蕭雄淋律師

行政院新聞局局版台業字第3595號 營利事業統一編號22759935

定價：350元

國家圖書館出版品預行編目資料

活佛・藏獒 / 楊志軍著. -- 初版. -- 臺北市：風雲時代出版股份有限公司, 2021.05
面； 公分

ISBN 978-986-5589-52-3 (平裝)

857.7 110003726